Berliner
MAUER
KRIMI

Anja Feldhorst

Teufels Genossen

Kriminalroman

Jaron Verlag

Anja Feldhorst wurde 1965 in Saarbrücken geboren und arbeitete als Sozialwissenschaftlerin, Referentin und Dozentin im Gesundheitswesen in San Francisco und an verschiedenen Berliner Hochschulen sowie als Taxifahrerin, Blumenverkäuferin und Möbelpackerin, bevor sie sich 1998 als freie Autorin und Lektorin selbständig machte. Anja Feldhorst ist Mitglied der «Mörderischen Schwestern - Vereinigung deutschsprachiger Krimiautorinnen» und u.a. Preisträgerin im Tagesspiegel-Erzählwettbewerb 2005.

Originalausgabe
1. Auflage 2008

www.jaron-verlag.de
Umschlaggestaltung: Bauer + Möhring, Berlin
Satz: LVD GmbH, Berlin
Druck und Bindung: Westermann Druck Zwickau

ISBN 978-3-89773-591-0

1

DAS WASSER DES KANALS schlug rhythmisch gegen den rostigen Stahlrumpf. Der Mann in der Kajüte warf einen Blick durch das Bullauge nach draußen. Die milchiggraue Schmutzschicht ließ den vorbeikeuchenden Frachtkahn wie durch eine Nebelwand schwimmen. Der Mann wandte sich um und stieß dabei gegen einen verbeulten Zinkeimer, der mit lautem Getöse auf den Holzboden aufschlug. Durch die plötzliche Helligkeit aufgescheucht, stob eine amorphe Masse aus glänzend-grauen Kellerasseln auseinander und war binnen weniger Sekunden in den Ritzen zwischen den Dielen verschwunden. Der Mann schüttelte sich. «Sie sollten mal aufräumen, Genosse!» Er klopfte sich eine imaginäre Assel vom Ärmel seines Mantels.

Der jüngere Mann zuckte mit den Schultern. «Ist halt 'n Schrottkahn. Können wir zur Sache kommen?» Er war schon so oft in der Kajüte gewesen, dass er weder die Stockflecken auf der mit Stroh gefüllten Matratze noch den fauligen Geruch des Kanalwassers oder die nach altem Motoröl stinkende Luft, die er einatmete, wahrnahm.

«Ihr Bericht war ordentlich», sagte der Ältere. «Die Zeit ist jetzt reif zum Handeln. Wir müssen einen Schlag gegen die Feinde des Sozialismus führen, der sie in den Grundfesten erschüttert.» Er atmete geräuschvoll aus, als wolle er den imperialistischen Westen mit einem Atemstoß wegpusten. Als der Jüngere schwieg, strich er sich fahrig über seinen silbergrauen Bürstenschnitt. «Sehen Sie her!» Er ging hinüber zum Tisch und breitete drei maschinengeschriebene Blätter aus. Er tippte mit dem Zeigefinger auf fünf Namen, die unterstrichen waren. «Das sind die möglichen Ziele. Geben Sie Bescheid, sobald die Gruppe sich entschieden hat!»

Der Jüngere nickte. «In Ordnung, Genosse Oberleutnant!» Er griff nach dem Papier. Sein Blick huschte über die Buchstaben. Er schloss die Augen. Leise, ohne Intonation wiederholte er die fünf Namen. Als er sicher war, sich selbst im Halbschlaf an sie erinnern zu können, reichte er dem Grauhaarigen die Dokumente zurück.

Der schob die Blätter in seine Aktentasche, grüßte zackig und eilte über die Holzdielen, den Blick starr nach vorne gerichtet, auf die Kajütentür zu. Er schob vorsichtig die Klappe über seinem Kopf hoch und spähte nach draußen. Dann öffnete er die Tür, lief erstaunlich behände die letzten Stufen hoch und verschwand aus dem Blickfeld des Jüngeren. Dieser wartete noch eine Viertelstunde, dann verließ auch er den Kahn.

2

ES REGNETE, als Felicitas aus dem Zug stieg. Sie schlug den Kragen ihres Mantels hoch, dann griff sie nach den beiden Koffern, klemmte sich die Reisestaffelei unter den Arm und lief den Bahnsteig entlang. An der Treppe blieb sie stehen und sah sich um. Jemand stieß ihr eine Reisetasche ans Bein. «Könn Se nich weiterjehn, Sie halten den Vakehr uff!»

«Entschuldigung», murmelte Felicitas und trat einen Schritt zur Seite. Sie lehnte sich gegen das Geländer und rieb mit der Hand über die Stelle an der Wade, an der die Ecke der Tasche sie erwischt hatte.

Der Bahnsteig hatte sich inzwischen geleert. Der Zugabfertiger war wieder in seinem Häuschen verschwunden. Nur eine alte Frau hockte, eine große Handtasche auf den Knien, auf einer Bank und sah aus, als habe man sie auf dem Bahnsteig vergessen. Die dunkle Stahl-Glas-Konstruktion der Halle wirkte ebenso trist und ein wenig schäbig wie die gelben Fliesen, die den Treppenaufgang säumten. Einige Tauben segelten durch die Halle und ließen sich auf der Anzeigentafel am Nebengleis nieder. Eine lüpfte den Bürzel und dekorierte die Zuganzeige mit einem langen Taubenschiss.

Felicitas warf einen Blick auf die Uhr über dem Bahnsteig. Sie stand nun schon eine Viertelstunde herum, und Dietmar war noch immer nicht erschienen. Sie gähnte, dann atmete sie noch einmal tief durch. Der seltsame Geruch aus dem Zug – sie wusste nicht, ob es Putz- oder Desinfektionsmittel war – stieg ihr in die Nase. Sie schnüffelte am Ärmel ihres Mantels. Der Geruch hatte sich in ihrer Kleidung festgesetzt, war in jede Pore ihrer Haut gedrungen und hatte sich in ihren Haaren verfangen.

Der Zeiger der Uhr war noch einmal um fünf Minuten vorgerückt. Wo blieb Dietmar bloß?

Sie strich sich eine steife blonde Strähne aus dem Gesicht. Ihre Frisur sah sicher furchtbar aus. Ihre Mutter hatte ihr einen Vogel gezeigt, als sie sich vor der Abreise die

Haare toupierte. «O Kind! Du hocksch jetztetle fünf Stunda im Zug. So lang hebt doch koi Frisur», hatte sie gesagt. Der Vater hatte etwas gemurmelt, das wie «O die Weibr!» klang.

Plötzlich wurde ihr eiskalt. Was, wenn Dietmar in der Bahnhofshalle stand? Was, wenn er dachte, sie habe den Zug verpasst, und längst wieder gegangen war? Sie raffte Koffer und Staffelei zusammen und raste die Treppe hinunter. Auf der letzten Stufe stolperte sie und wäre beinahe gestürzt, wenn sie nicht eine fremde Hand fest am Arm gepackt und den Fall abgefangen hätte.

«Du hast es aber eilig, Schwesterherz!» Dietmar grinste sie an. Die blonden Locken, die sich fast bis zum Hemdkragen ringelten, klebten ihm feucht auf der Stirn. Sein brauner Anzug war zerknittert, und aus der Jackentasche hing ein Zipfel der Krawatte, die er dort hineingestopft hatte. Dietmar nahm seine Schwester in den Arm und drückte sie kurz. Dann griff er ihre Koffer und stapfte die Treppe hinunter. «Und wo soll's jetzt hingehen?», fragte er.

Felicitas blieb abrupt stehen. «Woher soll ich das wissen? Du wolltest mir doch ein Zimmer besorgen.» Sie spürte, wie sich ihr Herzschlag beschleunigte. «Dietmar, hast du mich vergessen?»

«Nee, Schwesterherz! Ich war in Frankfurt. SDS-Delegiertenkonferenz. Du hättest Dutschke mal hören sollen. Phänomenal! Wir ...»

«Du hast mich vergessen! Und wo soll ich jetzt wohnen?»

Dietmar stellte die Koffer ab und klopfte seiner Schwester auf die Schulter. «Lass mal! Du kannst bei uns wohnen. Kein Problem!»

«Was meinst du mit *bei uns*? Ich dachte, du wohnst im Studentenwohnheim. Ist da ein Zimmer frei?» Felicitas klang skeptisch.

Dietmar strahlte. «Nee, da wohn ich schon lange nicht mehr. Ich leb jetzt mit ein paar Leuten in 'ner Kommune. Die sind echt in Ordnung. Wirst schon sehen.» Er nahm die Koffer und marschierte zum Ausgang.

Das Gras im Vorgarten der zweigeschossigen Gründerzeitvilla in der Handjerystraße in Friedenau war lange nicht gemäht worden. Löwenzahn und Franzosenkraut hatten den größten Teil des Gartens erobert. Ein verblühter Rosenstrauch bettelte um einen Schnitt, und irgendein Witzbold hatte einen von Wind und Wetter gebeutelten Stoffhasen mitten auf die Wiese gesetzt. Dem Haus war anzusehen, dass es zwei Weltkriegen standgehalten hatte. Die Einschusslöcher in der Fassade verliehen ihm einen morbiden Charme, der sich beinahe organisch in die Vorgartenwildnis einpasste.

Felicitas blieb vor dem schmiedeeisernen Tor des Gartenzauns stehen. «Das ist es?» Sie sah mit einem Anflug von Neid auf die gepflegten Vorgärten der beiden Häuser rechts und links.

«Nun hab dich nicht so! Oder willst du heute Nacht auf der Straße schlafen?» Dietmar schob sie durch das Tor zum Hauseingang.

Die Tür war nur angelehnt und knarrte vernehmlich, als Dietmar sie aufstieß. Im Flur war es dämmrig und roch angebrannt. Felicitas tastete nach einem Lichtschalter. Aber als sie einen fand und ihn drückte, geschah nichts.

«Die Birne is kaputt! Müsste mal einer wechseln.»

Felicitas zuckte zusammen. Jetzt erst sah sie den Mann, der, nur mit einer buntgemusterten Unterhose und einem Feinrippunterhemd bekleidet, den Flur entlangtappte. Als er sich im Schritt kratzte, blickte sie schnell zur Seite.

«Lass mich mal durch! Ich muss pinkeln!» Er schob Felicitas zur Seite und verschwand hinter einer mit Flugblättern beklebten Holztür.

Dass er die Tür hinter sich nicht zugezogen hatte, bemerkte sie erst, als es unerwartet laut plätscherte. Sie zog ihren Bruder am Ärmel. «Hier kann ich nicht bleiben!», raunte sie ihm zu. «Laufen die hier alle halbnackt ...» Sie stockte.

Die Toilettentür war aufgestoßen worden, und der Mann schob sich wieder an ihr vorbei.

Dietmar griff Felicitas Hand und zog sie weiter. «Komm schon! Das war Atze, der beißt nicht.»

Die Küche wurde von einem riesigen Eichentisch in schäbig gewordenem Gelsenkirchener Barock dominiert. Auf dem Tisch stand eine Schüssel mit dampfenden Pellkartoffeln, daneben eine weitere mit Weißkäse und ein Fläschchen Leinöl. Eine Frau mit kurzen schwarzen Haaren, die auf einem alten Sofa am Tisch saß, griff nach einer Kartoffel und ließ sie fluchend wieder in die Schüssel plumpsen.

«Versuch's mal hiermit!» Eine zierliche Brünette reichte ihr eine Gabel. Dann drehte sie sich zur Tür. «Hallo Dietmar! Wollt ihr mitessen? Helge hat gekocht.» Sie warf einen kurzen Blick zu einem Jungen, der sich verlegen an seinem dünnen Bärtchen zupfte.

Ihm gegenüber saß Atze, der bereits fünf Kartoffeln auf seinen Teller geschaufelt hatte und nun mit einer Suppenkelle Weißkäse danebenklatschte.

«Klar!» Dietmar griff sich den letzten freien Stuhl, ließ sich daraufplumpsen und langte nach der Schüssel mit den Kartoffeln.

Felicitas stand in der Tür und klammerte sich an ihre Reisestaffelei.

Die Brünette drehte sich zu ihr um. «Ist das deine Schwester?», fragte sie Dietmar.

Der nickte mit vollem Mund.

«Wie heißt du?» Sie schenkte Felicitas ein Lächeln.

Felicitas ging einen Schritt auf sie zu, löste die rechte Hand von der Staffelei und streckte sie ihr entgegen. «Felicitas Springer.»

Die Brünette ignorierte Felicitas' Hand. «Ich bin Barbara.»

Die Frau mit den kurzen Haaren starrte auf Felicitas' Hand, als hielte diese ein totes Tier darin. «Diese sinnentleerten, bürgerlichen Rituale kannst du dir sparen!», sagte sie langsam.

«Sie meint deine Hand», übersetzte Dietmar zwischen zwei Bissen. Schnell zog Felicitas ihre Hand zurück. «Das ist übrigens Gerlind. Sie studiert Psychologie und schreibt grad ihre Semesterarbeit über die Sinnlosigkeit von Kommunikation.»

Gerlind warf Dietmar einen bösen Blick zu.

Barbara grinste. «Setz dich doch!», forderte sie Felicitas auf.

Helge rückte bereitwillig zur Seite, und zwischen ihm und Gerlind wurde ein kleines Fleckchen abgeschabter grüner Chintz sichtbar. «Malst du?», fragte er mit Blick auf die kleine Staffelei.

Felicitas nickte.

«Blümchen und Bienchen.» Dietmar lachte.

«Blödmann!» Felicitas versetzte ihm eine Kopfnuss.

«Feli malt furchtbar reaktionäres Zeug. Stillleben, Landschaften. Eigentlich ganz nett, wenn's nicht so stinkbürgerlich wär. Gell, Schwesterchen!» Er kniff ihr liebevoll in die Seite.

«Echt? Vielleicht kannste mir ja nachher bei den Flugis helfen.» Helge strahlte über beide Ohren. «Den Text hab ich schon, aber so 'n paar Zeichnungen wären dufte.»

«Ich würde gerne erst mal meine Sachen unterbringen. Vielleicht könnten Sie mir mein Zimmer zeigen?» Felicitas sah Barbara fragend an.

«Willste hier pennen?» Atze schob den Teller von sich und rülpste laut. «Kein Problem! Such dir einfach was! Irgendwo ist schon Platz.»

«Wir haben hier keine eigenen Räume. Wir wollen die Isolation des Individuums im Spätkapitalismus durchbrechen. Nur so entkommen wir der Entmenschlichung des pervertierten Systems.»

Gerlind sah traurig aus, als sie das sagte, und Felicitas fühlte sich auf einmal sehr einsam. «Ich find schon was», murmelte sie. Dann drehte sie sich um und zog rasch die Küchentür hinter sich zu.

Im Flur zog es, die Haustür stand noch offen. Felicitas schloss sie und begann mit der Suche nach einem Schlafplatz.

Ein großes Wohnzimmer im Erdgeschoss erstreckte sich über die gesamte Länge des Hauses. Die Sofagarnitur war in eine Ecke geschoben worden, die Polster lagen auf dem Fußboden um einen Couchtisch verstreut, dem man die Beine abgesägt hatte. Der Fußboden war bedeckt von Zeitschriften und Flugblättern. Dort, wo früher der Esstisch gestanden haben musste, waren Transparente ausgebreitet worden, und jemand hatte begonnen, mit roter Farbe Buchstaben darauf zu malen. Bis *Imper* war der Schreiber gekommen, dann waren offenbar die Pellkartoffeln fertig gewesen. Neben dem Farbeimer lagen ein Päckchen Tabak und ein Aschenbecher, der dringend geleert werden musste. Außer dem Wohnzimmer und der Küche gab es im Erdgeschoss nur noch die Toilette neben der Haustür und einen Zugang zum Keller. Eine breite geschwungene Treppe mit einem geschnitzten Fischkopf als Geländerabschluss führte ins Obergeschoss.

Die Zimmer im ersten Stock boten alle ein ähnliches Bild: Matratzen auf dem Boden, Bücher und Kleidungsstücke im Raum verstreut, die Schränke standen offen und präsentierten dem Betrachter hemmungslos den ungeordneten Inhalt. Einer der Räume war offenbar ein Arbeitszimmer gewesen. Die Wände waren bis unter die Decke bedeckt mit Regalen, in denen viele Bücher standen, nur ein paar lagen verloren auf dem Teppich herum. Am Fenster stand ein moderner Schreibtisch, dessen ehemals weiße Arbeitsplatte nun mit Farbresten und Kaffeeringen bekleckert war. Auf dem Sofa döste, in eine Bettdecke gekuschelt, eine dicke graue Perserkatze.

Die Tür neben dem Arbeitszimmer führte in ein großes Bad mit Jugendstilfliesen in Grün und Beige. Felicitas warf einen Blick auf das Waschbecken, dann sah sie kurz in die Kloschüssel und verzog das Gesicht. Bislang lud keiner der Räume zum Bleiben ein.

Eine schmale Stiege führte vom ersten Stockwerk ins Dachgeschoss. Die Tür am Ende der Treppe war mit einem Riegel versperrt. Felicitas schob ihn zurück, stieß kräftig gegen die Tür, die mit einem beleidigten Knarzen aufschwang. Der Dachboden war voller Staub, Spinnweben und Gerümpel. Felicitas glaubte, das hektische Kratzen kleiner Pfoten auf dem rauen Dielenboden zu hören. Schnell zog sie die Tür wieder zu.

Neben der Tür zum Dachboden war noch eine kleinere, die früher einmal weiß lackiert gewesen war. Nun war die Farbe vergilbt und blätterte ab. Felicitas drückte die Klinke herunter und betrat einen kleinen Raum, vielleicht acht Quadratmeter groß. Offenbar die ehemalige Mädchenkammer. Ein Schlafsofa mit fadenscheinigem Bezug stand an der Längswand, und in der Ecke gegenüber befand sich ein verrosteter gusseiserner Ofen. Das Fenster in der Gaube war schmutzig, aber das Licht würde zum Malen ausreichen, sobald die Scheiben geputzt waren. Ein Gründerzeitwäscheschrank stand, ein wenig zur Seite geneigt, an der Wand. Als Felicitas ihn öffnete, schlug ihr ein muffiger Geruch entgegen. Der Schrank war leer.

Sie ging hinüber zum Sofa und roch an den Polstern. Immerhin kein Schimmel, dachte sie. Sie könnte von unten einen Stuhl holen und aus einem der Zimmer Bettzeug. Vielleicht fand sie ja einen sauberen Bezug. Sie öffnete das Fenster und ließ frische Luft herein. Dann machte sie sich auf die Suche nach einem Eimer und einem Putzlappen.

Der Wecker schrillte ohrenbetäubend in ihren Traum hinein. Felicitas tastete mit geschlossenen Augen nach dem Knopf und brachte den Wecker zum Schweigen. Dann griff sie einen Zipfel der Bettdecke, zog sie sich über die Schulter und drehte sich zur Wand. Das Ächzen der Eisenfedern zupfte eine kleine Saite in ihrer Erinnerung an. Sie ignorierte den kurzen Moment der Irritation. Erst, als ihre Nase an dem rauen Stoff der Rückenlehne entlangschubberte und den fremden Geruch einsog, schlug sie die Augen auf. Statt des Streifenmusters ihrer Kinderzimmertapete glotzte sie ein jagdgrüner Bouclèstoff an, der mit gelben Wellen und Schleifen durchzogen war.

Langsam richtete sie sich auf und warf einen Blick auf die phosphoreszierenden Zeiger ihres Weckers. Zehn nach sechs. Sie lauschte in die verhaltene Stille des hereinbrechenden Morgens. In der Ferne hörte sie unregelmäßiges Knattern von Motoren. Ein Wagen polterte laut über das Kopfsteinpflaster. Im Haus war noch alles still. Schnell schlüpfte sie in ihre Kleidung und lief barfuß zur Tür. Vorsichtig drückte sie die Türklinke herunter, dann lief sie auf Zehenspitzen die Treppe hinab. Die Türen im ersten Stock standen offen. Die Katze schlief wieder auf dem Sofa im Arbeitszimmer, allerdings war die Bettdecke verschwunden.

In der Mitte des Matratzenlagers im Nebenzimmer lag Atze auf dem Rücken und schnarchte. Er trug nur ein Paar weiße Socken und das Unterhemd von gestern. Die Unterhose war an das Fußende gerutscht. Eine blonde Frau, die Felicitas noch nicht kannte, hatte sich mit ihrem Fuß darin verfangen. Sie lag auf dem Bauch, den Oberkörper von der Bettdecke verborgen, am oberen Ende lugten wirre blonde Locken hervor, am unteren Ende leuchtete ein weißer Po.

Felicitas starrte auf Atzes entblößten Unterleib, bis Atze im Schlaf grunzte. Sie zuckte zusammen und spürte, wie ihr das Blut in den Kopf schoss. Erst in diesem Moment entdeckte sie Helge, der halb von der Matratze gerutscht war, die Bettdecke zwischen die Beine geklemmt hatte und einen Zipfel umfasst hielt wie ein kleiner Junge seinen Teddybären.

Felicitas lief weiter den Flur entlang, warf jedoch noch

einen kurzen Blick in das nächste Zimmer. Gerlind lag zusammengekauert mit dem Gesicht zur Wand, neben ihr schlief Dietmar, die Decke bis zu den Ohren gezogen. Felicitas fragte sich einen Moment, ob Dietmar wohl mit Gerlind ... Sie verwarf den Gedanken aber gleich wieder. Gerlind war so ernst, langweilig und nicht besonders hübsch mit ihrer Kurzhaarfrisur, die ihr nicht stand, den wässrig blauen Augen und dem zusammengekniffenen Mund.

Sie huschte die Treppe hinunter, öffnete die Kellertür und tastete nach dem Lichtschalter. In der Waschküche hatte sie gestern Abend eine fast neue Waschmaschine entdeckt. Sie hatte ihre nach Reichsbahn stinkende Wäsche gewaschen und anschließend auf die Leine gehängt. Nun, hoffte sie, waren die Kleidungsstücke getrocknet, und sie konnte sie in ihr Zimmer schaffen, bevor die anderen aufwachten. Sie stapelte die Wäsche in einen Wäschekorb und schleppte sie hinauf ins Erdgeschoss.

Gerade, als sie die Treppe zum ersten Stock betreten wollte, schwang die Toilettentür auf, und Barbara kam heraus. Sie zog die rechte Augenbraue hoch, als sie Felicitas sah, dann lächelte sie. «Bisher war ich die Einzige, die mitten in der Nacht aufsteht. Ich mach mir jetzt einen Kaffee. Möchtest du auch einen, oder trinkst du Tee?»

«Machen Sie sich bitte keine Umstände! Ich habe nur meine Wäsche geholt.»

Barbara war bereits auf halbem Wege zur Küchentür, als sie sich noch einmal umdrehte. «Ich mach mir keine Umstände. Also, Kaffee oder Tee?»

«Kaffee wäre nett», murmelte Felicitas. «Ich bringe nur noch schnell den Korb nach oben.»

«In Ordnung! Also dann bis gleich!»

In der Spüle und auf der Ablagefläche türmte sich der Abwasch. Barbara hatte zwei saubere Becher und eine Tüte mit frischer Milch auf den Tisch gestellt und starrte nun ungeduldig, den dampfenden Wasserkessel in der Hand, auf das Wasser, das sich tröpfchenweise durch den Filter mit gemahlenem Kaffee arbeitete. Felicitas setzte sich auf das Sofa und zog eine Kaffeetasse zu sich heran. Der Gestank eines vollen Aschenbechers stieg ihr in die Nase. Sie schob ihn in die Ecke des Tisches. Barbara goss Wasser nach, dann stellte sie den Kessel ab, nahm eine brennende Zigarette, die sie auf den Rand des Spülbeckens gelegt hatte, und zog daran. Mit der Zigarette im Mundwinkel nahm sie den Filter von der Kanne und stellte ihn oben auf den Turm benutzten Geschirrs.

«Wie hast du geschlafen?», fragte sie, während sie Kaffee einschenkte. Sie zündete sich eine neue Zigarette an. Felicitas hustete, und Barbara wedelte mit der Hand halbherzig den Rauch zur Seite. «Willst du oben in der Mädchenkammer bleiben? Du kannst doch unten bei uns schlafen, das ist viel bequemer.»

Felicitas nippte an ihrem Kaffee und verschluckte sich. Barbara klopfte ihr auf den Rücken, bis Felicitas mit rotem Kopf und Tränen in den Augen abwinkte. «Geht schon», keuchte sie. Dann holte sie tief Luft. «Danke! Aber ich werde mir so schnell wie möglich ein Zimmer suchen. Ich möchte Ihnen nicht zur Last fallen.»

«Du kannst ruhig du zu mir sagen. Wir wollen uns von den bourgeoisen Kommunikationsstrukturen befreien – würde Gerlind jetzt sagen.» Barbara grinste und klopfte die Asche ihrer Zigarette am Rand des ohnehin schon vollen Aschenbechers ab. «Wozu willst du dir denn ein Zimmer suchen? Das kostet doch bloß unnötig Geld.»

«Aber zahlen Sie ...», Felicitas stockte, «zahlst du keine Miete?»

«Das Haus gehört mir, und die Kosten teilen wir uns. Hier ist unsere Kasse.» Barbara beugte sich zu dem großen Buffet hinüber und zog einen mit Geschenkpapier beklebten Schuhkarton hervor. Sie hob den Deckel ab. In der Kiste lagen ein paar Scheine und eine Handvoll Münzen. «Tu einfach rein, was du hast. Und wenn du was ausgibst, trägst du's ins Kassenbuch ein.» Sie zeigte auf ein schwarz gebundenes Buch. «Den Abwasch machen wir umschichtig.» Sie warf einen Blick auf das schmutzige Geschirr. «Gestern war Atze dran, aber der schläft noch.»

«Ich weiß nicht. Ich muss sicher viel lernen, wenn ich jetzt mit dem Studium anfange. Und ich hätte oben ja nicht mal einen Schreibtisch.» Felicitas drehte die leere Kaffeetasse in den Händen. Der Gedanke, in Barbaras Haus zu wohnen, ängstigte sie. Sie würde sagen, dass es nett von ihr sei, sie einzuladen, aber dass sie andere Pläne habe.

Sie öffnete gerade den Mund, als Barbara ihr anbot, das Arbeitszimmer zu nutzen. Dort gebe es auch eine Schreibmaschine.

Felicitas rutschte zur Kante des Sofas, die Tasse noch immer in der Hand. Wie könnte sie ablehnen, ohne unhöflich zu erscheinen?

«Wenn du nicht willst, musst du natürlich nicht.» Barbara zog die Mundwinkel nach unten, und Felicitas hatte den Eindruck, sie sei beleidigt.

«Nein, nein, das ist wirklich sehr nett. Sicher kann ich im Arbeitszimmer lernen», erwiderte sie schnell und nahm sich fest vor, so bald wie möglich wieder auszuziehen.

3

PROFESSOR HOFSTÄDTER war ein hagerer Mann Mitte fünfzig. Als er den Gang zwischen den vollbesetzten Stuhlreihen entlanglief, zog er einen säuerlichen Geruch nach Schweiß und dem Perchlorethylen einer chemischen Reinigung hinter sich her. Der dunkelgraue Anzug, den er trug, wirkte so steif wie er selbst. Zwei Reihen vor Felicitas' Platz flüsterte ein kurzgeschorener Rotblonder seiner Sitznachbarin etwas zu. Hofstädter wandte im Gehen seinen Kopf und fixierte den Sprecher für den Bruchteil einer Sekunde. Der junge Mann senkte seinen Kopf und verstummte. Im Raum war es jetzt so still, dass man Hofstädters Ledersohlen über den Fußboden scharren hörte. Seine Assistenten huschten beinahe lautlos hinter ihm her zum Pult. Rascheln von Papier, ein unterdrücktes Husten, das Zuschnappen eines Aktentaschenverschlusses und das Reiben von Stoff auf der hölzernen Sitzfläche eines Stuhles waren die einzigen Geräusche im Hörsaal. Felicitas wagte nicht, den Stift zu nehmen, den sie vor sich auf die aufgeschlagene Kladde gelegt hatte, aus Angst, er könnte ihr aus der Hand fallen.

Endlich hatte Hofstädter das Pult erreicht. Der beleibtere der beiden Assistenten rückte ihm den Stuhl zurecht, der andere ordnete die Bücher und Papiere, die die beiden getragen hatten, auf dem Tisch an. Der Professor ließ seinen Blick langsam über die Reihen der Studenten gleiten, die auf ihre Hefte starrten, sobald sie in sein Gesichtsfeld kamen. Dann zog er seine Unterlagen heran und begann vorzutragen.

Felicitas nahm nun doch den Kugelschreiber in die

Hand und versuchte, das, was Hofstädter erzählte, in Stichworten zu notieren. Im gesamten Hörsaal kratzten jetzt eifrig Stifte über Papier, während vorne mit durchdringender, aber monotoner Stimme über *Lyrik und Prosa im Spannungsfeld von Aufklärung und Romantik* referiert wurde. Als Hofstädter über Hölderlin sprach, schweiften Felicitas' Gedanken ab. Ein lautes Räuspern riss sie aus ihrem Tagtraum. Einen kurzen Moment lang befürchtete sie, Hofstädter könne mit seinem Röntgenblick in die hintersten Windungen ihres Gehirns sehen. Aber der Professor griff nur nach dem Becher mit Tee, den ihm der Assistent zu seiner Rechten aus einer Thermoskanne eingegossen hatte. Er nahm einen Schluck, dann setzte er seinen Vortrag fort.

Felicitas holte tief Luft. Aber es half nichts. Ihre Lider wurden schwerer, und Hofstädters Rede rauschte als Strom unverständlicher Laute an ihrem Gehör vorbei. Plötzlich mischten sich fremde Stimmen in das Hofstädter'sche Rauschen. Felicitas öffnete die Augen. Studenten drängten durch die offene Tür des Hörsaals. Zehn, zwanzig, dreißig, es wurden immer mehr. Sie drückten den verdutzten Erstsemestern Flugblätter in die Hand und skandierten «Frei heißt frei – sei bei der KU dabei!» und «Unter den Talaren – Muff von tausend Jahren!».

Entsetzt starrte Felicitas Dietmar und Helge an, die sich einen Weg zu ihr bahnten und mit den Flugblättern wedelten.

«Jetzt ist Schluss mit der Quälerei, Schwesterchen!», rief Dietmar ihr zu.

Helge reichte ihr über die Köpfe seiner Mitstreiter hinweg eines der Flugblätter. *Wir fordern die sofortige Anerkennung der Kritischen Universität*, stand darauf.

Einige Erstsemester hatten sich von ihren Stühlen erhoben, um besser sehen zu können, was sich auf dem Gang tat. Ein halbes Dutzend Eindringlinge hatte sich zu Hofstädters Pult vorgearbeitet, der mit eisiger Stimme wiederholte: «Bitte verlassen Sie den Hörsaal! Sie stören die Veranstaltung!»

«Das wollen wir doch auch», rief Dietmar, und Felicitas fürchtete, ihr Herz bliebe stehen.

Ihr Bruder hatte das Podium erklommen, vier seiner Kommilitonen hielten Hofstädters Assistenten fest, die versuchten, ihr Terrain handgreiflich zu verteidigen.

«Ich halte hier eine Vorlesung!», versuchte Hofstädter erneut. «Sie hindern Ihre Kommilitonen am Lernen.»

Buhrufe wurden laut. Die hereindrängenden Studenten riefen «Ho ... Ho ... Ho Tschi Minh!» und «Lieber nieder, lieber KU!». Einer der Erstsemester stand auf und brüllte: «Haut ab! Macht euren Radau draußen, ich will hier studieren!» Ein paar andere riefen: «Genau!» und «Rotfront raus!»

Felicitas starrte auf ihren Bruder, der jetzt wieder das Wort ergriff. «Professor Hofstädter, als Mitglied des Akademischen Senats sind Sie hierfür mitverantwortlich. Wir wollen mit Ihnen darüber diskutieren.» Er warf eine schmale Broschüre auf den Tisch.

«Was ist das?», rief ein Student zwei Reihen hinter Felicitas.

«Das ist die manifeste Angst der Herrschenden vor einer kritischen Wissenschaft und radikaldemokratischen Strukturen.» Dietmar zog ein Blatt aus dem Heft. Er begann, begleitet von Ho-Tschi-Minh- und Buhrufen, vorzulesen. «*Beschluss des Akademischen Senats zum Thema Kritische Universität: Das vorgelegte Gutachten*», Dietmar hob die Broschüre in die Höhe, «*hat den akademischen Senat davon über-*

zeugt, dass die Kritische Universität nicht als Beitrag zur Hochschul- und Studienreform, sondern als Beitrag zur politischen Aktion der außerparlamentarischen Opposition gedacht ist.»

Die Rufe «Lieber nieder, lieber KU!» wurden lauter und vermischten sich mit den Buh- und Rotfront-Raus-Rufen der Erstsemester zu einer Wortkakophonie, die die Wände des Hörsaals zu sprengen schien.

Dietmar zog das Mikrofon auf Hofstädters Pult zu sich herüber. «Rektor Lieber und Konsorten behaupten, dass es sich bei der KU nicht um das Erlernen kritischer wissenschaftlicher Methoden handelt, sondern um die Schulung in radikaldemokratischer Opposition und für ...»

Die Erstsemester waren nach vorne gestürmt und versuchten, Dietmar vom Podium zu zerren. Einige der Studenten um Dietmar herum hakten sich unter, stellten sich vor ihn und drängten die grölenden Kommilitonen mit ihren zu einer lebendigen Mauer verzahnten Leibern zurück.

Hofstädter beugte sich vor und riss Dietmar das Mikrofon aus der Hand. Buhrufe donnerten durch den Saal. Zwei Studenten lösten sich aus der Kette, stürmten auf das Podium und wollten Hofstädter seine Beute wieder abjagen. Aber Dietmar veranlasste sie mit einer Handbewegung zum Stehenbleiben. «Wir wollen diskutieren», überbrüllte er die Menge, «nicht prügeln! Wir bedienen uns nicht der Methoden des faschistischen Herrschaftsapparats.»

Hofstädter schnappte nach Luft, sein Gesicht war rötlich-blau angelaufen. Er ließ das Mikrofon los. «Verschwinden Sie!», schrie er. «Mit Ihnen diskutiere ich nicht!»

Doch die Studenten drängten näher an das Pult heran. Hofstädter hob die Hand, und einen Moment lang schien es, als wolle er Dietmar eine Ohrfeige verpassen. Aber er griff bloß nach seiner Teetasse und der Thermoskanne und rief: «Dafür werden Sie zur Rechenschaft gezogen, das hat ein Nachspiel!» Dann drängte er sich durch die Studenten hindurch zum Ausgang.

Dietmar stellte sich ihm in den Weg. «Sprechen Sie mit uns! Wir wollen diskutieren.»

Der Chor der Studenten klang wie ein Echo. «Diskutieren! Diskutieren!»

«Gehen Sie mir aus dem Weg!», zischte Hofstädter, aber Dietmar rührte sich nicht. Hofstädter hob die Tasse und schüttete Dietmar den kalten Tee ins Gesicht. Dietmar starrte mit offenem Mund auf den Professor. Hofstädter schob ihn mit dem Ellbogen beiseite und ging langsam und gemessenen Schrittes zur Tür.

Es dauerte einige Sekunden, bis die Studenten begriffen, was geschehen war. Ein Tumult brach los, doch schon waren die Erstsemester, die zuvor noch ihre Kommilitonen aus dem Hörsaal vertreiben wollten, aufgesprungen, hatten ihre Taschen gepackt und rannten nun hinter Hofstädter her. Sie bildeten eine Schutzmauer, um den Angriff der anstürmenden Meute abzuwehren. Einen Moment lang schien es, als wolle die empörte Menge ihrer Wut handgreiflich Ausdruck verleihen. Doch jemand rief: «Wir lassen uns von einem gewalttätigen System nicht zur Gewalt provozieren!»

Dietmar stand immer noch auf dem Gang, ein dunkelbrauner Fleck zog sich über sein Hemd vom Kragen bis zum Bauchansatz. «Die Herrschenden sind nicht zum Gespräch bereit. Aber wir werden kämpfen!» Er reckte die rechte Faust in die Luft. «*Venceremos,* Genossen!» Die anderen stimmten ein. Er ließ die Hand wieder sinken. «Und außerdem hab ich jetzt Hunger. Feli, Helge, wir gehen in die Mensa!»

Felicitas stocherte lustlos in den Spaghettiresten auf ihrem Teller herum. Die Tomatensoße roch seltsam und hatte die Farbe von etwas, das man eigentlich nicht mehr essen sollte. Helge sah Felicitas fasziniert zu, wie sie mit der Gabel die Spaghetti, die langsam in der Soße zu zerfallen begannen, in konzentrischen Kreisen über den Teller schob. «Möchte ja nicht wissen, was da drin ist», brummte er. «Dass die Nudeln sich auflösen, lässt Schlimmes befürchten.»

«Irgendwie eklig!» Felicitas warf die Gabel auf den Teller. Tomatensoße spritzte über den Tisch und hinterließ winzige rotbraune Punkte auf ihrer weißen Bluse. «O nein!» Sie kramte in ihrer Jackentasche nach einem Taschentuch, tunkte es in ihr Wasserglas und begann, hektisch auf dem Stoff herumzureiben. «Hoffentlich geht das wieder raus.» Die kleinen roten Punkte verschmolzen zu einem großen, blass rostroten Fleck.

Helge grinste. «Die Geschwister Schwein!»

«Hier seid ihr! Habt ihr noch Platz für mich?»

Felicitas, Dietmar und Helge drehten sich gleichzeitig um. Ein großer, schlanker Mann stand schräg hinter ihnen. Auf seinem Tablett balancierte er die gleichen matschigen Spaghetti, die auch die anderen bereits gegessen hatten.

«Klar, setz dich!» Dietmar zeigte auf den freien Stuhl neben sich. «Feli, das ist Martin. Martin, das ist meine Schwester Felicitas.»

Felicitas lächelte gezwungen und streckte Martin die rechte Hand hin. Mit der linken versuchte sie, ihre Strickjacke über die Tomatenflecken zu ziehen. Martins Händedruck war kühl und kräftig.

Martin setzte sich und griff nach dem Besteck. «Wie war's?»

Dietmar reckte die Brust und präsentierte den Teefleck, der inzwischen getrocknet war und als düsterer Schatten auf dem Hemd klebte. «Die Blessuren meines ruhmreichen Sieges!»

Dietmar und Helge erzählten abwechselnd von der Sprengung des Literaturseminars. Martin nickte gelegentlich wortlos, während er die Spaghetti mampfte.

«Was ist eigentlich die Kritische Universität?», fragte Felicitas, obwohl sie das Gefühl hatte, dass sie die Antwort kennen müsste.

Dietmar verdrehte die Augen. «Ich dachte, du kannst lesen. Ich hab dir doch das Vorlesungsverzeichnis der KU gegeben.»

Felicitas erinnerte sich dunkel an ein in hellbraune Pappe eingeschlagenes Heftchen. Sie hatte die Broschüre auf dem Weg zur Vorlesung vor ein paar Wochen lesen wollen, war dann aber mit einer Kommilitonin ins Gespräch gekommen und hatte das Heft im Bus liegenlassen.

Sie suchte nach einer Ausrede, als Martin die Gabel zur Seite legte und erklärte: «Wir wollen eine freie, umfassende Bildung für alle ermöglichen, nicht nur für Studenten und die universitäre Elite, sondern auch für Arbeiter, Schüler, Angestellte und Lehrer. Die ökonomischen und gesellschaftlichen Zwänge steuern die Studienreform in eine Richtung, die Bildung hierarchisiert. Kurzes Fachidiotenstudium, um engsichtige akademische Roboter für die Notwendigkeiten des kapitalistischen Arbeitsmarktes zu produzieren.» Er sah Felicitas an.

Die Farbe seiner Augen changierte zwischen dunklem Türkis und hellem Grau. Oder waren sie grün? Sie bemerkte, dass er aufgehört hatte zu reden, und errötete. «Aha.» Mehr fiel ihr im Moment nicht ein. Hoffentlich hielt Martin sie jetzt nicht für ignorant.

«Da gibt's auch Arbeitskreise für Lehramtsstudenten zur Demokratisierung der Schule», warf Helge ein. «Ich geh zum Arbeitskreis *Politische Sprache und gesellschaftlich falsches Bewusstsein*. Komm doch mit! Oder zum Springer-Tribunal, da diskutieren wir über die Enteignung von Axel Springer. Dietmar und noch ein paar andere sind auch dabei.»

«Ja, mal sehen.» Felicitas fühlte sich immer unwohler. Sie fand das Studieren schon schwierig genug mit all den neuen Begriffen und den Vorlesungen, in denen sie nur die Hälfte verstand. Und jetzt auch noch Arbeitskreise? Aber vielleicht machte Martin ja bei einem mit.

Martin hatte inzwischen die Spaghetti vertilgt, nun stand er auf und nahm sein Tablett. «Wir sehen uns heute Abend!»

«Was macht ihr heute Abend?», fragte Felicitas, als Martin gegangen war.

«Nichts!»

«Nichts?» Felicitas versuchte, Dietmar in die Augen zu sehen, aber er wich ihrem Blick aus.

«Wir treffen uns zum Arbeiten», sagte er.

«Du und Martin?»

«Ja, wieso?»

«Sonst niemand?»

«Ist das hier die Inquisition?» Dietmar klang trotzig.

«Ich bin auch dabei.» Helge räusperte sich. «Und Barbara. Ist halt 'ne Arbeitsgruppe.»

«Wieso Barbara? Die studiert doch gar nicht mehr.» Felicitas sah Helge überrascht an.

«Himmel, Felicitas! Wir arbeiten für die Revolution. Was ist denn daran jetzt so schlimm?» Dietmar klopfte rhythmisch mit der Gabel auf den Tisch.

«Nichts! Tschuldigung! Ich wollte nicht ...» Sie stockte. «Kann ich mitmachen?»

«Nein!», sagten Helge und Dietmar gleichzeitig. «Ich meine, das wär bloß total langweilig für dich», schob Dietmar hinterher. «Wir diskutieren über Adorno und Horkheimer.»

Felicitas verzog das Gesicht und stand auf. «Ihr haltet mich wohl für doof!»

«Warte doch! So war das nicht gemeint.» Helge griff nach ihrer Hand. Als sie ihn böse anfunkelte, ließ er sie schnell wieder los. «Ich könnte dir ja Adorno erklären.»

«Danke, ich kann lesen!» Felicitas drehte sich um und ging.

Dietmar spähte durch die Scheibe ins Innere des Ladens. Sie hatte ihm den Rücken zugewandt und wartete darauf, dass die Maschine das Brot fertigschnitt. Das blonde Haar war hochgesteckt, eine Strähne hatte sich gelöst und schmiegte sich in die Beugung des Nackens. Er fischte sein Kleingeld aus der Hosentasche und betrat den Laden. Sie hatte das geschnittene Brot in eine Tüte gepackt, die sie dem Kunden über die Theke reichte. Sie nahm den Zehnmarkschein, den der Kunde ihr gab, zählte einige Münzen aus der Kasse und legte sie auf die Wechselgeldschale auf der Theke. Erst, als der Kunde die Bäckerei verlassen hatte, sah sie zu Dietmar. «Was darf's sein?», fragte sie gelangweilt.

Dietmar fiel plötzlich ein, dass er ihr eine Rose hätte mitbringen sollen. Nur Kekse zu kaufen kam ihm auf einmal banal vor. Er könnte noch zwanzig Jahre lang jeden Tag in ihren Laden kommen und irgendetwas Unwichtiges ordern, ohne dass sie ihn bemerken würde. Er musste etwas tun – jetzt. Er zog eines der Flugblätter, die er morgens in Hofstädters Seminar verteilt hatte, aus der Tasche und hielt es ihr hin.

Sie sah ihn verdutzt an, dann nahm sie das Blatt und überflog es. «Und wat soll ick damit?», fragte sie schließlich. «Ick hab keene Zeit zum Studieren.»

Eine erregende Unruhe ergriff von Dietmar Besitz. Er erkannte die Verkäuferin nun als das, was sie war: keine hübsche junge Frau, deren Kittel sich so eng über den runden Po spannte, dass Dietmar die seitliche Naht ihres kurzen Rockes darunter erkennen konnte, sondern ein Teil der proletarischen Masse, die die soziale Wirklichkeit nur noch durch die von ihr verinnerlichten Schemata des Herrschaftssystems erfasste, unfähig zur Empörung. Nun verstand er genau, was Dutschke und Krahl in Frankfurt gemeint hatten. Ja, das Leiden der Massen hatte eine ganz neue Qualität erreicht, ihr Bewusstsein war derart besetzt durch die Indoktrinationen der Herrschenden, dass sie es nicht begriffen, nicht begreifen konnten. Aber er, Dietmar, konnte dieses eine süße proletarische Individuum retten, sein Bewusstsein schulen, es bereitmachen für die Revolution.

«Wolln Se wat koofen oder bloß Maulaffen feilhalten?»

Dietmar schreckte hoch. Er hatte nicht gehört, dass noch jemand den Laden betreten hatte. «Eine Tüte Schwarzweißgebäck», stammelte er.

Als er mit rotem Kopf den Laden verließ, schimpfte die Kundin: «Unjewaschene Gammler! Det Jeld für die Kekse hatta bestimmt irgendwo jeklaut.»

Dietmar fuhr mit dem Bus bis zum Rathenauplatz, dann lief er an der Stadtautobahn entlang bis zur Trabener Straße, die sich an diesem Ende zu einem schmalen Pfad verengte. Der Mond war fast voll, und die Ruine der Villa zeichnete einen bizarren Schattenriss gegen das blasse Licht. Er betrat das Grundstück und lief an der linken Seite des Hauses eine Steintreppe hinunter bis zu einer Terrasse, die sich, umgrenzt von einer klassizistischen Steinbalustrade, über den See erhob. Sie hatten die verlassene Villa letzten Sommer entdeckt. Das Dach fehlte fast gänzlich, und das oberste Stockwerk war offenbar im Krieg ausgebrannt. Das Souterrain, das man über die Terrasse betreten konnte, roch muffig, und es dauerte ein paar Wochen, bis sie die Ratten vertrieben hatten. Sie hatten ein ausgedientes Sofa, ein paar Stühle und einen alten Tisch in das Haus geschleppt. Barbara hatte aus der Redaktion, in der sie mal gearbeitet hatte, zusammen mit Atze und Helge eine Rotaprintmaschine geklaut. Nun thronte das Ding zwischen Kartons mit alten Flugblättern und verpatzten Wachsmatrizen im hinteren Teil des Raumes. Der Fußboden ringsum war fleckig von verkleckertem Spiritus und Farbe. Im September hatten sie ihr Hauptquartier bezogen. Es roch noch immer muffig, und außerdem war es kalt. Wegen des Rauches wagten sie nicht, den Ofen in der Zimmerecke zu benutzen. Wenn es noch kälter werden würde, mussten sie sich etwas einfallen lassen.

Dietmar zog dreimal an der Angelschnur, die sie durch ein Loch im Fensterrahmen neben der Tür geführt hatten. Er hörte nichts, wusste aber, dass am anderen Ende der Schnur ein Glöckchen leise bimmelte. Schritte näherten sich der Tür, die kurz darauf einen Spaltbreit geöffnet wurde.

«Viva Maria!», flüsterte Dietmar.

«Viva Dietmar!», antwortete Helge, dann zog er die Tür so weit auf, dass Dietmar sich durch den engen Spalt in den Flur schieben konnte.

Bis auf Atze waren alle anderen bereits da. Gerlind blätterte in der neuesten Ausgabe des *Extradienst*. Barbara kämpfte mit dem Korken einer Weinflasche, die sie zwischen die Knie geklemmt hatte. Martin hing halb auf einem Stuhl, die Beine lang ausgestreckt, und trank ein Bier. Britt, Atzes Freundin, stellte ein paar Gläser auf den Tisch.

Malou, hinter deren exotischem Namen sich ein spießbürgerliches Marie-Louise verbarg, diskutierte angeregt mit Uli, der immer wieder einen Seitenblick zu Barbara warf und ungeduldig das Glas in den Händen drehte, das Britt vor ihn auf den Tisch gestellt hatte. Die beiden waren, abgesehen von Martin, der eine eigene Wohnung hatte, die Einzigen der «Roten Zelle», die nicht in Barbaras Haus lebten. Uli wohnte überall und nirgends, so genau wusste Dietmar das nicht, und hielt den Kontakt zur K1, der Kommune 1, in der zusammen mit vielen anderen Rainer Langhans, Fritz Teufel und Dieter Kunzelmann lebten. Malou hatte ein Zimmer mit Küchen- und Badbenutzung in Reinickendorf und weigerte sich, in die Kommune einzuziehen, seit Dietmar ihr an Himmelfahrt erklärt hatte, er sei noch nicht bereit, sich auf eine ernste Bindung einzulassen. Sie war eine ganze Weile so wütend auf ihn gewesen, dass sie sich nicht mehr an den Aktionen der «Roten Zelle» beteiligt hatte, aber nach dem 2. Juni war sie wieder aufgetaucht. Eifersucht sei reaktionär, und die brutale Gewalt der Machthabenden fordere den vollen Einsatz jedes Revolutionärs, hatte sie erklärt. Dass sie sich inzwischen mit einem pferdegesichtigen Doktoranden der Philosophie über Dietmar hinweggetröstet hatte, hatte Barbara ihm irgendwann verraten.

«Du bist spät dran», sagte Barbara.

«Ich hab noch Kekse besorgt.» Dietmar kramte die Gebäcktüte aus seiner Tasche und warf sie auf den Tisch.

«Ich hab nur eins im Sinn, ich hab nur eins im Sinn, die schöne Bäckerin», trällerte Helge.

Dietmar streckte ihm die Zunge heraus. «Wo ist eigentlich Atze?»

«Der muss Überstunden machen, kommt aber nach, sobald er kann», sagte Helge. «Vielleicht fangen wir einfach schon mal an.»

Barbara nickte.

Gerlind öffnete gerade den Mund, als das Glöckchen an der Tür leise anschlug. Helge stand auf und ging hinaus. Aus dem Flur hörten sie gedämpfte Stimmen.

«Viva Maria!»

«Viva Atze!»

Atze trampelte hinter Helge her durch den Flur ins Zimmer. Er ließ sich zwischen Gerlind und Barbara auf das Sofa plumpsen und nahm sich eine Flasche Bier.

«Können wir jetzt endlich anfangen?», drängelte Gerlind.

«Klar!» Dietmar nickte. «Seit wir die Enteignung Springers gefordert haben, ist nichts passiert. Wir wollen heute überlegen, mit welchen gezielten Aktionen wir die Arbeiter in die Enteignung einbinden können.»

Die anderen nickten stumm, nur Atze rülpste leise.

«Nachdem wir festgestellt haben», fuhr Dietmar fort, «wie gut die Flugblattaktion bei Hofstädter gelaufen ist, wäre ich für ein weiteres Go-in mit Flugblättern zur Enteignung von Springer. Was meint ...»

«Quatsch!», unterbrach ihn Atze. «In der Uni haste keine Arbeiter, wie willste die denn mit 'nem Go-in erreichen?»

«Vielleicht können wir die Flugblätter ja woanders verteilen», schlug Uli vor. «Auf dem Kudamm oder so. Wir drucken Gutscheine drauf: *1x Bild umsonst!* Dann verliert Springer seine ganzen Tageseinnahmen.»

Atze nahm noch einen Schluck Bier. «Ich find Flugblätter scheiße. Liest doch kein Schwein. Wir müssen was Richtiges machen.»

«Was denn?» Martin hatte sich auf seinem Stuhl aufgerichtet und sah Atze gespannt an.

«Keine Ahnung! 'Ne Bombe oder so.»

«Spinnst du!», fuhr Barbara auf. «Wenn da einer verletzt wird.»

«Rudi hat gesagt, dass Gewalt und der Aufruf zu Mord und Totschlag in den hochentwickelten Industrieländern kontrarevolutionär wären.» Gerlind holte Luft. «Rudi ...»

«Rudi, Rudi!», äffte Atze sie nach. «Hör doch mal auf mit deinem Rudi!»

«Das ist nicht *mein* Rudi!», maulte Gerlind. «Aber Rudi sagt», sie ignorierte Atze, der mit den Augen rollte, «dass wir der Bevölkerung durch Flugblätter die Notwendigkeit der Enteignung des Springer-Konzerns vor Augen führen müssen.»

Dietmar war aufgesprungen und lief nun im Raum auf und ab. «Ich find Flugblätter auch zu schwach. Rudi hat in Frankfurt auch gesagt, dass, ich zitiere, *die ‹Propaganda der Schüsse› in der ‹Dritten Welt› durch die ‹Propaganda der Tat› in den Metropolen vervollständigt werden muss. Der städtische Guerillero ist der Organisator schlechthinniger Irregularität als Destruktion des Systems der repressiven Institutionen.*»

«Wow, du hast das auswendig gelernt!» Helge war sichtlich beeindruckt. «Und was meint er damit?»

«Ist doch ganz klar: Wir müssen als Guerilleros in den Städten dafür sorgen, dass das System gestört wird, um es zu zerstören. Und mit Flugblättern stören wir gar nichts.»

«Wir könnten ihn ja entführen.» Helge strahlte.

«Wen? Rudi?»

«Blödsinn! Springer natürlich!» Helge lief rot an. «Damit stören wir das System doch bestimmt, oder nicht?»

«Ich weiß nicht, ob das nicht 'ne Nummer zu groß ist ... Machst du noch 'nen Wein auf?» Malou schob eine Flasche Lambrusco zu Dietmar hinüber. «Wir können doch erst mal mit Flugblättern anfangen. Und die Idee mit den Gutscheinen find ich gar nicht so schlecht. Wir könnten draufschreiben, dass die Leute ihr Geld zurückkriegen. Die stürmen dann zu Tausenden den Springer-Verlag und legen alles lahm.»

«Da fallen die doch nicht drauf rein.» Dietmar griff nach dem Korkenzieher und drehte ihn langsam in den Korken. «Aber wenn wir zum Beispiel die Lieferfahrzeuge hochjagen, bricht das ganze Vertriebssystem zusammen.»

«Die Leute werden ihr Geld zurückfordern. Im Spätkapitalismus bestimmt der Wunsch nach Besitz das Handeln des sich entfremdeten bourgeoisen Subjekts ... Gib mir auch noch was von dem Wein!» Gerlind hielt Dietmar ihr Glas hin.

«Moment!» Dietmar zerrte wild an dem Korkenzieher. Schließlich klemmte er sich die Flasche zwischen die Knie und zog mit beiden Händen. Mit einem lauten Plopp flutschte der Korken aus der Flasche, und ein Schwall Rotwein ergoss sich auf Dietmars jagdgrüne Breitcordhose. «Verdammter Mist! Warum immer ich?», fluchte er.

Uli grinste hämisch. «Da kriegt der Begriff ‹rotes Schwein› gleich eine ganz andere Bedeutung.»

Dietmar sah Uli irritiert an. «Beschimpfen wir uns jetzt hier gegenseitig oder was?»

«Reg dich nicht auf! Uli ist ein Idiot, weißt du doch.» Martin reichte Dietmar ein großes Stofftaschentuch, mit dem er vorsichtig den nassen Fleck in seinem Schritt abtupfte.

«Wie wäre es, wenn wir abstimmen?», fragte Britt, die den ganzen Abend über noch nichts gesagt hatte.

«Abstimmen?» Martin warf einen Blick auf seine Uhr. «Warum eigentlich nicht! Also, wer ist für eine Bombe?» Er reckte seinen Arm.

Dietmar, Uli und Atze hoben ebenfalls eine Hand.

Martin sah Helge an. «Was ist mit dir?»

«Ich weiß nicht. Eine Bombe finde ich doch sehr gefährlich. Wenn da aus Versehen der Hausmeister rumläuft, wenn die Bombe hochgeht.»

«Also bist du für Flugblätter?», fragte Barbara barsch.

«Ich ...»

«Gut! Wer noch?», fragte sie. Ihr Arm schoss nach oben.

Britt, Gerlind und Malou stellten sich auf ihre Seite.

«Mit Helge sind wir fünf gegen vier. Also Flugblätter!», schloss sie.

«Feigling!», zischte Uli Helge zu, als sie die Villa verließen.

Dietmar klopfte Helge auf die Schulter. «Mach dir nichts draus. Komm, wir gehen!»

«Sag mal ...», Martin hatte Dietmar und Helge, die die Straße entlang zum Bus liefen, eingeholt. «Was macht deine Schwester eigentlich?»

Dietmar grinste breit. «Was soll sie schon machen?»

«Na ja, du weißt schon.» Martin klang beiläufig. «Meinst du, sie geht mal mit mir ins Kino?»

«Woher soll ich das wissen? Frag sie doch!» Dietmar knuffte seinen Freund in die Seite. «Komm doch morgen vorbei! Ich könnte mir glatt vorstellen, dass Feli sich freut.»

4

REGENTROPFEN klatschten ihm nass und kalt ins Gesicht, als er die Beusselstraße entlangrannte. Seine Lungen schmerzten von der Anstrengung und der kalten Luft. Aber das Rennen half ihm, sich zu beruhigen.

Der Silberhaarige war mit seinem Bericht unzufrieden gewesen. Dabei war es nicht seine Schuld, dass die Frauen sich gestern Abend durchgesetzt hatten. Der Silberhaarige hatte ihn nur teilnahmslos angesehen, als er versuchte, sich zu rechtfertigen. Erst, als eine fette Wasserratte an der Bootswand entlanggehuscht war, hatte der Mann kurz mit den Mundwinkeln gezuckt. Er selbst hatte am Tisch gestanden und nervös an der Plastikkante herumgefummelt, bis er sich einen Splitter eingerissen hatte. Er fluchte lautlos vor sich hin. Die Abteilung wollte Ergebnisse sehen. Er musste die Genossen der «Roten Zelle» überzeugen. Aber wovon? Tatsächlich eine Bombe? Die Idee mit der Entführung war auch nicht schlecht. Und möglicherweise ließen sich die Frauen eher dazu bewegen, schließlich wäre bei einer Entführung niemand außer dem imperialistischen Klassenfeind gefährdet.

Er verfiel in einen langsamen Trab, dann blieb er stehen und schnappte nach Luft. Er zog die Kapuze seines Parkas, die ihm beim Laufen heruntergerutscht war, wieder über den Kopf. Den Duft von frischem Brot, der aus einer Bäckerei auf die Straße strömte, nahm er nur unbewusst wahr, aber gleich musste er wieder an sie denken und wünschte, er wäre jetzt bei ihr. Er könnte sie in seine Arme nehmen, ihre zarte Haut unter seinen Fingerspitzen spüren und fühlen, wie sie sich an ihn schmiegte. Wenn er hier fertig war, würde er sie mit nach drüben nehmen. Die HVA, die Hauptverwaltung Aufklärung, hatte ihm einen guten Posten versprochen mit Aufstiegschancen und einem Haus am Müggelsee. Er wusste, dass er noch viel Arbeit leisten musste, bis sich ihr naiver Verstand zu einem echten sozialistischen Bewusstsein geformt hatte, aber sie war klug und würde bald begreifen, dass es sich nur in einem sozialistischen Staat zu leben lohnte.

Trotz des Regens war ihm warm geworden. Er hatte inzwischen die Huttenstraße erreicht und wollte gerade nach links in die Turmstraße biegen, als er die Frau sah. Sie lief auf der anderen Seite die Turmstraße entlang in seine Richtung. Schnell verbarg er sich hinter einer Litfaßsäule. Was machte sie hier in dieser Gegend? Er beobachtete, wie sie die Straßenseite wechselte, die Beusselstraße überquerte und der Huttenstraße folgte. Er lief ihr nach, die Hauseingänge zu seiner Rechten immer im Blick, damit er sich notfalls verbergen konnte. Aber sie sah sich nicht um. Sie bog in die Berlichingenstraße ein und verschwand im Durchgang zum Hinterhof eines heruntergekommenen Hauses. Er schlich sich näher heran und konnte durch die zerbrochene Scheibe der Tür sehen, wie sie in der Hofdurchfahrt stand, den einzigen halbwegs intakten Briefkasten öffnete und einen Briefumschlag herausnahm. Sie schob ihn in ihre Handtasche und nahm dort einen anderen heraus, den sie im Briefkasten deponierte.

Als sie den Briefkasten schloss, sprang er von der Tür zurück und versteckte sich im Eingang zum Vorderhaus, bis sie gegangen war. Dann huschte er in die Hofdurchfahrt und öffnete mit einem Dietrich, den er immer bei sich trug, den Briefkasten.

5

ALS FELICITAS DIE HAUSTÜR ÖFFNETE und in den Flur trat, schlugen ihr Zigarettenrauch und der süßliche Geruch von Haschisch entgegen. Die Tür zum Wohnzimmer war schon vor Wochen von Atze und Gerlind ausgehängt worden, so dass Mick Jaggers *Let's Spend the Night Together* ungedämpft durch das Haus dröhnte. Felicitas warf einen Blick in das Wohnzimmer. Auf dem niedrigen Tisch standen eine leere Weinflasche und zwei volle Aschenbecher. Dutzende bunter Bonbonpapiere lagen verstreut auf Tisch und Boden. Eine offene Keksdose, in der nur noch Krümel waren, stand halb unterm Tisch. Atze lehnte an der Wand und zog an einem Joint. Helge und Gerlind hockten auf den Matratzen und diskutierten über das zersetzende Potential schlechter Küche. Barbara lag mit geschlossenen Augen auf dem Rücken, ihren Kopf auf dem Schoß der Blondine, von der Felicitas zuerst den Po kennengelernt hatte und die, wie sie inzwischen wusste, Britt hieß und eine schwedische Austauschstudentin war. Dietmar und Martin hockten, über ein Papier gebeugt, abseits und sprachen leise miteinander.

«Hallo!»

Dietmar hob den Kopf. «Mama hat dir ein Paket geschickt. Hier ist ihr Brief.» Er schwenkte einen beigefarbenen Umschlag mit einer aufgedruckten Brezel. «Sie vermisst dich.» Er grinste. «Wahrscheinlich, weil du ihr jetzt in der Vorweihnachtszeit in der Bäckerei fehlst.»

«Und wo ist das Paket?» Felicitas sah sich um.

Atze blies eine weiße Rauchwolke aus. «War echt super! Machen deine Eltern die Kekse selbst?»

Felicitas starrte ihn an, dann fiel ihr Blick auf die leere Quality-Street-Konfekt-Dose, und sie erkannte die bunten Bonbonpapiere. «Ihr ... ihr ...» Tränen traten ihr in die Augen.

Helge sah unglücklich aus. «Der Kaffee ist noch da. Und die Nylonstrumpfhosen auch.»

«Dein Festhalten an Privateigentum zeigt deutlich, dass du immer noch dieses falsche, kleinbürgerliche Bewusstsein hast. Der Vergeudungskapitalismus nährt die Illusion von Freiheit, indem er dir weismacht, du bist mehr, wenn du mehr besitzt», setzte Gerlind bissig hinzu.

«Ihr und eure blöde Kommune!» Felicitas drängte

die Tränen zurück. «Ihr wollt alles kollektiv entscheiden, aber mich hat keiner gefragt, ob ihr meine Kekse essen dürft. Von wegen Revolutionäre – verfressen seid ihr, das ist alles!»

Helge war aufgestanden und sammelte die Strumpfhosenpackungen auf. Felicitas riss ihm die Strumpfhosen aus der Hand und rannte nach oben in ihr Zimmer.

Als es klopfte, saß sie mit dem Skizzenblock auf dem Bett und zeichnete einen Gartenzwerg, der mit einer Mistgabel in der Brust und einem roten Stern auf der Stirn auf einer Blumenwiese lag, den Blick starr in den Himmel gerichtet.

«Ja?», knurrte sie.

Die Tür öffnete sich, und Barbara steckte den Kopf durch den Türspalt. «Tut mir leid mit deinen Keksen. Darf ich reinkommen?»

Felicitas nickte.

Barbara hockte sich zu ihr aufs Bett. «Lässt du mich das Bild mal sehen?» Sie griff nach dem Skizzenblock.

«Lieber nicht! Dann muss ich wahrscheinlich ausziehen.» Felicitas lächelte schief.

«Bestimmt nicht! Ich verrat's auch keinem.» Barbara drehte den Skizzenblock um, warf einen Blick darauf und begann, laut zu lachen. «Wenn Gerlind das sieht, beruft sie ein Tribunal ein, damit du offiziell von allen revolutionären Aktivitäten ausgeschlossen wirst.» Als die Türklinge heruntergedrückt wurde, schlug sie den Skizzenblock kichernd zu.

Dietmar kam ins Zimmer, eine Hand hinter dem Rücken verborgen. «Was ist denn so komisch?»

«Nichts! Was hast du da?» Felicitas zeigte auf seine hinter dem Rücken versteckte Hand.

Dietmar zog einen Teller mit einem Stück Frankfurter Kranz hervor und hielt ihn Felicitas hin. «Als Ersatz für die Kekse! Was anderes gab's leider nicht mehr.»

«Und eine Gabel?»

«Ach, das geht auch so», sagte Dietmar und stippte mit dem Finger in die Buttercreme.

Felicitas zog den Teller zu sich heran und schlug lachend nach seiner Hand.

«Hey, hier werden Orgien gefeiert, und wir sind nicht dabei.» Martin und Helge waren ins Zimmer gekommen, Atze und Britt standen hinter ihnen in der Tür.

Felicitas kaute ein Stück Frankfurter Kranz. Mit cremeverschmierten Fingern winkte sie den vieren zu.

«Verdammt düster hier!» Atze schob sich nach vorne. «Aber dagegen haben wir was.» In der rechten Hand trug er einen Eimer Farbe, in der linken mehrere große Pinsel. Britt kam mit einem großen Stapel Zeitungen unter dem Arm hinterher.

«Wir dachten, ist ja kein Wunder, dass du so aggressiv bist. Aggression ist die Kehrseite der Frustration. Und bei den Wänden ...» Helge zeigte mit einer ausladenden Bewegung auf die vergilbte Tapete.

«Ihr wollt mein Zimmer streichen?»

Helge, Atze und Martin nickten gleichzeitig.

Felicitas spürte einen Kloß im Hals. Vielleicht war dieser revolutionäre Haufen ja doch nicht so übel, wie sie gedacht hatte.

Drei Stunden später saßen sie alle in Felicitas' Zimmer. Sie selbst hockte mit angezogenen Knien zwischen Barbara und Martin auf dem Sofa, das trotz der Zeitungen ein paar Farbspritzer abbekommen hatte. Martin reichte ihr sein Weinglas. «Magst du noch?»

Sie kicherte. «Ich hab schon einen ganz schönen Schwips.»

«Und Farbe im Gesicht.» Martin berührte mit den Fingerspitzen ihre Nase und strich ihr über die Wange.

Felicitas wurde schwindelig, und sie legte den Kopf auf Martins Schulter.

«Ich muss los. Bin verabredet.» Helge stellte sein Glas auf den Boden und stürmte die Treppe hinunter. Kurz darauf hörten sie die Haustür zuschlagen.

«Was hat der denn?», fragte Atze.

Die anderen schüttelten die Köpfe.

«Vielleicht ist er ja wirklich verabredet», meinte Britt. «Wie spät ist es denn?»

Felicitas sah auf ihren Wecker. «Viertel vor zwölf.»

Martin sprang auf. «Mist! Ich verpasse noch die letzte U-Bahn.» Martin schob sich an Atze vorbei. Vor Felicitas blieb er einen Moment lang stehen. «Tschüs!», sagte er und drückte ihr einen Kuss auf den Mund.

«Tschüs!», murmelte sie verwirrt, aber Martin lief bereits die Treppe hinunter.

Helge hockte auf dem Boden im Wohnzimmer und versuchte, mit der Spitze des Metallstiftes eine Gerade in die Wachsmatrize zu drücken. Doch immer, wenn er das Lineal wegnahm, hackte er Macken in die dünne Wachsschicht. Der Text für das Flugblatt war fertig, Gerlind hatte ihn auf der Schreibmaschine getippt. Wie der Sie-bekommen-Ihr-Geld-zurück-Gutschein aussehen sollte, hatten sie ebenfalls akribisch festgelegt, aber an der Umsetzung haperte es gewaltig.

Er sah auf die Uhr. Es war gleich halb sechs, Felicitas müsste jeden Moment nach Hause kommen. Sie könnte diesen Mist bestimmt auf die Matrize übertragen. Wenn er Glück hatte, kamen die anderen frühestens in einer Stunde. Er könnte was Schönes kochen, während sie das Flugblatt für ihn fertigmachte. Und dann ... Er malte sich das Dann in allen Einzelheiten aus. Er sah an sich hinunter und grinste. Besser, er zöge eine Jeans über. Er war schon halb die Treppe hinauf, als das Telefon klingelte. Er flitzte wieder hinunter und nahm den Hörer ab. «Ja?»

«Hallo! Ist Felicitas da?»

Als Helge Martins Stimme erkannte, sank alles in ihm schlaff nach unten. «Nee!», blaffte er in die Sprechmuschel. Aus den Augenwinkeln sah er, wie die Haustür aufgestoßen wurde. «Ich muss Schluss machen, hab Essen auf dem Herd!», rief er und knallte den Hörer auf die Gabel.

«Wer war denn am Telefon?» Felicitas stellte ihre Tasche in den Flur und hängte ihren Mantel an die Garderobe.

«Niemand! Hat sich verwählt.»

Felicitas musterte Helge mit diesem seltsam fragenden Blick, den er besonders niedlich fand. Überhaupt war sie heute wieder sehr schön. Sie hatte die Haare hochtoupiert und an den Seiten zu zwei kleinen Zöpfchen zusammengefasst. Ihre weiße Bluse hing über dem hellblauen Rock, der für Helges Geschmack viel zu lang war. Gerlind fand Felicitas' Kleidung reaktionär, aber für Helge war sie einfach nur süß. Er stellte sich vor, wie er die winzigen Knöpfe an ihrer Bluse einen nach dem anderen öffnete und den Verschluss ihres Büstenhalters löste. Er spürte wieder dieses eindeutige Pochen im Unterleib und wurde rot. «Tschuldigung, hab was vergessen», stammelte er und rannte die Treppe hinauf. Als er zurückkam, trug er eine von Atzes Jeans.

Felicitas kniete auf dem Boden im Wohnzimmer und begutachtete die verdorbenen Matrizen. «Was soll denn das werden?»

«Das», er deutete auf die Vorlage, «soll eigentlich ein Rand werden, wie bei 'ner Traueranzeige. Aber ich krieg's nicht hin.»

«Das ist doch kein Problem. Hast du Karton und ein scharfes Messer?»

Er nickte und holte ein Skalpell, mit dem Barbara Fotos zurechtschnitt, und ein Stück Pappkarton.

«Sag mal, was macht eigentlich Martin so?», fragte sie beiläufig, während sie auf dem Karton ein Rechteck abmaß und die Eckpunkte mit Bleistift markierte.

Helge presste die Lippen zusammen. «Ist von der Uni geflogen», sagte er schließlich.

«Wieso von der Uni geflogen?»

«Na ja, wenn man zu lang studiert, wird man zwangsexmatrikuliert. Und letztes Jahr war's dann so weit.»

«Was macht er denn jetzt?» Felicitas legte die Schablone, die sie aus der Pappe geschnitten hatte, auf die Matrize und bat Helge, die Pappe festzuhalten.

«Wer?» Helge konzentrierte sich darauf, die Schablone so zu halten, dass sie nicht verrutschte, während Felicitas die freien Stellen vorsichtig mit dem Metallstift eindrückte.

«Martin!»

«Keine Ahnung! Der ist hauptsächlich für die Revolution aktiv. Im SDS, das ist der Sozialistische Deutsche Studentenbund.» Helge lächelte sie an. «Hast du nicht Lust, morgen mitzukommen und die Flugblätter zu verteilen?»

Felicitas schüttelte den Kopf. «Ich glaube nicht.»

«Ich bin mit Kochen dran, ich geh in die Küche», sagte Helge matt und stand auf. «Vielleicht könntest du die anderen Matrizen auch noch fertigmachen.»

«Klar!» Felicitas griff sich die nächste, legte die Schablone auf und begann, das Wachs wegzudrücken.

Der Kühlschrank präsentierte drei Liter Milch, ein angefangenes Stück Butter und vier Dosen Kaviar, die Gerlind letzte Woche im KaDeWe geklaut hatte. Helge warf die Kühlschranktür zu und sah auf den Plan, der außen an der Tür klebte. Atze hatte Einkaufsdienst. Helge verzog das Gesicht. Die Haustür schlug zu, er hörte Schritte und Stimmen auf dem Flur. Gerlind, Britt und Barbara kamen in die Küche.

«Was gibt's zu essen?» Gerlind schnupperte in die Luft. «Ich riech gar nichts.»

«Gibt ja auch noch nichts», erwiderte Helge. «Atze ist noch nicht da.»

Barbara stöhnte. «Vielleicht sollten wir Atze vom Einkaufen befreien und ihn stattdessen die Klos putzen lassen.»

«Kommt gar nicht in Frage, hier macht jeder jede Arbeit! Arbeitsteilung führt zu Entfremdung. Und Entfremdung ist die Basis für die Unterdrückung des Proletariats.» Gerlind setzte sich neben Britt auf das Sofa. «Aber vielleicht sollten wir mal eine Schulung mit ihm machen: Wie gehe ich richtig einkaufen?»

Britt lachte. «Und jedes Mal, wenn er einen Fehler macht, versohl ich ihm den Hintern.»

«Wer kriegt hier den Hintern versohlt?» Atze schob die Tür mit einem riesigen Pappkarton auf, den er auf den Küchentisch wuchtete.

«Du!», lachte Britt und kniff ihn in den Po.

«Was ist denn in der Kiste?» Felicitas war hinter Atze in die Küche gekommen.

«Na, Abendessen! Ich sollte doch einkaufen gehen.»

«Abendessen? Dufte, zeig mal!» Dietmar schob sich, Martin im Schlepptau, an seiner Schwester vorbei. Mit einem kräftigen Ruck riss er das Klebeband ab und klappte den Deckel auf. Die anderen drängten sich um Dietmar und starrten in die Kiste.

«Wo hast du das denn her?», fragte Martin.

«Ist heute Morgen vom Laster gefallen, als ich auf'm Weg zur Arbeit am Supermarkt vorbeikam.» Atze grinste und gab Britt einen Kuss.

«Das ist nicht dein Ernst!» Helge verschränkte die Arme vor der Brust. «Das koch ich nicht!»

«Tja, dann wirst du wohl hungern.» Barbara nahm vier Packungen Mirácoli aus dem Karton.

«Ich weiß nicht, was du hast, Helge. Das reicht für mindestens drei Wochen.» Gerlind hatte einen großen Topf mit Wasser aufgesetzt und suchte nun nach einem kleineren für die Soße.

«Eben!» Helge sah Atze finster an.

«Also, ich find Nudeln prima.» Dietmar ließ sich neben Atze und Britt auf das Sofa plumpsen.

«Hauptsache, wir werden satt.» Martin lächelte Felicitas an, die immer noch wie paralysiert auf die rund fünfzig Packungen Mirácoli glotzte.

«Ich weiß ja nicht», murmelte sie.

«Und wie weit bist du mit den Matrizen?» Dietmar hatte seinen leer gegessenen Teller weggeschoben und drehte sich eine Zigarette.

Helge, der immer noch lustlos in den Spaghetti herumstocherte, sah kurz auf. «Felicitas hat den Gutschein fertiggemacht. Wir können die nachher also noch abziehen.»

«Prima!» Martin hatte sich ein Bier aus dem Kasten neben der Spüle geholt und versuchte nun, die Flasche an der Tischkante zu öffnen.

«Gib mal her!» Atze nahm ihm die Flasche ab, setzte den Kronkorken an der Tischkante an und schlug ihn mit einem gezielten Schlag ab. «Danke! Wenn de noch eins holst, mach ich dir auch 'ne Flasche auf.»

Grummelnd stand Martin auf und holte sich ein neues Bier. «Wir sollten uns jetzt mal über die Aktion unterhalten. Uli und Malou wissen Bescheid?»

Die anderen nickten.

«Gut, dann treffen wir uns wie vereinbart morgen Nachmittag um drei am Kranzler.»

«Du gehst auch Flugblätter verteilen?» Felicitas sah Martin an.

Martin lächelte. «Hast du Lust mitzumachen?»

Dietmar blies kleine Rauchkringel in die Luft. «Nee! Mein Vater bringt mich um, wenn er erfährt, dass ich Feli da mitschleppe.»

«Also ich finde, Felicitas kann ruhig ihren Teil zur Revolution beitragen. Das Sein bestimmt das Bewusstsein. Vielleicht hilft ja so eine Aktion.» Gerlind warf einen abschätzigen Blick auf Felicitas' Zöpfe.

Felicitas wollte gerade eine patzige Antwort geben, überlegte es sich dann aber anders. «Genau! Wie soll ich eure Revolution verstehen, wenn ich nicht mitmachen darf?»

«Ich pass auf Felicitas auf.» Martin legte den Arm um ihre Schultern.

«Na gut, aber beschwer dich hinterher nicht, wenn's was auf die Mütze gibt, Schwesterchen!»

Felicitas schüttelte den Kopf und strahlte Martin an, der aussah wie eine Katze, die gerade einen fetten Spatz verspeist hat.

Obwohl es erst früher Nachmittag war, schien es bereits zu dämmern. Die Wolkendecke hing so tief über Berlin, dass sie beinahe die Spitze des Turms an der Gedächtniskirche zu berühren schien. Felicitas trug ihren Wollmantel und einen dicken Schal, aber dennoch fror sie. Sie hielt einen Packen Flugblätter in der Hand und versuchte, so gut es mit Handschuhen eben ging, ein Blatt nach dem anderen herauszuziehen und an die mit Tüten beladenen Passanten zu verteilen. Sie spürte Martins Ellenbogen, der, wenn er jemandem ein Flugblatt entgegenstreckte, ihren Oberarm streifte. Helge stand ein paar Meter weiter und schielte immer wieder zu ihr hin. Wenn er sich umdrehte, klirrten die Weinflaschen, die er auf dem Weg zum Kranzler im KaDeWe hatte mitgehen lassen, in seiner Umhängetasche.

Malou drückte Uli ihren Stapel Flugblätter in die Hand, dann eilte sie zu ihnen herüber. Sie wechselte ein paar Worte mit Dietmar, der sich am Eingang zum Café Kranzler postiert hatte. Neugierig kamen Felicitas und Martin näher. Malou winkte den beiden zu und rief: «Ich muss los.» Dann lief sie über die Ampel und war kurz darauf im Menschengewirr verschwunden.

«Sie ist mit Pferdegesicht verabredet», erklärte Dietmar.

«Typisch!», zischte Gerlind und reichte einem dicken älteren Mann ein Flugblatt.

Der warf nicht mal einen Blick darauf, zerknüllte es

und ließ es zu Boden fallen. «Geht erst mal arbeiten, bevor ihr hier Reden schwingt!», schimpfte er.

«Wir wollen nicht den ganzen Tag malochen, um uns dem Konsumterror zu unterwerfen», rief Gerlind.

«Faule Bande!», blaffte eine junge Frau mit einem kleinen Mädchen an der Hand. Ihr Blick traf Felicitas. «Und dass *Sie* sich nicht schämen, bei so was mitzumachen.»

Erst jetzt erkannte Felicitas die Frau, mit der sie morgens oft gemeinsam auf den Bus gewartet hatte. Felicitas spürte Wut aufsteigen. Seit Monaten fuhr sie fast jeden Tag nach Dahlem, schlug sich die Zeit in Vorlesungen und Seminaren um die Ohren und saß dann meist noch bis spätabends in der Bibliothek, um zu lernen. Und das alles, um irgendwann einmal den Kindern dieser Leute die Bildung zu vermitteln, die sie benötigten, um im Leben weiterzukommen. «Was wissen Sie schon!», fauchte sie die Frau an.

«Jetzt werden Se mal nich frech, Frolleinchen!» Ein Mann trat mit erhobener Hand einen Schritt auf sie zu.

Sie wich erschrocken zurück und prallte gegen Martin, der beschützend seinen Arm um ihre Schulter legte.

«Genau! Langhaarige Affen! Geht doch nach drüben, wenn's euch hier nicht gefällt!», brüllte ein untersetzter Mitvierziger und riss Barbara die Flugblätter aus der Hand.

«Hey, wir wollen sachlich mit Ihnen reden, und Sie greifen uns an.»

«Vergasen sollte man so 'ne Bagage!», schrie jemand aus den hinteren Reihen.

«Nazis!», brüllte Gerlind. Sie holte aus und warf ihre Flugblätter gegen die Menge.

Der Packen stob auseinander, eine Böe erfasste die Blätter, wirbelte sie über die Köpfe der Passanten und trieb sie über den Bürgersteig auf die Straße. Erste schwere Regentropfen patschten auf die Blätter. Der Regen wurde heftiger, die Flugblätter wellten sich, segelten zu Boden und blieben auf Schultern, Mützen und Köpfen kleben. Ein Mann riss seiner Frau ein Flugblatt vom Hut. «Sauerei!», schimpfte er. «Eine Sauerei ist das!» Jemand rief nach der Polizei. Aus der Ferne kam das schrille Kreischen eines Martinshorns näher.

«Verdammt, lasst uns abhauen!» Dietmar warf seine Flugblätter in die Menge, die anderen taten es ihm nach.

Martin griff Felicitas' Hand und zog sie in Richtung Bahnhof Zoo. Eine Frau griff nach ihrem Mantel, doch Felicitas riss sich los. Hinter sich hörte sie Dietmar brüllen und «Stehenbleiben, Polizei!». An der Kantstraße bogen sie um die Ecke und liefen quer über die Straße auf das Quasimodo zu. Keuchend lehnte sich Felicitas gegen die schützende Mauer am Eingang. Sie beugte sich vor und schnappte nach Luft. Ihre Lungen brannten, und ihre vom Regen nassen Wangen glühten.

Martin fasste sie an den Schultern und schloss sie in seine Arme. «Geht's wieder?», flüsterte er ganz nah an ihrem Ohr.

Sie hob den Kopf und öffnete den Mund, doch statt eines «Ja» brachte sie nur ein heiseres Krächzen zustande.

Martin lachte. Er strich ihr eine feuchte Strähne aus der Stirn. Seine Hand war eiskalt, und Felicitas bekam eine Gänsehaut.

Jetzt, dachte sie und schloss die Augen. Als sie Martins Lippen spürte und seine Zunge, die sich vorsichtig in ihren Mund schob, begannen ihren Knie zu zittern, und ihr Schritt wurde feucht. Sie umklammerte seinen Nacken und erwiderte den Kuss mit einer Heftigkeit, die sie selbst überraschte.

Berstendes Glas ließ sie auseinanderfahren. Sie hielten einander an den Händen, als sie die Stufen hinauf zur Straße liefen. Aber außer ein paar Fußgängern, die mit hochgeschlagenen Kragen durch den Regen hetzten, war niemand zu sehen. An der Hauswand tropfte eine rötliche Flüssigkeit herunter und sammelte sich in einer Pfütze, in der die dunkelgrünen Scherben einer Weinflasche lagen.

In der Küche war es viel zu warm. Jemand hatte die Heizung hochgedreht, und Atze befeuerte zusätzlich die alte Kochmaschine in der Ecke. Der Geruch nach Tomatensoße und italienischen Kräutern hing in der Luft. Die Nudeln und die Soße standen fast unberührt auf dem Tisch. Außer Atze, der zwei Portionen Mirácoli verputzt hatte, war niemandem nach Essen zumute. Atze und Britt waren als Erste in der Kommune aufgetaucht. Sie hatten den Tumult von der anderen Straßenseite aus beobachtet. Als die Polizei kam, mischten sie sich unter die Weihnachtseinkäufer und ergriffen die Flucht. Uli war zu diesem Zeitpunkt bereits verschwunden, beteuerte Britt ein ums andere Mal. Sie hatten in der Kommune 1 angerufen, aber da wäre er bislang noch nicht aufgetaucht. Gerlind und Barbara kamen eine Stunde nach Atze und Britt. Sie waren durchgefroren, und Gerlind hatte ein blaues Auge. Sie waren vor der Polizei in die U-Bahn geflüchtet. Als Helge auftauchte, setzte er sich in die Ecke des Sofas, drehte sich einen Joint und rauchte stumm vor sich hin. Sie konnten ihn nicht dazu bewegen, etwas zu erzählen. Niemand wusste, wo Dietmar war.

Gegen halb elf, Atze hatte inzwischen eine weitere Portion Spaghetti gegessen, die anderen leerten die vierte Flasche Lambrusco, klappte die Haustür. Felicitas sprang auf und rannte in den Flur. Dietmar stand im Dämmerlicht und grinste breit. Um seinen Kopf herum leuchtete ein weißer Verband.

«Wir haben schon gedacht, die Polizei hätte dich mitgenommen», sagte sie.

«Mich doch nicht.» Dietmars Grinsen wurde noch breiter. «Mann, hab ich einen Hunger!»

Erst jetzt sah Felicias, dass die rechte Seite seiner Jacke dunkel verfärbt war. «Ist das Blut?», fragte sie entsetzt.

«Kriegsverletzung, sozusagen. Aber halb so wild.» Dietmar schob seine Schwester beiseite und ging in die Küche.

«Mensch, was hast du denn gemacht?» Atze zeigte auf Dietmars Verband.

«Erzähl ich gleich, erst mal brauch ich was zu futtern!» Er setzte sich an den Tisch, schaufelte einen Teller mit Nudeln voll, griff nach dem Topf mit der Soße und kippte den Inhalt über die Spaghetti. Die nächsten Minuten stopfte er wortlos Nudeln in sich hinein. Endlich wischte er sich mit einem Geschirrtuch über den Mund und lehnte sich zufrieden zurück. «Ihr habt euch ja feige aus dem Staub gemacht.»

Mehrstimmiges leises Murren antwortete ihm.

«Aber ich bin tapfer stehengeblieben, bis die Polizei kam», setze er hinzu.

«Das nenn ich nicht tapfer, sondern blöd», sagte Gerlind.

«Na ja, ehrlich gesagt, bin ich einfach nicht durchgekommen. Ein paar von diesen Konsumgeiern haben mich festgehalten, bis die Bullen da waren. Die haben mich gepackt und wollten mich zu ihrer Karre zerren. Ich hab mich natürlich gewehrt. Da hat einer seinen Gummiknüppel gezückt und mir eins vor den Kopf gegeben.»

«O mein Gott!», flüsterte Felicitas und kuschelte sich enger an Martin.

«Ich hab gar nicht weiter nachgedacht. Ich hab ausgeholt, und gleich beim ersten Schlag ging er k. o. Dem anderen hab ich einen ordentlichen Schwinger versetzt, und dann bin ich gerannt. Keiner hat sich getraut, mich aufzuhalten. Am Zoo bin ich rein in die nächste S-Bahn. Die Bullen keuchten gerade die Treppe hoch, als die Bahn abfuhr.»

Alle lachten.

«Im Westend in der Notaufnahme hab ich gesagt, ich wäre ausgerutscht und hätte mir den Kopf angeschlagen. Blitzeis.»

Britt kicherte.

«Jetzt fehlt nur noch Uli», meinte Gerlind.

«Ach, der taucht schon wieder auf.» Atze winkte ab. «Mach lieber noch 'nen Wein auf!»

Den Rest des Abends verbrachten sie diskutierend, lachend und Wein trinkend in der Küche, bis sie schließlich morgens um drei alle todmüde in ihre Betten krochen.

Als Felicitas aufwachte, hatte sie einen stechenden Schmerz hinter den Augen und einen schalen, metallischen Geschmack im Mund. Sie drehte den Kopf zur Seite und blickte auf Martins verwuschelten Hinterkopf. Erschrocken tastete sie unter der Bettdecke nach unten und atmete erleichtert auf, als sie unter den Fingerkuppen das Bündchen ihres Schlüpfers spürte. Vorsichtig schlug sie die Decke zurück, krabbelte an Martin und etwas, das aussah wie Gerlinds Fuß, vorbei aus dem Bett und schlich sich ins Bad.

Nachdem sie gebadet und frische Wäsche angezogen hatte, fühlte sie sich schon etwas besser. Sie zog eine Jeans von Barbara über und mopste Martins Pullover, der schön kuschelig war und zart nach seinem Rasierwasser duftete.

In der Küche kochte sie Kaffee und machte sich auf die Suche nach einer Kopfschmerztablette. Sie fand eine zwischen alten Rabattmarkenheftchen und leeren Streichholzschachteln in der Schublade der Anrichte. Sie goss Kaffee und Milch in eine Tasse und hockte sich, den Kaffeebecher auf dem Schoß balancierend, neben das Telefon in den Flur. Sie hatte ihre Mutter bereits vor drei Tagen anrufen wollen, war aber nicht dazu gekommen. Inzwischen war es halb acht, und die Eltern saßen wohl beim Sonntagsfrühstück. Wenn sie jetzt anriefe, könnte sie mit beiden sprechen und ihr schlechtes Gewissen ein bisschen beruhigen.

Statt eines «Guten Morgen!» bellte ihre Mutter ein «Um Gottes wille!» in den Hörer, es folgte ein aufgeregter Wortschwall.

«Mama, beruhig dich doch! Was ist denn los?» Sie hörte, wie am anderen Ende nach Luft geschnappt wurde.

«Ha, was meinsch en du, was los isch? Guck doch amol in die Zeitung! Dei Vatr hat sich schrecklich uffgregt. Du sollsch hoimkomma, sofort! I kann nemme ruhig schlofa, wenn du no längr in dem schrecklicha Berlin bisch.»

«Mama, welche Zeitung?» In Felicitas' Kopf begann es, wieder stärker zu pochen.

«Ha, die *BILD* ond die *Stuttgarter*! Ee isch in älle gschtanda. Isch der noch zom retta?»

«Wer?»

«Dietmar!», keifte ihre Mutter. «Wie kann mr nur en Polizischta schlaga? Ond en Kommunischt isch er au!»

«Aber Mama, das war doch ganz anders.»

«Des han ihr mir denkt, dass du den verteidigsch. Was der uns antut – noi!» Die Mutter schluchzte laut auf.

«Dietmar wollte doch nicht ...»

«Was wollte ich nicht?» Felicitas hatte nicht gehört, dass ihr Bruder die Treppe heruntergekommen war. Nun stand er mit dem verrutschten Verband auf dem Kopf in Unterhose und Socken im Flur und sah sie fragend an.

«Isch er des?», fauchte es an Felicitas' Ohr. «Gib en mir!»

«Mama, ich ...» Sie hörte Schritte durch den Hörer, dann ein kurzes Rascheln.

«Wo isch der Saukerle?», brüllte ihr Vater so laut in den Hörer, dass Dietmar zusammenfuhr. «I hok me glei in dr Zug ond hol de höschtpersönlich hoim, wenn du mi net sofort mit Dietmar schwätza läsch!»

«Ja, Moment.» Felicitas reichte ihrem Bruder den Hörer.

Dietmar warf einen verzweifelten Blick zur Decke, raunte seiner Schwester zu: «Bringst du mir mal 'ne Schmerztablette und 'nen Kaffee?», und nahm ihr den Hörer aus der Hand. Als Felicitas mit Tablette und Kaffee aus der Küche zurückkam, hockte Dietmar mit angezogenen Knien an der Wand, den Telefonhörer hielt er eine Armeslänge von sich weg. Aus dem Hörer brüllte und zeterte es. Dietmar grinste seine Schwester an und nahm den Kaffee. «Danke!», flüsterte er.

«Was? Was hasch du gsagt?», zeterte es aus dem Hörer. Dann Schweigen. «Hörscht du mir überhaupt zu?» Wieder Schweigen.

Dietmar stellte die Tasse auf den Boden und hielt sich die Hand vor den Mund.

«I schwätz mit dir.» Dietmar versuchte mit rotem Kopf, das Lachen zu unterdrücken. «Wart no, i komm nach Berlin!»

Felicitas stieß ihrem Bruder mit dem Ellbogen in die Seite. Der kanalisierte den drohenden Lachkrampf in einen Hustenanfall. Dann sagte er artig «Entschuldigung, ja, ich höre zu» in den Hörer. «Nein, Papa.» Brüllen aus dem Hörer. «Ich bin an deiner blöden Bäckerei nicht interessiert.» Felicitas starrte ihren Bruder mit offenem Mund an. Gezeter am anderen Ende der Leitung. «Da wird sie sich aber freuen.» Dietmar hielt die Hand auf die Sprechmuschel und raunte Felicitas zu: «Ich werde enterbt, dein zukünftiger Mann wird jetzt Geschäftsführer.» Er kicherte. «Nein, Papa.» Pause. «Ich werde Journalist, Papa!» Dietmar sprach jetzt lauter. «Ich studier deine Scheißbetriebswirtschaft nicht mehr, ich hab mich für Publizistik eingeschrieben.» Der Vater brüllte irgendetwas Unverständliches zurück. Als es am anderen Ende der Leitung wieder ruhig wurde, schrie Dietmar ins Telefon: «Scheißkapitalist!» Felicitas wurde blass. «Mach's doch!» Dietmar knallte den Hörer auf die Gabel. Er schlang die Arme um seine Beine und ließ den Kopf auf die Knie sinken. Leise murmelte er: «Papa will mir die Bezüge streichen, verdammter Mist!»

6

FELICITAS war übers Wochenende zu den Eltern ins Schwäbische gefahren, deshalb hatten sie das Treffen der «Roten Zelle» kurzerhand aus dem Souterrain der verlassenen Villa, in dem, obwohl es bereits Anfang Februar war, inzwischen beinahe arktische Temperaturen herrschten, in die warme Küche der Kommune verlegt.

«Also Leute, am Bier soll die Revolution nicht scheitern.» Atze warf einen Blick zu Uli und Malou, die sich um eine Flasche Bier stritten. «Aber die Flugblattaktion ist trotzdem in die Hose gegangen. Ich hab ja gleich gesagt, das ist Schwachsinn.»

«Eben! Staatsgewalt kann man ruhig wörtlich nehmen.» Dietmar lehnte sich auf dem Sofa zurück und kratzte sich an der Stirn. Obwohl die Platzwunde, die er von dem Schlag mit dem Knüppel davongetragen hatte, gut verheilt war, juckte die Narbe, sobald er sich aufregte. «Wir müssen denen zeigen, dass wir keine Prügelknaben sind.»

«Jau, haut die Bullen platt wie Stullen!», johlte Atze.

«Vielleicht sollten wir Springer ja doch entführen», warf Helge vorsichtig ein.

«Wir wollten keine Gewalt ausüben», sagte Gerlind, aber sie klang nicht sehr überzeugt.

«Du hast vielleicht gesagt, keine Gewalt – ich hab da nie von gesprochen», fuhr Uli sie an, und Martin nickte zustimmend.

«Flugblätter, Demos, Sit-ins und dieses ganze Zeug hat bisher überhaupt nichts gebracht», sagte er. «Springer verbreitet seine Hetzpropaganda immer noch ungebremst.

Und der Sozialistische Deutsche Studentenbund guckt zu und schwingt kluge Reden.»

«Sag ich doch, bloß Geschwafel. Was wir brauchen, sind klare Signale an die Herrschenden. Erst Springer und dann ...» Dietmar klatschte in die Hände. «Die sollen zittern vor Angst und sich fragen, ob sie die Nächsten sind.»

Barbara sah auf. «Der Republikanische Club arbeitet an einer Gesetzesinitiative zur Wahrung der Pressefreiheit.»

«Gesetze!», höhnte Atze. «Glaubt ihr, Springer hält sich an Gesetze? Da fand ich das Filmchen von Holger Meins, wie man Mollis baut, hilfreicher.» Er grinste. «Und die Aktion anschließend war auch nicht übel.»

«Nicht übel? Ausgemachter Schwachsinn! Bei Springer nachts heimlich Scheiben einwerfen – das nenn ich mutig.» Gerlind beugte sich vor. «Und dann hat auch noch einer von euch Idioten *RotZ* an die Wände gesprüht. Was sollte das denn?»

«Na, *RotZ* wie ‹Rote Zelle›. Die sollen doch wissen, dass es uns gibt», warf Helge ein.

«Wir brauchen solche Aktionen. Denk mal an gestern – Springer-Hearing! Wisst ihr, wie viele Einladungen rausgegangen sind? Fast alle haben abgesagt. Dabei sollten sie nur über Springers Manipulationstechniken diskutieren. Aber nicht mal dazu haben sie den Mut.» Dietmar nahm einen großen Schluck Wein und knallte das leere Glas auf den Tisch.

«Du hast ja recht. Aber was machen wir denn, wenn wir Springer entführt haben?», fragte Malou.

«Ist doch klar, wir fordern die Enteignung.» Dietmar zupfte ungeduldig an den Resten von einem der Kartoffelpuffer, die Helge gemacht hatte. «Dann bilden wir einen

Rat, an dem alle beteiligt sind: Arbeiter, Angestellte, Studenten, Schüler. Der beschließt, wie man die Produktionsmittel im Sinne einer demokratischen Öffentlichkeit einsetzt.»

«Wow, das ist klasse!» Helge fischte einen der übriggebliebenen Puffer vom Teller und zog ihn durch einen Rest Apfelmus. Gerade, als er hineinbeißen wollte, beugte sich Martin vor und stupste ihn an. Der Puffer rutschte Helge aus der Hand und landete in Dietmars Schoß, wo er einen fettigen Fleck auf der hellen Leinenhose hinterließ.

«Pass doch auf!», fuhr Helge Martin an.

Der zuckte mit den Schultern. «Tschuldigung! Kann vorkommen, wenn du dich so breitmachst.»

«Das hast du doch mit Absicht gemacht!», brüllte Helge.

«Du spinnst doch!»

Barbara richtete sich auf. «Dreht ihr jetzt völlig durch?»

«Halt du dich da raus!», schnauzte Martin.

Gerlind blickte traurig von einem zum anderen. «Das ist das Gift, das der Kapitalismus verspritzt und das sie uns in den bürgerlichen Verbildungsinstitutionen eingeimpft haben. So versuchen die Herrschenden, unsere Revolution von innen heraus zu vernichten.»

«Quatsch! Der Spinner ist sauer, dass er bei meiner Freundin nicht landen kann.» Martin funkelte Helge wütend an. «Aber ich rate dir, Pfoten weg von Felicitas, sonst ...»

«Was sonst?» Helge fuchtelte mit einer Gabel vor Martins Nase herum.

Gerlind schüttelte den Kopf. «Martin, du hast dieses bourgeoise Besitzdenken immer noch nicht abgelegt. Daran musst du unbedingt arbeiten.»

«Ihr habt's gehört. Benehmt euch nicht wie im Kindergarten! Das ist konterrevolutionär!» Uli grinste.

«Meine Hose ist aber trotzdem versaut», maulte Dietmar, doch ein Seitenblick von Gerlind brachte ihn zum Schweigen.

«Also, wie wollen wir jetzt weitermachen?» Barbara sah in die Runde.

«Ich halte die Entführung noch immer für eine gute Idee. Auch wenn sie von Helge stammt.» Martin warf Helge einen finsteren Blick zu.

«Arschloch!», zischte Helge.

«Wenn wir Springer entführen wollen, müssen wir das genau planen.» Dietmar wischte mit einem feuchten Küchenhandtuch auf seiner Hose herum.

«Moment!» Gerlind hob die Hand. «Noch haben wir die Entführung nicht beschlossen.»

«Wieso nicht? Was sagt denn dein Rudi dazu?», stichelte Atze.

«Rudi sagt ganz klar, Attentate sind unmenschlich und konterrevolutionär.» Gerlind verschränkte die Arme vor der Brust und kniff die Lippen zusammen.

«Hier geht's aber nicht um ein Attentat, sondern um eine Entführung, bei der niemand verletzt wird. Jedenfalls nicht, wenn Springer keinen Ärger macht.»

«Und diese ganzen Flugblattaktionen bringen nichts. Haben wir doch gesehen.» Martin sah Gerlind, Barbara, Britt und Malou an. Widerwillig nickten die vier. «Also, wer ist für Entführung?»

Fünf Arme schnellten in die Höhe.

«Und was ist jetzt mit euch vieren?», fragte Dietmar.

«Na gut, aber nur, wenn niemand verletzt wird», sagte Malou zögernd.

Gerlind nickte heftig. «Sobald ihr gewalttätig werdet, steige ich aus.»

«Gewalttätig werden höchstens die anderen», entgegnete Atze. «Denkt nur an Benno Ohnesorg!»

Britt rückte näher zu Atze. «Das ist wahr. Die Gewalt geht vom Staat aus. Diese Entführung ist nur eine Antwort darauf.»

Barbara zog die Beine enger an ihren Körper heran, legte den Kopf auf die Knie und starrte versonnen eine Spinne an, die sich vom Küchentisch abseilte.

7

FELICITAS war am Vorabend aus Schwaben zurückgekehrt und hatte beschlossen, die Vorlesung am Montagmorgen sausenzulassen. Nun saßen sie zu fünft um den Küchentisch, der übersät war mit Kekskrümeln. In der Mitte des Tisches lagen die kümmerlichen Reste der riesigen Plätzchentüte, die Felicitas dort ausgeleert hatte. Gerlind stand neben dem Herd und löffelte Kaffeepulver in die Filtertüte, während Malou im Schneidersitz auf einem Küchenstuhl hockte und zwei Zigarettenpapierchen aneinanderklebte. Britt saß bräsig auf dem Sofa und zwirbelte eine Strähne von Barbaras Haar, die sich lang auf dem Sofa ausgestreckt und ihren Kopf in Britts Schoß gelegt hatte. Aus dem Wohnzimmer dröhnte Janis Joplins *Bye, Bye Baby*. Felicitas hatte sich einen der alten Sessel aus dem Wohnzimmer geholt, ihn an den Tisch geschoben und hing nun Kekse knabbernd in den verschlissenen

Polstern. Die Füße, die sie auf dem Tisch übereinandergeschlagen hatte, wippten im Takt mit Janis' röhrendem Blues.

Barbara stöhnte leise. «Was macht der Kaffee? Ich platze gleich!»

«Moment! Die dem Proletariat zur Verfügung gestellten Produktionsmittel sind in ihrer Effizienz begrenzt», sagte Gerlind, ohne eine Miene zu verziehen.

«Würden Madam vorerst hiermit vorliebnehmen?» Malou schob Barbara den fertiggebauten Joint zwischen Ring- und Mittelfinger. Britt entzündete das Streichholz und hielt die Flamme an die Tüte.

Barbara zog dreimal kurz und kräftig, bis die Spitze des Joints glühte, dann inhalierte sie noch einmal mit einem tiefen Zug. Sie gluckste und schnaufte, Tränen traten ihr in die Augen, dann ließ sich der Hustenanfall nicht mehr unterdrücken. «O Mann, ist das Zeug stark!», keuchte sie. «Willst du?» Sie hielt Felicitas den Joint hin.

«Ach, ich vertrag ja nicht mal Wein. Ich halt mich an schwäbische Drogen.» Sie hielt Barbara ein Springerle unter die Nase.

«Ich glaube, die Jungs kommen zurück», sagte Malou.

Sie lauschten. Die Haustür schlug mit lautem Krachen zu. Mit einem Plumps landete etwas Schweres auf dem Dielenfußboden. Schritte. Dann ein lautes Brüllen: «Barbara!»

Barbara fuhr hoch. Blut schoss ihr in die Wangen. Die anderen sahen sie entsetzt an.

«Verdammte Scheiße, Barbara, was ist das für ein Saustall?» Die Küchentür schwang auf und knallte gegen die Wand. In der Tür stand ein großer braungebrannter Mann, dem die schwarzen Haare strähnig ins Gesicht hingen.

«Was machst du denn hier?» Barbara glotzte den Mann entgeistert an.

«Ich wohne hier zufällig! Und als ich letztes Jahr hier war, stand die Hütte auch noch halbwegs», erwiderte der Mann bissig.

Felicitas nahm flink die Füße vom Tisch.

«Darf ich vorstellen: Hans, mein Mann!» Barbara klang nicht minder giftig.

«Gibt's mein Arbeitszimmer noch, oder habt ihr das auch in ein Vandalenlager verwandelt?» Er musterte die fünf Frauen.

Felicitas fegte unauffällig die Kekskrümel zu einem kleinen Häufchen zusammen. Gerlind stellte den Kessel ab, mit dem sie den Kaffee aufgegossen hatte, und verschränkte die Arme vor der Brust. «In diesem Haus wird alles geteilt. Wir verurteilen kleinbürgerliches Besitzdenken als Ausdruck eines indoktrinierten, verstümmelten und manipulierten Bewusstseins.»

«Wer hat dich denn gefragt?» Hans schob den Schulterriemen seiner Fototasche hoch, strich sich das Haar aus der Stirn und wandte sich zum Gehen.

Malou sprang auf. «Ich ...»

«Sitzen bleiben, Kleine! Ich find mich schon zurecht. Das ist nämlich mein Haus!» Er griff nach dem Seesack, den er in den Flur geworfen hatte, und stapfte die Treppe hoch.

Die fünf Frauen saßen schweigend am Tisch, während oben beleidigtes Maunzen anzeigte, dass Hans die Katze aus dem Arbeitszimmer warf. Dann wurde die Tür zugeschlagen.

«Menschenskinder! Was jetzt?», fragte Malou.

«Vielleicht erst mal einen Kaffee.» Britt stand auf und

nahm Gerlind die Kaffeekanne ab. Als sie Felicitas' Tasse füllte, wurde im oberen Stock die Tür des Arbeitszimmers wieder aufgerissen.

«Ach ja, bevor ich's vergesse: Wenn ich in den nächsten vierzehn Tagen irgendeinen deiner Freunde in meinem Arbeitszimmer erwische, Barbara, setz ich euch alle vor die Tür!» Dann krachte die Tür wieder ins Schloss.

Betroffen sahen die Frauen sich an, dann fing Malou an, hysterisch zu kichern.

Barbara starrte vor sich hin. «Dieses Arschloch, warum hat er nicht geschrieben, dass er kommt?»

«Müssen wir jetzt ausziehen?», fragte Felicitas leise. Ihre Kehle war auf einmal ganz trocken.

Barbara schüttelte den Kopf. «Auf keinen Fall! Das Haus gehört genauso gut mir. Und ich lass mir von dem Idioten nicht die Stimmung verderben.» Sie schob sich den Joint zwischen die Lippen und griff nach der Schachtel mit den Streichhölzern.

Sie hatten sich in der verlassenen Villa getroffen, um die Entführung zu planen. Martin sah Malou zu, wie sie auf einem Campingkocher Punsch erhitzte. Er dachte an Felicitas, und trotz der Kälte wurde ihm warm. Vielleicht sollte er Dietmar dazu überreden, Felicitas bei der Gruppe mitmachen zu lassen. Das richtige sozialistische Bewusstsein würde sich sicherlich schneller bei ihr herausbilden, wenn sie an den Aktionen beteiligt war. Er hatte manchmal den Verdacht, dass sie ihm gar nicht richtig zuhörte, wenn er über die Notwendigkeit, die Besitzenden zu enteignen und die Produktionsmittel in die Hände der Arbeiter zu geben, referierte. Dabei war sie so süß. Vielleicht ein bisschen zu bourgeois, aber es war auch ganz angenehm, wenn sie für ihn kochte. Und kochen konnte sie wirklich gut. Wenn sie nur nicht so anständig wäre. Religion ist Opium fürs Volk – für die erzkatholischen Schwaben galt das mit Sicherheit. Er hatte den Verdacht, dass Felicitas noch immer Jungfrau war. Warum sonst wehrte sie alles ab, was über einen Kuss und ein bisschen Fummeln hinausging?

«Hier, für dich!» Martin schreckte aus seinen Gedanken hoch. Malou hielt ihm einen Becher mit dampfendem Punsch hin. Die anderen hockten, die Hände fest um die warmen Becher geschlossen, um den Tisch herum und schwiegen. Atze und Britt berichteten, dass sie bei dem Versuch, Axel Springers Anwesen auf Schwanenwerder auszukundschaften, kläglich gescheitert waren. Sie hatten nur wenige Minuten in dem VW-Bus gehockt, den die «Rote Zelle» von den weihnachtlichen Geldgeschenken der Verwandtschaft gekauft hatte, als zwei Polizisten auftauchten. Atze war weggefahren, bevor die Beamten sie nach ihren Papieren fragen konnten.

«Also, Schwanenwerder ist erledigt», stellte Dietmar fest. «Wir wissen jetzt nicht mehr über Springer als das, was in der Presse steht. Malou wird weiter die Beiträge verfolgen. Immerhin ...», er nickte Uli und Gerlind anerkennend zu, «... haben wir erfahren, dass Springers Frau am Kudamm zum Friseur geht.»

«Wir können ja Springers Frau entführen», schlug Britt vor.

«Nee, der will die vielleicht gar nicht zurück», feixte Atze. «Und statt 'ner Enteignung gibt's 'nen Präsentkorb.»

Bis auf Gerlind ließen alle ein müdes Kichern hören.

«Wir müssen uns was anderes überlegen», sagte sie. «Ich schlage eine systematische Analyse aller Zeitungsartikel, Interviews und Reportagen nach möglichen Angriffspunkten vor.»

Atze stöhnte leise.

Britt nickte und kuschelte sich näher an den Gasofen, den Atze aus seinem Betrieb mitgebracht hatte. «Ich nehme *Quick* und *Revue*.»

«Ich bin nicht bereit, das gesamte Haushaltsgeld für diese Schmierblätter auszugeben.» Barbara stellte ihre Tasse eine Spur zu heftig auf den Tisch. Punsch schwappte über und bildete einen rotbraunen Rand um den Tassenboden herum.

Dietmar und Atze nickten. Uli murmelte etwas, das wie Zustimmung klang.

«Martin, was sagst du?» Barbara sah ihn an.

Martin versuchte, sich auf die Diskussion zu konzentrieren, aber Felicitas ging ihm nicht aus dem Kopf. Er zuckte mit den Schultern. «Dann müssen wir die Zeitungen eben stehlen.»

«Brauchen wir nicht.» Helge strahlte. «Wir müssen nur früh aufstehen oder spät ins Bett gehen.»

Die anderen glotzten verständnislos.

«Die Kioske legen die nicht verkauften Zeitungen abends als Pakete vor die Tür, damit der Lieferant sie am nächsten Morgen mitnehmen kann, wenn er die neuen bringt», erklärte er.

«Warum sind wir da nicht früher drauf gekommen?» Atze lehnte sich auf seinem Stuhl zurück. «Seit Jahren zahl ich für den *Spiegel*.»

«Gut, dann ist das also beschlossen. Ich mach jetzt einen Plan, wer welche Zeitung auswertet.» Gerlind zückte Stift und Papier und erstickte mit ihrem Medusenblick jeden weiteren Widerstand im Keim.

8

ALS ER DIE KAJÜTE BETRAT, stieg ihm der Geruch sofort in die Nase. In den fischigen Gestank des Hafenbeckens mischte sich der süßliche Pesthauch verwesenden Fleisches. Er ließ die Tür auf und suchte mit den Augen den Fußboden ab. Eine kleine Made kroch unter dem Bett hervor. Er schob das Eisengestell beiseite. Dort lag sie, eine halbverweste Wasserratte, deren Inneres zu brodeln schien. Winzige weiße Maden drängelten sich dort, wo früher einmal die Gedärme gewesen waren. Er schluckte mehrmals, dann ließ die aufsteigende Übelkeit ein bisschen nach. Er nahm den Zinkeimer und stellte ihn neben die tote Ratte, dann holte er eine Schaufel aus dem Maschinenraum. Als er die Schaufel unter den toten Körper schob und hochhob, löste sich der Kopf der Ratte, fiel zu Boden und rollte ihm vor die Füße. Er sprang zurück, beinahe wäre ihm die Ratte von der Schaufel gerutscht, aber es gelang ihm, den herabrutschenden Kadaver in den Eimer zu bugsieren. Er schob den Rattenkopf und die sich am Boden windenden Maden mit dem Schaufelblatt zusammen und schaufelte sie, soweit es ging, in den Eimer. Dann zog er ein Taschentuch aus der Manteltasche, umfasste damit den Henkel und trug den Eimer am ausgestreckten Arm an Deck. Er warf den Eimer ins Wasser und sah zu, wie er eine Weile auf den Wellen schaukelte. Dann schwappte Wasser über den Rand, der Eimer trudelte und begann vollzulaufen.

Er fuhr herum, als sich eine Hand auf seine Schulter legte. «Erschrecken Sie mich doch nicht so!», fauchte er.

Der Silberhaarige sah ihn regungslos an. «Was machen Sie hier, Genosse? Sie sollten unter Deck sein.»

«Hab ’ne Ratte bestattet», antwortete er kalt.

«Ich habe mit der Abteilung gesprochen», begann der Alte, nachdem er die Tür geschlossen hatte. «Wir werden uns um euer Problem kümmern. Die Kollegen beschatten Springer schon seit Monaten. Ihr erhaltet einen Auszug mit den relevanten Daten.»

Der Jüngere nickte, er hatte nichts anderes erwartet.

Der Silberhaarige sprach weiter. «Wir haben beschlossen, die Unterlagen ohne Absender an die Kommune zu schicken. Alles andere wäre zu auffällig.»

Der Jüngere dachte an Felicitas und schüttelte den Kopf. «Die Unterlagen könnten von den Falschen gefunden werden.»

«Dann müssen Sie dafür sorgen, dass das nicht passiert!» Der Silberhaarige sah den Jüngeren scharf an. «Das bekommen Sie doch wohl hin?»

Der Jüngere nickte.

«Gut. Hier habe ich noch die Forderungen, die die Gruppe stellen wird, wenn ihr Springer in eurer Gewalt habt.» Der Ältere zog ein Blatt Papier aus seiner Aktenmappe und reichte es dem Jüngeren.

Der überflog die Seiten, dann begann er wieder mit dem gebetsmühlenartigen Gemurmel, das ihm half, die Sätze auswendig zu lernen. Schließlich gab er dem Silberhaarigen das Blatt zurück, der es einsteckte und eilig die Kajüte verließ.

Der Jüngere wartete eine Viertelstunde, die Kajütentür hatte er weit aufgerissen. Bevor er ging, schob er das Bett wieder an seinen Platz, so dass die Maden, die er bei seiner Säuberungsaktion nicht erwischt hatte, nun vor seinen Blicken verborgen waren.

9

SIE SASSEN IN DER ROTUNDE des Café Kranzler am Fenster. Barbara hatte darauf bestanden, hier hinaufzugehen. Sie fürchtete, in anderen Lokalen von Genossen erkannt zu werden, beladen mit den Insignien ungebremsten Konsums: Bilka- und KaDeWe-Tüten und einem satten Lächeln auf Felicitas' Lippen.

Nun brachte eine Kellnerin mit gestärktem Schürzchen ein Stück Marzipantorte für Felicitas und Rodonkuchen für Barbara.

«Ich hätte gern noch ein Glas Coca-Cola», sagte Felicitas.

Barbara verdrehte die Augen und stöhnte leise. «Du lässt aber auch nichts aus.»

«Wieso?», fragte Felicitas arglos, als die Kellnerin mit Felicitas' leerer Kaffeetasse abgedackelt war.

Barbara grinste. «Coca-Cola ist so imperialistisch, imperialistischer geht's schon gar nicht mehr.»

«Ach, bestimmt auch nicht imperialistischer als Mirácoli.» Felicitas lachte. «Bin ich froh, dass die Kiste leer ist. Ich glaub, noch zwei Wochen länger, und ich wär selbst zur Nudel geworden.»

«Britt und ich haben die restlichen Packungen in den Müll geworfen», gestand Barbara.

«Deswegen war die Kiste so schnell leer.» Felicitas schob sich ein großes Stück Torte in den Mund. «Ihr habt ein wahrhaft gutes Werk getan. Auch wenn Gerlind uns jetzt einen Vortrag über die hungernden Menschen in Vietnam halten würde.» Sie zwinkerte Barbara zu.

Die zuckte mit den Schultern. «Wir retten die Welt

nicht, indem wir jeden Tag Spaghetti essen. Dazu ist schon ein bisschen mehr nötig.»

«Wie der Vietnam-Kongress?»

«Zum Beispiel!» Barbara verteilte mit der Gabel Schlagsahne über den Rodonkuchen.

«Meinst du, dein Mann ist zum Kongress gekommen? Immerhin ist er ja Kriegsberichterstatter.» Felicitas sah Barbara an, die den Mund verzog.

«Ich hab keine Ahnung. Ist mir auch egal. Lass uns von was anderem reden!» Barbara warf die Gabel auf den Teller, die scheppernd aufschlug, hochhüpfte und auf dem Teppich landete, wo sie einen Sahnefleck hinterließ.

Als Barbara sich bücken wollte, war die Kellnerin bereits herbeigeeilt, warf Barbara einen vernichtenden Blick zu und hob die Gabel auf. «Ich bringe Ihnen eine neue», sagte sie schnippisch.

«Nicht nötig, ich bin satt», erwiderte Barbara und sah in die Runde. Schnell wandten sich die Gäste an den umliegenden Tischen, die das Schauspiel neugierig beobachtet hatten, wieder ihren Tellern und Tassen zu.

«Aber der Vietnam-Kongress ist eine große Sache», versuchte Felicitas ein unverfänglicheres Thema. «Martin hat mir erzählt, wer alles Grußbotschaften geschickt hat. Sartre zum Beispiel. Und Pasolini. Martin sagt auch, der Kongress ist erst der Anfang. Überall in Westeuropa soll es Aktionen geben. Die NATO soll aufgelöst werden.» Als Barbara schwieg, sprach sie weiter. «Und hier soll es eine Kulturrevolution geben wie in China, sagt ...»

«Bloß nicht!», platzte es aus Barbara heraus.

«Wieso? Ich dachte, Mao ...» Überrascht sah Felicitas Barbara an.

«Mao ist ein alter Kerl, der Kinder dazu benutzt, seine

politischen Gegner auszuschalten.» Barbara zündete sich eine Zigarette an. Mit einer Handbewegung wedelte sie den Qualm weg, oder vielleicht war es auch die Kulturrevolution, die sie vom Tisch fegen wollte. «Siehst du denn nicht, was da vor sich geht? Mao tut so, als wolle er die ‹vier Alten› abschaffen. Die ‹vier Alten› sind: alte Ideologie, altes Denken, alte Kultur und alte Gewohnheiten», erklärte sie. «Aber er schafft viel mehr ‹Alte› ab. Er hat in Peking Lu Ting-ji, der die Kulturrevolution verkündet hat, seinen Stellvertreter Tschou Jang und den ehemaligen Geheimpolizeichef Lo Jui-tsching gestürzt. Er vertreibt und ermordet Schriftsteller und Intellektuelle. Und dazu benutzt er Zwölfjährige.»

«Du redest wie mein Vater.» Felicitas war rot geworden.

«In manchen Dingen hat dein Vater vielleicht recht.» Barbara lachte bitter und zog an ihrer Zigarette. «Revolution ist ja in Ordnung, aber was da zurzeit in China läuft, ist keine Revolution. Das ist das Gegenteil von Revolution.»

Felicitas spielte nervös mit dem Bierdeckel, auf dem das inzwischen leere Coca-Cola-Glas gestanden hatte. Wenn Martin oder Dietmar über China sprachen, klang das richtig und gut. Man musste die reaktionären Ideen ausmerzen, um der Gefahr der Restauration einer vorsozialistischen Gesellschaftsordnung vorzubeugen, sagte Martin. Aber was Barbara jetzt erzählte, klang ganz anders.

«Vielleicht hast du ja recht», räumte sie zögernd ein und nahm sich vor, aufmerksamer die Zeitungen zu lesen. Atze hatte irgendwo noch einen Stapel alter *Spiegel*-Ausgaben herumzuliegen. Die würde sie durchsehen. Und vielleicht doch endlich mal die *Konkret,* die Martin und Dietmar ihr schon seit Monaten aufschwatzen wollten. Die nackten Frauen auf den Titelblättern musste sie ja nicht genau ansehen.

«Was macht ihr eigentlich in eurer komischen Arbeitsgruppe?», fragte sie unvermittelt in Barbaras Ausführungen zu China hinein.

Barbara stockte. «Was für ...» Sie drückte die Zigarettenkippe im Aschenbecher aus. «Ach so, die Arbeitsgruppe. Ich glaub nicht, dass dich das interessiert.»

«Das sagt Dietmar auch dauernd.» Felicitas verschränkte die Arme vor der Brust. «Ihr wollt alle, dass ich bei der Revolution mitmache, dass ich euer verquastes Zeug lese und Flugblätter verteile, aber wenn es darum geht zu diskutieren und Dinge zu verstehen, tut ihr plötzlich so, als wäre ich nur ein blödes Landei.» Felicitas wurde lauter. Ein paar der Gäste drehten sich bereits nach ihr um.

«Pst! Nicht so laut!» Barbara nahm Felicitas' Hand und strich ihr sanft über die Finger. «Du hast ja recht. Aber wir wollen dich da nicht mit reinziehen.»

«Wo reinziehen?» Felicitas beugte sich über den Tisch.

«In die Aktionen. Nichts Schlimmes. Aber du hast ja an Weihnachten gesehen, wie fix die Bullen da sind. Dietmar macht sich halt Sorgen um seine kleine Schwester.»

«Ich bin fast volljährig!», protestierte Felicitas. «Ich kann auf mich selbst aufpassen! Also, kann ich nun mitmachen oder nicht?»

«Das kann ich nicht allein entscheiden.»

«Dann frag die anderen!»

Barbara zögerte.

«Tust du's?»

«In Ordnung!», sagte Barbara schließlich.

Felicitas lief über den Campus zur Mensa. Sie ärgerte sich, dass sie den ganzen Tag über in der Bibliothek gehockt hatte. Zu Hause wartete eine halbfertige Landschaftsstudie auf sie. Sie war die letzten Wochen, sofern es nicht regnete, und das schien es in diesem Winter fast ständig zu tun, in den Grunewald gefahren und hatte Skizzen angefertigt. Ein kleiner See hatte es ihr besonders angetan. Er lag in einer Senke, zu der ein schmaler Pfad führte. Ein halbverrotteter Steg ragte ins Wasser, und an seinem Ende hatte jemand Äste und Zweige in den Seegrund gesteckt. Auf einen der Pfähle war ein von Sonne und Regen ausgeblichener Wildschweinschädel aufgespießt. In den frühen Morgenstunden, wenn Nebel über dem Wasser trieb, durchbrochen von den kraftlosen Strahlen der aufgehenden Wintersonne, fand Felicitas die Atmosphäre besonders schaurig. Bislang hatte sie niemanden dorthin mitgenommen, nicht einmal Martin. Sie dachte an das unfertige Wildschweinschädelbild und trat mit dem Fuß gegen eine am Boden liegende Coca-Cola-Flasche.

«So ist es richtig, tritt den Imperialismus mit Füßen!»

Sie blieb stehen und drehte sich um.

Dietmar prallte lachend gegen sie.

«Was macht ihr denn hier?», fragte Felicitas mit einem Seitenblick auf Martin, der mit großen zusammengerollten Papierbögen unter dem Arm auf sie zu schlenderte.

«Wir waren beim AStA und haben Plakate für den Vietnam-Kongress abgeholt. Jetzt fahren wir in die Ruine.»

«Das Büro des SDS», erklärte Martin und gab Felicitas einen Kuss auf den Mund. «Willst du mitkommen? Wir könnten einen Abstecher zum Lehniner Platz machen und Pizza essen.»

«Habt ihr denn Geld?»

«Ich lad dich ein.» Martin legte ihr den Arm um die Schulter. Sie kuschelte sich an ihn und fand den Tag auf einmal doch gar nicht so übel.

Dietmar hatte sich eine große Portion Spaghetti mit Sahnesoße bestellt, Martin und Felicitas teilten sich eine Salamipizza. Das Restaurant war jetzt, am Nachmittag, fast leer. Im Hintergrund dudelte der RIAS *Lucy in the Sky with Diamonds*. Dann begannen die Sechzehn-Uhr-Nachrichten. Der Sprecher verlas mit emotionsloser Stimme die neuesten Meldungen aus Vietnam.

«Da könnten einem glatt die Spaghetti wieder hochkommen», schmatzte Dietmar.

«Bloß nicht!», kicherte Felicitas. «Wir haben kein Geld für eine zweite Portion.»

«Ja, schade!» Dietmar grinste mit vollen Backen. «Du könntest mal wieder Spätzle machen, Schwesterchen! Wie wär's zum Beispiel mit morgen? Und ich besorg den Nachtisch.»

«Aber nicht wieder Kekse!», stöhnte Felicitas.

Dietmar streckte ihr die Zunge heraus.

«Lad deine Bäckerin doch endlich mal ins Kino ein, statt dauernd Plätzchen zu kaufen.»

«Würde ich ja, aber im Moment kommt kein guter Film im Kino.» Dietmar grinste. «Wir bräuchten hier auch 'ne Kulturrevolution, und zwar möglichst bald, bevor meine Bäckerin einen anderen heiratet.»

Felicitas sah ihren Bruder an. «Lieber nicht!», sagte sie ernst.

Martin, der gerade ein Stück Pizza absäbelte, hielt mitten in der Bewegung inne. «Was meinst du damit?»

Felicitas holte tief Luft, um ihr pochendes Herz zu

beruhigen. «Mao will nicht das Land von den alten Traditionen befreien, sondern nur seine Widersacher aus dem Weg räumen.»

«Wer erzählt denn so einen Mist?», fuhr Martin sie an.

Dietmar starrte mit offenem Mund auf seine Schwester.

Felicitas spürte, wie ihre Aufregung in Wut umschlug. Das nannte Martin also diskutieren. Kaum war sie nicht seiner Meinung, wurde er laut. «Das steht im *Spiegel*», sagte sie fest. Sie holte aus ihrer Tasche eine alte *Spiegel*-Ausgabe, die sie in der U-Bahn gelesen hatte. Sie schlug den Artikel auf und hielt ihn Martin hin.

Er nahm das Heft und überflog die Seiten. «Das sind doch Lügen! Bewusst vom Klassenfeind in die Welt gesetzte Lügen.»

«Zeig mal!» Dietmar riss Martin die Zeitschrift aus der Hand. «Üble Meinungsmache!», sagte er, nachdem er einen Blick auf den Bericht geworfen hatte. «Schwesterchen, so einen Mist solltest du echt nicht lesen.»

«Aber Atze liest den *Spiegel* auch», konterte sie.

«Ja, aber auch der *Spiegel* greift mal daneben. Lies lieber den *Extradienst* oder die *Konkret*!» Dietmar klopfte seiner Schwester gönnerhaft auf die Schulter. «Ich werd dir mal ein paar Artikel zur Kulturrevolution raussuchen.»

Aber Felicitas wollte sich so leicht nicht mundtot machen lassen. «Ich finde, der Artikel wirkt sehr gut recherchiert und objektiv. Und ich finde ...»

«Du lässt dich von dieser kapitalistischen Polemik täuschen, weil dir einfach das richtige Bewusstsein fehlt.»

Felicitas schnappte nach Luft und starrte Martin finster an. «Du glaubst also, ich kann mir keine eigene Meinung bilden, ja?»

«So war das nicht gemeint. Dir fehlen einfach die richtigen Informationen.»

«So?» Felicitas Stimme durchschnitt die Luft. «Es gibt aber eine Menge Leute, die meiner Meinung sind.»

«Ja, Reaktionäre, Imperialisten, Kapitalisten!», höhnte Martin.

«Auch Revolutionäre!»

«So, wer denn? Atze vielleicht. Von dem hast du doch den blöden Artikel.»

«Nein, den hab ich selbst rausgesucht.» Sie griff das Heft, das Dietmar auf den Tisch gelegt hatte, und stopfte es in ihre Tasche. «Und damit du's nur weißt, Barbara denkt genauso wie ich.»

Martin fixierte Felicitas. «Barbara?»

«Genau, Barbara! Und die hat bestimmt genug Informationen.»

«Ja», sagte Martin langsam. Dann nahm er Messer und Gabel wieder auf und begann, auf die inzwischen kalte Pizza einzuhacken.

Felicitas sah ihn verwirrt an. Ihr Ärger verflog und machte einer diffusen Angst Platz. Offenbar war Martin tief getroffen. Das hatte sie nicht gewollt. Hätte sie bloß nicht mit dieser blöden Diskussion angefangen. Es durfte nicht sein, dass sich ein Ereignis zwischen sie stellte, das Tausende Kilometer entfernt von ihnen in China stattfand.

«Ach, jetzt sei doch nicht sauer.» Sie nahm Martins Arm und lehnte ihren Kopf gegen seine Schulter. «Wenn du willst, mach ich dir morgen auch Spätzle.» Sie sah von unten zu ihm hoch und hoffte, dass er nicht weiter auf diesem dummen Thema herumreiten würde.

Martin sah ihr tief in die hellblauen Augen, und für

einen Moment fürchtete sie, dass er sie wegstoßen könnte. Aber dann beugte er sich zu ihr hinunter und küsste sie. «Einverstanden!», sagte er leise. «Aber über die Kulturrevolution reden wir noch.»

Felicitas lächelte. «In Ordnung, aber erst nach dem Essen.»

Felicitas hockte im Schneidersitz zwischen einer unüberschaubaren Anzahl von Menschen am Rand des Podiums. Ihre Tasche, die inzwischen zwei *Springer-Anleihen,* ein Plakat mit den Köpfen von Marx, Engels und Lenin sowie einen Raubdruck von Wilhelm Reichs *Die sexuelle Revolution* beherbergte, hatte sie neben sich gestellt. Sie hatte sich mit ihrem Bruder um zehn vor dem Audimax der Technischen Universität verabredet. Zuvor war sie im Foyer von Stand zu Stand gebummelt, hatte sich die Plakate, Flugblätter und Aufkleber angesehen, in den angebotenen Büchern geblättert und die *Springer-Anleihen* gekauft. Sie glaubte zwar nicht an eine Enteignung und Übernahme des Konzerns durch die Arbeiter- und Studentenschaft, aber wenigstens konnte sie durch die zwei Mark, die die Anleihen gekostet hatten, einen kleinen Beitrag zur Anti-Springer-Kampagne leisten.

Als Dietmar endlich kurz vor halb elf auftauchte, war das Audimax bereits überfüllt. Dietmar hatte sie an den Haupteingängen vorbei zu einem Nebeneingang geleitet, der in die Nähe des Podiums führte. Nun hockte sie direkt unter der riesigen roten Fahne der FLN, der *Front de Libération Nationale*. Sie konnte nicht lesen, was darauf stand, dazu hätte sie an das andere Ende des Saals gehen müssen, aber ihr Nachbar verriet es ihr: *Für den Sieg der vietnamesischen Revolution – Die Pflicht jedes Revolutionärs ist es, die*

Revolution zu machen. Das waren die Worte von Che Guevara. Felicitas war beeindruckt, auch wenn sie sich fragte, ob jemand, der keine Revolution machte, überhaupt ein Revolutionär sei. Sie versuchte, sich auf die Worte des Redners zu konzentrieren. Da sah sie Gerlind, die sich zu ihr durchdrängelte.

«Eigentlich war ich für die Kinderbetreuung eingeteilt, aber ich hab getauscht. Gleich redet Rudi.» Sie strahlte Felicitas an.

Frenetischer Applaus brach los, die Zuhörer trampelten mit den Füßen und riefen «Ho ... Ho ... Ho Tschi Min!». Rudi Dutschke stellte sich an das Rednerpult, strich sich durch das dichte schwarze Haar und begann zu sprechen. Der Enthusiasmus und die Entschlossenheit in seiner Stimme ließen die Rufe leiser werden und schließlich verstummen.

«Ist er nicht toll!», flüsterte Gerlind Felicitas ins Ohr.

Nach Dutschke folgten noch zwei weitere Redner. Dann stieg zu Felicitas' Überraschung Barbaras Mann auf das Podium. Mit tiefer, kräftiger Stimme berichtete er von seinen Beobachtungen aus dem Kriegsgebiet. Seine bildhafte Sprache ließ vor Felicitas Augen die Bilder, die sie schon so oft in den Zeitungen gesehen hatte, lebendig werden. Beklommen saß sie neben Dietmar – Gerlind war nach Rudis Vortrag wieder in die Kongress-Kita verschwunden – und zog die Beine enger an ihren Körper. Als er von den Folgen des Flächenbombardements mit Napalm- und Splitterbomben sprach, lief ihr eine Träne über die Wange. Schnell wischte sie sie weg.

Als die Pause begann, drängten Felicitas und Dietmar mit den Massen ins Foyer und hielten nach den anderen aus der Kommune Ausschau. In einer Ecke hinter einem der mächtigen Betonpfeiler, die die Hallendecke stützten, entdeckten sie schließlich die heftig gestikulierende Barbara. Dietmar nahm seine Schwester an der Hand und bahnte sich einen Weg durch die diskutierenden Grüppchen von Kongressteilnehmern. Als sie näher kamen, erkannten sie Barbaras Mann, der von der Säule verdeckt worden war.

Er stand, die Arme in die Hüften gestemmt, vor Barbara und schüttelte den Kopf. «Bist du jetzt völlig verrückt geworden?» Dann drehte er sich um und ließ die tobende Barbara stehen.

Felicitas ging zu ihrer Freundin hinüber. «Was war das denn?»

«Dieses blöde Arschloch! Gibt hier den linken Revolutionär. Wenn die Mäuschen, die ihn jetzt so anhimmeln, wüssten, was ich weiß.» Barbara schlug mit der flachen Hand heftig gegen die Betonsäule. «Au!», fluchte sie und schüttelte den Arm.

«Ach, vergiss den Idioten! Lass uns was essen gehen, bevor du die TU zum Einstürzen bringst.» Dietmar hakte Barbara und Felicitas unter und zog sie mit sich fort.

Felicitas saß satt auf dem Sofa in der Küche, die Reste der Linsensuppe, die sie gekocht hatte, standen noch auf dem Tisch. Martin erzählte über die sozialistische Gesellschaft und die DDR, in der alles so viel besser sei als hier. Gestern war der Vietnam-Kongress mit einer riesigen Demonstration zu Ende gegangen. Sie war noch immer überwältigt von den vielen neuen Eindrücken und fühlte sich gleichzeitig erschöpft und euphorisch. Nun lauschte Felicitas Martins Stimme, kuschelte sich in seine Armbeuge und nippte an ihrem Tee.

«In der DDR ist durch die Schaffung ...»

Die Küchentür schwang auf. Felicitas blinzelte unter den halbgeschlossenen Lidern hervor. Barbara kam herein und machte sich am Wasserkessel zu schaffen.

«... der Einheitsschule und durch die gesetzliche Verankerung des gleichen Rechts auf Bildung für alle die Entkopplung von Bildungsmöglichkeiten und Klassenzugehörigkeit gelungen», vollendete Martin seinen Satz.

«Ach, das Sandmännchen ist da und erzählt Märchen aus der Deutschen Demokratischen Republik.» Barbara setzte den inzwischen gefüllten Kessel auf den Herd.

«Immerhin kann in der DDR jeder studieren, auch wenn er kein Geld hat, während in der ach so wunderbaren BRD Studenten, die sich das Geld für ihr Studium verdienen müssen, weil die Eltern arm sind, zwangsexmatrikuliert werden», konterte Martin.

Felicitas öffnete die Augen ganz und richtete sich auf. «Diese Zwangsexmatrikulation für Studenten, die zu lange studieren, ist wirklich unfair.»

«Genau! In der DDR gibt es dieses Problem nicht. Dort kann jeder studieren, der das Zeug dazu hat.» Martin lehnte sich zurück und zog an seiner Zigarette.

«Ach ja?» Barbara lehnte sich gegen den Küchenschrank und verschränkte die Arme vor der Brust. «Frag doch mal Rudi zu dem Thema. Einmal das Maul aufgerissen, und Essig war's mit dem Journalistikstudium.» Der Kessel begann, leise zu pfeifen. Barbara nahm ihn vom Herd und goss Kaffee auf.

«Das ist doch Quatsch! Es lassen sich eben nicht alle Studienwünsche erfüllen. Schließlich muss sich das Angebot an Studienplätzen nach den Erfordernissen der Produktion richten. Dutschke hätte sich nur mit einem anderen Studium einverstanden erklären müssen, aber er ist ja in den Westen abgehauen.» Martin hatte sich aufgesetzt und Felicitas beiseitegeschoben. Sie rückte in eine Ecke des Sofas und zog die Beine an.

Barbara lachte auf. «Abgehauen ist ja wohl nicht das richtige Wort. ‹Niemand hat die Absicht, eine Mauer zu bauen›», ahmte sie Ulbricht nach. «Ich würde eher sagen, die DDR hat ihm den Rückweg abgeschnitten.» Sie goss sich Kaffee ein. «Aber ich hab jetzt keine Zeit für sinnlose Diskussionen. Ich muss morgen früh einen Artikel abliefern.»

«Ja, wenn ihr die Argumente ausgehen, verzieht sie sich», höhnte Martin, als Barbara gegangen war.

«Sie muss arbeiten. Und das mit der Mauer ist wirklich seltsam, findest du nicht?»

«Antiimperialistischer Schutzwall! Wir müssen uns vor dem Klassenfeind schützen.»

«Wir?» Felicitas zog eine Augenbraue hoch.

«Wir, na ja, die Sozialisten aller Länder eben», erwiderte Martin unwirsch. «Jetzt leg doch nicht jedes Wort auf die Goldwaage!» Er drückte seine Zigarette im Aschenbecher aus. Dann beugte er sich zu Felicitas. «Siehst du, jetzt streiten wir schon wieder. Lass uns doch was Schöneres machen!» Er strich ihr eine Strähne aus dem Gesicht und küsste sie sanft auf den Mund.

Sie legte ihre Arme um seinen Nacken und zog ihn näher heran.

Er strich ihr über den Nacken, tastete sich weiter vor über ihre Schulter hinunter bis zu ihren Brüsten. Seine Lippen lösten sich von ihren und folgten dem Schwung ihres Halses bis zu ihrem Dekolleté.

Sie spürte, dass sein Atem schneller ging.

Er zog sie zu sich heran, so dass sie nun unter ihm lag. Mit der Hand griff er ihr unter den Rock und zog am Bündchen ihres Schlüpfers.

Sie schob seinen Arm weg und flüsterte leise: «Nein.»

Er zog seine Hand zurück, schob sich ein Stück nach oben und küsste sie heftig. Dann wagte er einen weiteren Vorstoß.

«Hör auf!», sagte sie, diesmal lauter.

Martin setzte sich auf. «Was soll denn das?»

«Ich will nicht hier in der Küche», sagte Felicitas und rutschte wieder in ihre Sofaecke.

«Mein Gott, die anderen bumsen auch überall. Ich weiß nicht, wie oft ich schon über Atze und Britt gestolpert bin.»

«Atze und Britt sind mir egal. Und was ist, wenn ich schwanger werde?»

«Himmel noch mal, dann nimm eben die Pille!», donnerte Martin und griff nach der Schachtel Zigaretten auf dem Tisch.

«Ja, für dich ist das alles so einfach.» Felicitas sah ihn böse an.

«Wieso? Für dich nicht?»

«Du verstehst mich nicht.» Felicitas hatte wieder die Knie angezogen und funkelte ihn über ihre verschränkten Arme hinweg an.

«Wie auch, wenn du mir nichts erklärst.» Er stand auf. «Ach verdammt! Ich hab die Nase voll von diesem Theater!»

Als er aus der Küche rannte, warf er die Tür mit einem lauten Knall hinter sich zu.

Felicitas starrte auf die geschlossene Küchentür. Tränen liefen ihr über die Wangen. Als Barbara hereinkam, sich neben sie setzte und sie in den Arm nahm, fing sie laut an zu weinen.

10

DRAUSSEN REGNETE ES schon wieder. Die «Rote Zelle» hockte, in Jacken und Decken gehüllt, um den Gasofen und trank Lambrusco. Gerlind balancierte einen Stapel engbeschriebenes Papier auf den Knien. Barbara kaute nervös auf ihrer Lippe. Felicitas hatte sie jetzt schon dreimal daran erinnert, dass sie ihr versprochen hatte, in der Gruppe ein gutes Wort für sie einzulegen. Barbara sah zu Gerlind herüber, die dabei war, die Blätter auf dem Tisch auszulegen. Gleich würde sie mit den Ergebnissen der Zeitungsanalysen loslegen. Jetzt oder nie. Wenn sie erst mit der Planung der Entführung begannen, hätte niemand mehr einen Kopf für Felicitas' Wunsch. Sie hoffte, dass sie die anderen dazu bewegen konnte, Felicitas' Anfrage abzulehnen. Die ganze Sache war viel zu gefährlich für die kleine Schwäbin und letztendlich auch für die Gruppe, wenn sie eine gänzlich Unerfahrene mitmachen ließen.

«Wir haben ...», setzte Gerlind an.

«Moment!», unterbrach Barbara sie. «Ich habe noch einen Antrag.»

Gerlind verzog das Gesicht. «Dann mach aber schnell!»

Barbara nickte. «Ich mach's kurz: Felicitas will mitmachen.»

«Was?», rief Martin.

Und Dietmar ergänzte: «Kommt gar nicht in Frage!»

«Warum will sie denn mitmachen?», fragte Britt.

«Sie möchte aktiv etwas für die Revolution tun.»

«Das kann sie doch prima beim Flugblätterverteilen.» Dietmar wippte nervös mit dem Stuhl.

«Und außerdem fühlt sie sich ausgeschlossen, glaube ich», setzte Barbara hinzu.

Atze stöhnte. «O Mann, immer diese Weiber! Bitte, bitte, lass mich mitspielen! Ihr seid ja so gemein zu mir», quiekte er und fing sich eine Kopfnuss von Britt ein.

«Vielleicht ist es gar nicht so schlecht, wenn sie mitmacht», wandte Uli ein. «Wenn sie sich ausgeschlossen fühlt und uns hinterherspioniert, wäre das fatal. Vielleicht geht sie sogar zur Polizei, wenn sie hinter unsere Pläne kommt.»

«Meine Schwester ist keine Verräterin!», fuhr Dietmar ihn an.

«Reg dich ab, Mann!» Atze legte Dietmar den Arm auf die Schulter. «Die Kleine ist schon ganz in Ordnung. Also meinetwegen soll sie mitmachen.»

«Aber was ist, wenn sie mit unserem Plan nicht einverstanden ist und doch zur Polizei rennt?» Malou knetete nervös ihre Finger.

Martin stellte seinen Becher auf den Tisch. «Ich denke, man kann sie überzeugen. Sie ist ja interessiert und außerdem noch formbar.»

Barbara sah ihn scharf an. «Dir ist völlig egal, ob es gefährlich für Felicitas oder die Gruppe ist. Hauptsache, du hast dein Mäuschen in deiner Nähe und unter Kontrolle.»

«Was soll das denn heißen?»

«‹Sie ist noch formbar!›» Barbara lachte auf. «Das hättest du wohl gerne. Willst sie zu einer echten sozialistischen Persönlichkeit heranbilden und dann mit ihr in die DDR abhauen und lauter kleine aufrechte Sozialisten zeugen.»

Martin starrte sie einen Moment lang entgeistert an, dann schien er sich wieder zu fangen. «Das ist Quatsch! Ich will doch nicht rüber. Aber du versuchst schon seit Wochen, einen Keil zwischen uns zu treiben mit deinen Lügen über die DDR und China. Bist wohl scharf auf Feli. Aber da hast du dich getäuscht, nicht in hundert Jahren würde sie ...»

«Was ist denn mit euch los?», fuhr Gerlind dazwischen. «Bourgeoises Besitzdenken, Eifersucht. Damit macht ihr noch alles kaputt. Wir wollen hier sachlich diskutieren.»

Malou sah Gerlind an. «Ich denke, sie ist noch zu jung.»

«Feli ist auch nicht jünger als ich», maulte Helge.

«Ist schon klar, Küken.» Atze grinste ihn an. «Aber du bist keine Bäckerstochter vom Lande.»

Gerlind klatschte den Stapel Papier so heftig auf den Tisch, dass ein paar Blätter auf den Boden flatterten. «Ihr unterschätzt uns Frauen. Kaffee kochen, Analysen tippen und vögeln, das traut ihr uns zu. Aber dass wir Seite an Seite mit euch kämpfen können, bezweifelt ihr immer noch. Haben wir das nicht bewiesen?» Sie schnappte nach Luft. «Ich finde, Felicitas kann sich ruhig aktiv an der Revolution beteiligen.»

«Wow!», sagte Barbara. Mehr fiel ihr nicht ein.

«Darum geht es doch gar nicht. Die Frage ist bloß, ob unsere Aktion durch Felicitas' Teilnahme gefährdet ist.»

Atze schob sich die Decke von den Schultern und fischte ein Päckchen Tabak aus der Jackentasche.

«Also, ich glaube nicht, dass sie irgendwas gefährdet», sagte Helge. «Ich fänd's prima, wenn sie mitmacht.»

«Das war klar.» Atze grinste. «Also Helge ist schon mal dafür. Wer noch?»

«Ich!» Gerlind hob die Hand.

«Ich auch! Aus den genannten Gründen», sagte Uli.

«Ich finde, Uli hat recht», meinte Britt.

Malou nickte. «Und du, Barbara?»

Barbara hatte das Gefühl, dass es seltsam wirke, wenn sie nicht zustimmte. Also gab sie ihr Okay.

Dietmar sah unglücklich aus. «Ich will sie da nicht mit reinziehen. Meine Eltern bringen mich um, wenn die Sache schiefgeht», seufzte er.

«Sie hängt eh schon mit drin. Sie wohnt bei uns.» Atze sah seinen Freund ernst an.

Dietmar kratzte seine juckende Narbe an der Stirn. «Na gut. Von mir aus.»

«Also ist es beschlossen.» Martin griff nach seinem Glas und leerte es in einem Zug.

11

HÄTTE GERLIND nicht pinkeln müssen, hätte sie das Klingeln des Telefons überhört. Aber nun stand sie mit zusammengepressten Beinen im Flur und rief Sätze wie «Was?» oder «Das gibt's nicht!» und «Die Schweine!» ins Telefon. Dann warf sie den Hörer auf die Gabel, flitzte zum Klo, zog sich die Hose herunter und sank mit einem Seufzer auf die Klobrille. «Sie haben Rudi verhaftet!», brüllte sie durch die geöffnete Tür.

«Du spinnst!», rief Atze zurück und sprang auf.

Die anderen folgten ihm. Zu sechst drängelten sie sich um Gerlind, die immer noch auf dem Klo hockte und erklärte, dass man Rudi am Frankfurter Flughafen festgenommen habe. Das am Telefon sei jemand vom SDS gewesen, sie wollten eine Spontan-Demo vor dem Rathaus Schöneberg veranstalten. In einer halben Stunde sollte es losgehen.

Felicitas trippelte von einem Bein auf das andere und suchte mit den Augen die Menge ab, die sich vor dem Rathaus Schöneberg versammelt hatte und in Sprechchören «Freiheit für Rudi!» und «Die Revolution wird siegen!» rief. Hinter ihr drängten Dietmar, Helge, Barbara und Gerlind weiter nach vorne. Atze und Britt waren in der Menge verschwunden.

Plötzlich brüllte Dietmar: «Hier! Hier sind wir!»

Sie drehte sich um und folgte seinem Blick, aber es waren nur Malou und Uli, die sich durch die Menschenmassen schoben. Die schrillen Töne mehrerer Sirenen mischten sich in die Rufe der Demonstranten. Felicitas spürte Ellbogen und Hände in ihrem Rücken. Die Masse schob sie weiter in Richtung Rathaus. Eine Stimme schallte hohl durch ein Megafon: «Räumen Sie sofort den Platz! Diese Demonstration ist nicht genehmigt!» Die Demonstranten antworteten mit Buhrufen und Sprechchören.

Barbara hakte sich bei Felicitas unter und lächelte sie an. «Damit du nicht verlorengehst.» Dietmar schob seine Hand unter ihren anderen Arm.

Die Stoßrichtung der Menge wechselte plötzlich. Felicitas machte ein paar Schritte rückwärts und strauchelte über einen fremden Fuß. Dietmar und Barbara hielten sie fest und zogen sie wieder hoch.

«Bloß nicht fallen, das wär jetzt tödlich», rief Dietmar.

Vor ihnen teilte sich die Menge. Ein berittener Polizist trieb sein Pferd zwischen die Demonstranten und schlug mit dem Gummiknüppel auf diejenigen ein, die nicht schnell genug zur Seite wichen. Hinter ihm folgten weitere Polizisten zu Fuß, die sich einzelne Frauen und Männer griffen und unter Schlägen und Tritten zu den Mannschaftswagen bugsierten. Ein bärtiger Student, den Felicitas aus einer Vorlesung kannte, stürmte vor, riss einem Beamten den Gummiknüppel aus der Hand und schlug auf seinen mit einem Tschako geschützten Schädel ein. Der Mann schrie auf und hielt sich eine Hand ans Ohr. Blut quoll zwischen seinen Fingern hindurch. Zwei Kollegen griffen ihn und schleppten ihn zu einem Krankenwagen. Andere stürzten sich auf den Studenten. Gummiknüppel prasselten auf ihn nieder, bis er wimmernd am Boden lag.

«Verdammte Schweine!», brüllte Dietmar.

Er stürzte nach vorne, doch Uli riss ihn am Jackenärmel zurück. «Bist du bescheuert?», schrie er. «Dahinten kommen Wasserwerfer.» Dann rannte er los.

Dietmar kam nicht mehr dazu, etwas zu erwidern. Ein mächtiger Wasserstrahl trieb ihn und die anderen die Straße hinunter. Hinter sich hörten sie Schreie, Brüllen und das Stampfen von Hufen.

Die anderen waren bereits zwanzig Meter vor ihr, als der Wasserstrahl Felicitas im Kreuz traf und nach vorne schleuderte. Ein stechender Schmerz fuhr ihr ins Knie, als sie bäuchlings auf dem Pflaster aufschlug. Sie hörte das Näherkommen der Pferde und zog schützend die Arme an ihren Körper. Eine leise Stimme in ihrem Innern sagte ihr, dass sie aufstehen und weiterlaufen müsse, aber sie konnte sich nicht bewegen. Ein Stiefel setzte direkt neben ihrer Nase auf, stieß sich ab und war aus ihrem Blickfeld verschwunden. Hinter ihr brüllte eine Frau Worte, die sie nicht verstand. Jemand trat ihr in die Seite, sie krümmte sich zusammen. Gleich bin ich tot, dachte sie voller Panik.

Da umfasste eine Hand ihren Arm und zog sie hoch. «Komm, ich bring dich hier weg», sagte Martin und drückte sie an sich.

Felicitas goss Wasser über die Salbeiblätter und hustete. Der dicke Wollstrumpf, den sie sich um den Hals geschlungen hatte, kratzte fürchterlich, aber ihre Oma schwor darauf, dass echte Schafwollsocken und Salbeitee das beste Hausmittel gegen Bronchitis seien. Felicitas stöhnte leise. Seitdem sie von dem Strahl des Wasserwerfers getroffen worden war, fühlte sie sich grässlich. Bei dem Sturz hatte sie sich das Knie aufgeschlagen, so dass sie zurzeit mehr humpelte als ging. Außerdem hatte ihr guter Mantel unter der rechten Achsel einen langen Riss davongetragen, den sie nicht nähen konnte, weil sie sich die Handflächen auf dem rauen Straßenpflaster aufgescheuert hatte. Sobald sie die Finger krümmte, schmerzten die verschorften Wunden. Zu allem Übel hatte sie sich eine heftige Erkältung eingefangen. Und ausgerechnet heute Abend hätte sie zum ersten Mal zu dieser mysteriösen Diskussionsgruppe mitgehen dürfen. Stattdessen würde sie den Abend im Bett verbringen in der Gesellschaft von Lindenblütentee, Emser Salzpastillen und Pinimenthol. Sie drehte sich um, um eine Tasse aus der Anrichte zu nehmen. Ihr Körper quittierte die schnelle Bewegung mit Schwindel. Sie lehnte sich gegen die Anrichte und schloss die Augen, bis das Schwindelgefühl nachließ. Ein Gutes hatte diese Geschichte jedoch: Sie hatte sich wieder mit Martin vertragen, und im Moment lag der heikle Austausch von Zärtlichkeiten dank ihres ramponierten Zustandes in weiter Ferne. Sie drehte sich vorsichtig zur Anrichte. Kein Schwindel, gut. Sie griff nach einer Tasse und stöhnte leise, als sich ihre Hand um den Henkel schloss.

«Geht's dir nicht gut?»

Erschrocken fuhr sie herum. Prompt wurde ihr wieder schwarz vor Augen.

«Spätfolgen der Demo?», fragte Hans spöttisch, half ihr aber zum Sofa.

«Ja», krächzte sie.

Hans ging zum Herd und schnüffelte an der Teekanne. «Salbei?»

Sie sparte sich ein weiteres Krächzen und nickte.

Er seihte den Tee in einen Becher ab und stellte ihn vor Felicitas auf den Tisch. Sie lehnte sich auf dem Sofa zurück und schloss die Augen. Wenn ihr nur nicht so heiß wäre!

«Zeig mal deine Hände!»

«Was?» Sie öffnete die Augen und sah Hans an.

Er hatte einen Stuhl herangezogen und sich ihr gegenüber gesetzt. Nun nahm er vorsichtig ihre Hände und drehte die Handflächen nach oben. «Dich hat's ja wirklich übel erwischt. Ich hab eine Salbe da, die müsste helfen.» Er stand auf und kam wenige Minuten später mit einer Tube und Verbandszeug zurück.

«Danke, Herr Grahl!»

«Du kannst mich duzen. Ich bin Hans.» Er legte ihr eine Hand auf die Stirn. «Du gehörst sofort wieder ins Bett. Die anderen sollten sich mal um dich kümmern, statt Revolution zu spielen.» Hans war aufgestanden und hatte Wasser aufgesetzt.

Felicitas sah ihm zu, wie er eine Filtertüte in den Kaffeefilter steckte und Kaffeepulver hineinlöffelte. Eigentlich war er doch ganz nett, sah man von dem Auftritt bei seiner Ankunft einmal ab. Aber sie konnte ihn beinahe verstehen. Er hatte einen anstrengenden Flug hinter sich gehabt und den Kopf voll mit den brutalen Bildern des Krieges. Vermutlich hatte er sich auf ein gemütliches Heim und ein paar Tage Ruhe in Berlin gefreut. Stattdessen fand er bei seiner Ankunft das Haus belagert, die Zimmer schmutzig, und seine Frau hatte nur Verachtung für ihn übrig. Warum hatten sich die beiden nur so auseinandergelebt? Noch bevor sie darüber nachgedacht hatte, war es ihr herausgerutscht: «Liebt ihr euch nicht mehr?» Sie biss sich auf die Lippen, aber es war zu spät.

Hans drehte sich um und starrte sie einen Moment lang entgeistert an.

«Ich meine nur, weil du nach Vietnam gegangen bist und ihr euch dauernd streitet, und ihr habt euch doch sicher mal geliebt, als ihr geheiratet habt. Und ...»

Er glotzte immer noch. Mit ihrer Plapperei machte sie alles nur noch schlimmer. Das musste am Fieber liegen, dass sie so einen Unfug quatschte.

«Du hast wirklich Nerven», sagte er schließlich. «Liebe, na ja.» Er zuckte mit den Schultern. Er nahm den Wasserkessel vom Herd und goss Kaffee auf. Dann zog er eine Packung Lucky Strike aus der Brusttasche seines Hemdes und zündete sich eine Zigarette an. «Barbara war Volontärin bei der Zeitung, für die ich damals arbeitete. Sie war klug, politisch interessiert und verdammt hübsch.» Er lächelte. «Ihr hat wohl imponiert, dass ich ständig unterwegs war, im südamerikanischen Dschungel, in Israel, Asien. Wir heirateten ziemlich schnell, ein paar Wochen, bevor ich das erste Mal nach Vietnam ging. Sie war gerade 23, und ich hatte wohl so was wie meinen zweiten Frühling. Immerhin bin ich knapp zwanzig Jahre älter. Ich hätte eigentlich wissen müssen, dass das mit uns nicht gutgeht.» Er goss Wasser nach. «Als ich nach einem halben Jahr zurückkam, hatte sie sich mit einem jungen Beamten getröstet, den sie bei Recherchen kennengelernt hatte.»

«Das tut mir leid!» Felicitas' Stimme quietschte wie eine rostige Fahrradkette.

«Das ist schon in Ordnung.» Mit der brennenden Lucky Strike im Mund goss er sich Kaffee ein und holte die Tüte mit Zucker von der Anrichte. «Ich konnte sie ja verstehen. Sie hat ihn ohnehin bald abserviert. Schlimmer war, dass ich mich verändert hatte. Der Krieg lässt einen nicht unberührt, auch wenn man alles nur durch das Objektiv einer Kamera verfolgt.»

Felicitas nickte. Sie würde das, was Hans gesehen hatte, nicht einen Tag ertragen.

«Mir war klar, dass die Amerikaner mit Vietnam einen großen Fehler machen. Dieser ganze Krieg ist Wahnsinn. Aber Barbara war fest davon überzeugt, dass die Rote Gefahr den freien Westen überrollt, wenn sie nicht mit allen Mitteln bekämpft wird.»

«Das hat Barbara wirklich ...» Der Rest des Satzes ging in einem Hustenanfall unter.

«Ich bin ein Idiot. Ich quatsche dich hier voll, dabei gehörst du ins Bett. Komm, ich bring dich hoch.» Hans streckte ihr die Hand hin.

Felicitas schnappte nach Luft und nickte. Sie griff nach ihrer Teetasse, aber er war schneller. «Lass, die nehm ich. Jetzt ab mit dir ins Bett!»

«Inzwischen hat Barbara ihre Meinung aber gründlich geändert», sagte Felicitas, als Hans die Teetasse auf dem Stuhl neben ihrem Bett abstellte.

«Ja, sieht so aus. Aber jetzt wird geschlafen!» Er strich ihr sanft eine feuchte Haarsträhne aus der Stirn, dann zog er leise die Tür hinter sich zu.

Als sie aufwachte, fühlte sie sich ein bisschen besser. Der Hals schmerzte immer noch, und das Bettzeug war nassgeschwitzt, aber ihre Wangen glühten nicht mehr so, und ihre Gedanken schienen wieder klarer. Sie hörte von unten Stimmen und Lachen. Sie schlug die Bettdecke zurück und setzte sich vorsichtig auf. Sie war immer noch wackelig auf den Beinen, aber sie brauchte jetzt Gesellschaft. Sie hatte lang genug geschlafen.

Sie saßen alle um den großen Küchentisch herum, als Felicitas hereinkam. Helge sprang auf, legte ihr den Arm um die Schultern und führte sie zum Sofa. Dietmar lehnte sich zurück und verschränkte die Hände hinter dem Kopf. «Solltest du nicht im Bett sein, Schwesterherz?»

«Ich wollte mir einen Tee machen», krächzte Felicitas.

Helge stellte einen großen Topf auf den Tisch. «Ich hab dir eine Hühnerbrühe mit Reis gekocht. Die hilft immer, sagt meine Mutti.»

«Und ich hab das Huhn geklaut.» Atze tauchte die Suppenkelle in den Topf. Er schöpfte einen Teller voll und schob ihn Felicitas hin.

Sie schüttelte den Kopf. «Das ist lieb von euch, aber ich hab keinen Hunger.»

Gerlind drückte ihr einen Löffel in die Hand. «Du musst was essen! Sonst kann der Körper seine Abwehrkräfte nicht aktivieren.»

Felicitas nahm überrascht den Löffel und begann, die Suppe zu essen. So einen Spruch hätte sie eher von Britt oder Barbara erwartet.

Hans kam in die Küche und ging wortlos hinüber zum Brotkasten. Er nahm das Brot aus dem Kasten und schnitt drei Scheiben ab. Während er Butter auf den Schnitten verteilte, fragte er Felicitas: «Geht's dir besser?»

Sie brachte zwischen zwei Löffeln Suppe ein heiseres «Ja» heraus.

«Ich seh mir nachher noch mal deine Hände an. Wahrscheinlich brauchen sie neue Salbe und einen Verbandswechsel.»

Helge funkelte ihn böse an. «Wir kümmern uns schon um sie.»

«Na, dann ist ja gut.» Hans öffnete den Kühlschrank und holte ein Stück Salami heraus.

«Ui, schlechte Stimmung hier! Ich hab die Post mitgebracht.» Britt warf einen großen braunen Umschlag und einen Brief, der mit einer Laugenbrezel bedruckt war, auf den Tisch. «Ich glaube, der Brief ist von deiner Mutter.» Sie reichte ihn Felicitas.

«Für wen ist er denn?» Atze zeigte auf den braunen Umschlag.

«Für Dietmar.»

«Für mich?» Dietmar nahm den Brief und betrachtete ihn eingehend von allen Seiten. «Steht kein Absender drauf. Egal. Seh ich mir später an.» Er warf den Umschlag auf den Tisch. «Was schreibt denn Mama? Ist Papa immer noch sauer?»

Felicitas sah ihren Bruder an. Sie war blass geworden. «Mama will mich nächste Woche besuchen. Was mach ich bloß?»

In der Küche herrschte betretenes Schweigen. Hans legte die Salami zurück in den Kühlschrank und packte seine Stullen auf ein Brettchen. Er sah Felicitas an. «Weiß deine Mutter nicht, dass du hier wohnst?»

Sie schüttelte den Kopf. «Sie denkt, ich wohne bei einer netten älteren Dame in einem ordentlichen, möblierten Zimmer.» Felicitas' Stimme war noch leiser als sonst. «O Gott, o Gott!», murmelte sie. «Ich muss sofort umziehen!»

Die anderen waren zu ihrer Diskussionsrunde aufgebrochen, bei der Felicitas so gerne dabei gewesen wäre. Aber sie fühlte sich immer noch viel zu schlapp, um das Haus zu verlassen. Also hatte sie das Bad genommen, das Britt ihr eingelassen hatte, und war anschließend in ihr Bett gekrabbelt, um zu schlafen. Obwohl das Bad sie müde gemacht hatte, kam sie nicht zur Ruhe. Ihre Gedanken kreisten panisch um die kommende Woche. Sie musste unbedingt ein Zimmer finden und umziehen. Ihre Mutter würde durchdrehen, wenn sie die Kommune sah. Aber sie war viel zu krank, um sich auf die Suche zu machen. Die anderen hatten ihr zwar versprochen, sich nach einem Zimmer umzuhören, aber wenn die nun nichts fanden? Als es klopfte, schreckte sie hoch. Hans stand in der Tür.

«Tschuldigung! Ich wollte dich nicht erschrecken.»

«Schon gut», sagte sie rau.

«Ich habe mit einer Kollegin telefoniert. Eine respektable ältere Dame.» Er zwinkerte ihr zu. «Du kannst für ein paar Tage bei ihr wohnen.»

Felicitas setzte sich auf. «Wirklich?»

Hans nickte. «Siehst du, alles halb so wild. Jetzt schläfst du erst mal. Morgen sehen wir weiter.»

Dietmar hockte auf dem Beifahrersitz des VW-Busses, die Füße auf dem Armaturenbrett, und schlitzte mit dem kleinen Finger den Briefumschlag auf. Helge hatte sich hinter ihm auf die Rücklehne seines Sitzes gestützt und spähte ihm über die Schulter. «Hey, schon mal was von Briefgeheimnis gehört?», maulte Dietmar, während er einen dicken Stapel maschinengeschriebener Seiten aus dem Umschlag zog.

«Nun hab dich nicht so. Wir wollen doch alles teilen», sagte Helge.

Gerlind schob ihn beiseite. «Ich glaub, ich seh nicht richtig!» Sie rupfte Dietmar die Blätter aus der Hand und begann, sie durchzusehen.

Die anderen, mit Ausnahme von Atze, der den Blick auf die Straße geheftet hielt, sahen sie gespannt an.

«Das ist ja unglaublich!», sagte sie schließlich. «Woher kommt das?»

«Keine Ahnung!» Dietmar zuckte mit den Schultern. «Hat kein Absender draufgestanden.»

Gerlind räusperte sich. «Das, was ich hier in Händen halte, ist die Basis für unsere Aktion. Da hat jemand Springer offenbar über Wochen hinweg beobachtet und uns die Protokolle geschickt.»

«Was?» Atze bremste, fuhr, begleitet vom Hupen der nachfolgenden Wagen, an den Straßenrand und hielt. Er drehte sich zu Gerlind um und nahm ihr die Papiere weg.

«Mannomann!», murmelte er. «Wer zum Teufel weiß, was wir vorhaben?» Sie sahen sich entsetzt an.

«Wir sollten in die Villa fahren und mit den anderen sprechen», sagte Gerlind schließlich. «Darüber müssen alle Bescheid wissen.»

Atze gab Gas und fuhr los.

«Wir müssen drei Fragen klären.» Dietmar tippte auf die Papiere. «Erstens, wer hat uns die Sachen geschickt? Zweitens, woher weiß er von unserem Plan? Und drittens, können wir dem Absender vertrauen?»

Atze kratzte sich am Bauch. «Die Sache ist doch klar. Die Informationen sind so lückenlos, das müssen Profis sein. Also entweder die Stasi, die CIA oder der Verfassungsschutz. Aber woher wissen die, was wir vorhaben? Hat einer von euch gequatscht?»

Sie sahen sich stumm an und schüttelten die Köpfe.

«Willst du etwa sagen, einer von uns ist ein Agent?», fragte Malou schließlich.

«Tja, sieht so aus.» Atze wippte auf seinem Stuhl nach vorne und griff nach dem Tabakpäckchen auf dem Tisch.

«Ich versteh nicht, wie dich das so kaltlassen kann.» Malou sah für einen Moment so aus, als wolle sie ihm den Tabak aus der Hand reißen und um die Ohren schlagen.

Gerlind hob beschwichtigend die Hand. «Jetzt hört doch auf, so kommen wir nicht weiter.»

«Dietmar hat die Unterlagen bekommen.» Uli sah Dietmar herausfordernd an.

«Ja und? Was willst du damit sagen?»

«Was wohl?»

«Du hältst mich für einen Spion.» Dietmar sprang auf.

Aber Atze hielt ihn zurück. «Lass den Idioten doch quatschen! Glaubst du wirklich, Uli, dass Dietmar so dämlich ist, die Infos an sich selbst zu schicken, wenn er ein Spitzel wäre?»

«Vielleicht gerade dann», giftete Uli.

«Jetzt reicht's aber! Ich hab doch diese bescheuerte Gruppe gegründet.» Dietmar lief drohend auf Uli zu. «Schon vergessen?»

Barbara stellte sich zwischen die beiden. «Jetzt ist Schluss! Merkt ihr denn nicht, was hier passiert? Wir verdächtigen uns gegenseitig. Wenn wir uns nicht mehr vertrauen, können wir die Aktion gleich abblasen.»

«Außerdem ist doch klar, dass das Zeug an Dietmar geschickt wurde», wandte Helge ein. «Schließlich ist er im Springer-Arbeitskreis der KU, hat das Hearing mit vorbereitet und dort gesprochen. Vielleicht wissen die gar nichts von unserer Aktion, sondern wollen nur die Anti-Springer-Kampagne unterstützen.»

«Ja klar! An den Weihnachtsmann glaubst du wohl auch.» Uli lachte höhnisch.

Martin zog die Unterlagen zu sich heran und blätterte die Seiten durch. «Wir sollten erst mal prüfen, ob die Infos glaubwürdig sind.»

«Endlich ein vernünftiger Vorschlag», seufzte Gerlind. «Wenn sie in Ordnung sind, können wir uns immer noch überlegen, was wir damit machen.»

«Aber dann wissen wir immer noch nicht, von wem sie kommen», erwiderte Malou.

«Ist doch im Grunde genommen auch scheißegal, oder?» Atze blies kleine Rauchkringel in die Luft. «Außerdem tippe ich auf die Stasi, vorausgesetzt, die Infos stimmen. Der Verfassungsschutz wäre doch nicht so blöd und würde seinen Lieblingsschützling ans Messer liefern.»

«Wieso nicht? Könnte doch auch eine Falle sein.» Malou sah ihn an.

«Die Diskussion bringt nichts», sagte Barbara. «Lasst uns erst mal die Infos durchgehen.»

Malou warf ihr einen finsteren Blick zu, nickte dann aber und griff nach den Papieren.

Fast vier Stunden lang verglichen sie die Fakten und Gerüchte, die sie aus den Zeitungen hatten, mit den Seiten aus dem braunen Umschlag, bis sie überzeugt waren, dass die Informationen stimmten.

«Nun ist wohl klar, warum sie uns den Kram ausgerechnet jetzt geschickt haben», sagte Dietmar. «Entweder die Entführung steigt nächste Woche, oder wir drehen drei Monate Däumchen, bis Springer wieder in Berlin ist.»

«Also kommen die Unterlagen tatsächlich von drüben», sagte Malou. «Wahrscheinlich wollten sie mit Dietmar Kontakt aufnehmen, aber die Zeit war einfach zu kurz.»

Helge nickte. «Ich hab auch von anderen gehört, dass die Stasi ihnen Hilfe angeboten hat.»

«Und du glaubst, der Stasi können wir vertrauen?» Britt sah ihn an.

«Aber immer! Die wollen doch, dass wir den Klassenfeind besiegen.» Atze grinste breit.

«Und wenn sie uns reinlegen?»

«Unfug! Schließlich können die sich freuen, wenn wir für sie hier das System sabotieren.»

«Also gut. Wie wollen wir vorgehen?», fragte Uli.

«Wir sollten uns unbedingt absichern, falls das doch eine Falle ist.» Atze drückte seine Kippe im Aschenbecher aus. «Ich kenn 'nen Typen, der weiß, wie man Rauchbomben baut. Damit sorgen wir für ein bisschen Verwirrung, wenn wir uns schnell zurückziehen müssen.»

«Gute Idee!» Martin nahm ein Blatt Papier und einen Stift. «Außerdem brauchen wir einen klar formulierten Forderungskatalog.»

«Wieso denn das? Wir fordern die Enteignung von Springer und fertig. Oder?» Britt sah fragend in die Runde.

«Wir müssen vorgeben, wie die Enteignung vor sich gehen soll, wer den Konzern übernimmt und was mit Springer passiert.»

«Was haltet ihr davon, wenn wir Arbeitsgruppen bilden?», schlug Malou vor. «Eine Gruppe plant die Entführung, eine zweite stellt den Forderungskatalog auf, und die dritte überlegt, wo und wie wir Springer unterbringen.»

Dietmar sah auf seine Armbanduhr und gähnte. «Prima Idee! Ich helfe Atze bei der Planung der Entführung. Martin macht die Forderungsgruppe. Wer macht da noch mit?»

«Ich mach bei euch mit», rief Britt und strahlte Atze an.

«Die Mädels planen Springers Aufenthalt, würde ich sagen.» Dietmar ignorierte Gerlinds Murren. «Helge und Uli helfen Martin. Übermorgen Abend treffen wir uns um halb acht wieder hier und diskutieren die Ergebnisse.»

Alle nickten müde.

«Und noch was: Versucht, Felicitas hinzuhalten, bis wir das Ding durchgezogen haben. Im Moment ist sie eh nicht in der Verfassung, irgendwas Sinnvolles zu tun.»

Felicitas fühlte sich immer noch nicht besonders gut. Sie schob die Bettdecke weg. Der Ofen war ausgegangen. Sie schwang die Beine über den Bettrand und sah aus dem Fenster. Die Sonne hatte sich bereits über die Giebel der Häuser gegenüber gearbeitet. Es musste Mittag sein. Sie heizte den Ofen an und prüfte, ob der Durchzug zum Schornstein geöffnet war. Dann wickelte sie sich in den Bademantel und tappte die Treppe hinunter zur Küche.

Dietmar hockte am Tisch und stopfte ein Vanillekipferl nach dem anderen in sich hinein. Martin saß auf dem Sofa, die Beine hochgelegt, und rauchte.

«Hallo!» Felicitas ließ sich neben Martin auf das Sofa plumpsen.

«Ich wollte sehen, wie es dir geht, aber du hast noch geschlafen.» Martin gab ihr einen Kuss. «Willst du einen Kaffee?»

«Ja, bitte!» Felicitas sah zu ihrem Bruder hinüber. Ihr Blick fiel auf die halbleere Tüte mit Vanillekipferln. «Was ist denn mit dir los? Hat deine Bäckerin dich wieder abblitzen lassen?»

«Mmmpf», machte Dietmar mit vollen Backen.

«Uli war gestern böse zu ihm. Und das, wo Dietmar Uli ohnehin so gut leiden kann.»

«Der Arsch hält mich für einen Spitzel», knurrte Dietmar.

«Vergiss Uli! Der tickt doch nicht mehr richtig.» Martin reichte Felicitas eine Tasse.

«Irgendwann polier ich dem noch mal so richtig die Fresse.» Grimmig stopfte Dietmar sich drei weitere Vanillekipferl in den Mund.

«Für wen könntest du denn spionieren?» Erstaunt nippte Felicitas an ihrem Kaffee.

«Stasi, Verfassungsschutz, was weiß ich.»

«Was können die denn für ein Interesse an einer Diskussionsgruppe haben?» Felicitas schüttelte den Kopf.

«Es gibt Gerüchte, dass der SDS und andere Gruppen sowohl von der Stasi als auch vom Verfassungsschutz unterwandert sind. Aber genau wissen wir es natürlich nicht», erklärte Martin. «Der Verfassungsschutz fürchtet wohl, dass wir Linken den Staat stürzen könnten.»

«Und die Stasi hofft es», ergänzte Dietmar.

«Aber von uns würde doch niemand für den Staat arbeiten.» Felicitas angelte nach der Kekstüte.

«Na ja, wenn ich da an Barbaras Kommentare zur Kulturrevolution und zur DDR denke, find ich das nicht so unwahrscheinlich.»

«Hör doch auf, so einen Unfug zu erzählen, Martin!» Felicitas biss in ein Kipferl und bekam einen Hustenanfall. Martin klopfte ihr auf den Rücken, aber sie schob ihn weg. «Geht schon. Ich hab mich nicht verschluckt, ich bin krank.»

«Tschuldigung!» Er hob beschwichtigend die Hände. «Ich wollte bloß helfen.»

«Mit Gerüchten und Anschuldigungen gegen Barbara hilfst du jedenfalls nicht.»

«Mein Gott, das war ein Witz! Du bist vielleicht empfindlich. Muss wohl an der Grippe liegen.»

«Ja, wahrscheinlich», schnappte Felicitas und stand auf. «Es ist wohl besser, ich gehe wieder ins Bett.»

Martin verdrehte die Augen. «Ich kann ja morgen zum Frühstück kommen, vielleicht ist deine Laune dann wieder besser.»

«Mach doch», fauchte Felicitas und ließ Martin stehen.

Als Felicitas in ihr Zimmer kam, war es noch immer kalt. Sie hockte sich neben den Ofen und kontrollierte die Kohlen. Sie waren alle verglüht. Leise fluchend schichtete sie Holz auf den Rest der Glut und schloss die Ofentür. Dann nahm sie ihre Palette und begann, den Wildschweinschädel zu vollenden.

Sie legte den Pinsel erst wieder zur Seite, als das Licht zum Malen zu schlecht wurde. Neben der Staffelei war der Berg benutzter Papiertaschentücher gewaltig in die Höhe gewachsen. Sie säuberte Pinsel und Palette, öffnete das Fenster, damit der Terpentingeruch abziehen konnte, und ging nach unten, um sich Tee und etwas zu essen zu machen. Sie bestrich gerade eine Scheibe Brot mit Butter, als jemand die Haustür öffnete.

Barbara stellte eine Tasche mit Einkäufen auf den Tisch. «Ist deine Erkältung besser geworden?» Sie legte ihre Hand prüfend auf Felicitas' Stirn. «Fieber hast du keines mehr.»

Felicitas verteilte Honig auf dem Brot, legte es auf einen Teller und setzte sich an den Tisch. «Ich hab mich mit Martin gestritten. Er behauptet, du wärst ein Verfassungsschutzspitzel.»

«Der spinnt doch wohl!» Barbara knallte die Salami, die sie gerade aus der Tasche geholt hatte, in den Kühlschrank und drehte sich zu Felicitas um.

«Hab ich ihm auch gesagt.» Felicitas biss in das Honigbrot.

«Ihr streitet euch in letzter Zeit ziemlich oft.»

Felicitas legte das halbaufgegessene Brot auf den Teller und tupfte mit dem Finger einen Honigtropfen vom Tisch. «Er kann so lieb und sensibel sein, aber manchmal denke ich, er will mich einfach nicht verstehen.» Sie seufzte. «Vielleicht liegt's an mir. Ist ja auch nicht lustig, wochenlang eine kranke Freundin zu pflegen.»

Barbara stemmte die Hände in die Hüften. «Das ist Quatsch! Erstens bist du gerade erst ein paar Tage krank, und zweitens kümmern hauptsächlich wir uns um dich.»

«Das ist wahr», wollte Felicitas sagen, aber ein Hustenanfall erstickte die Worte.

«So richtig gut hört sich das immer noch nicht an.» Barbara räumte Schokolade und Butterkekse in den Schrank.

«Ich hätte vielleicht nicht den ganzen Tag malen sollen. Am besten packe ich mich ins Bett und schlafe.»

Barbara setzte sich neben sie und legte den Arm um ihre Schulter. «Was hältst du davon, wenn du ein Bad nimmst? In der Zwischenzeit beziehe ich dein Bett, bring dir den Tee nach oben, und dann schläfst du durch bis morgen früh.»

Felicitas schnupperte an ihrem Pyjama, der muffig nach Menthol und Schweiß roch. «Oh, so schlimm?» Sie errötete.

«Na ja, nach Veilchen riechst du nicht grade.» Barbara lachte. «Hast du noch einen frischen Schlafanzug? Sonst kann ich dir was leihen. Irgendwo müsste ich noch ein altes Nachthemd haben - nicht schön, aber sauber.»

«Du bist ein Schatz, Barbara!» Felicitas drückte der Freundin einen Kuss auf die Wange.

Felicitas kuschelte sich nackt in die frische Bettwäsche, nippte an dem inzwischen lauwarmen Tee und wartete darauf, dass Barbara das versprochene Nachthemd fand.

«Ist vielleicht nicht der letzte Schrei, aber ich denke, für eine Nacht wird's gehen.» Barbara reichte Felicitas ein Babydoll aus geblümter Baumwolle.

«Danke!» Felicitas nahm das Hemdchen unter die Bettdecke und versuchte, sich anzuziehen, ohne dass die Decke verrutschte.

Barbara warf einen Blick auf die wogende Bettdecke, dann begann sie, laut zu lachen. «Ich guck dir schon nichts weg. Ganz schön genant, ihr Schwäbinnen!»

Felicitas verharrte mitten in der Bewegung und starrte Barbara an. «Ich bin total verklemmt», murmelte sie, dann fing sie an zu weinen.

«Entschuldige! Ich wollte dich nicht auslachen.» Barbara setzte sich neben sie und reichte ihr ein Taschentuch.

«Lach mich nur aus, ich hab's nicht besser verdient», schniefte Felicitas. «Ich bin wahrscheinlich die einzige Neunzehnjährige in Berlin, die noch Jungfrau ist.»

«Das ist doch nichts Schlimmes.»

«Doch!», jaulte Felicitas. «Immer, wenn es fast so weit ist, kann ich's einfach nicht tun.»

«Deswegen also die dicke Luft zwischen dir und Martin?»

Felicias nickte. «Wenn er mich anfasst, ist es so aufregend, ich würde am liebsten nie wieder aufhören damit, aber gleichzeitig fühle ich mich so ... so ...» Sie stockte und suchte nach Worten. «Meine Mutter würde sagen *verkommen.*» Widerwillig musste sie lachen. «Das ist doch verrückt. Ich glaube nicht an diesen ganzen Kram, jungfräulich in die Ehe und so. Aber trotzdem fühle ich mich irgendwie schmutzig. Ich weiß nicht, was ich tun soll. Lange macht Martin das bestimmt nicht mehr mit.»

Barbara zog die Beine an und stützte das Kinn auf die

Knie. «Vielleicht solltest du vorher was rauchen, das entspannt.»

«Zigaretten entspannen?»

«Zigaretten doch nicht, du Huhn!» Barbara lachte. «Haschisch!»

Felicitas lief rot an und schob die Unterlippe vor. «Konnte ich ja nicht wissen. Vielleicht wirkt es bei mir gar nicht.»

«Das lässt sich feststellen.» Barbara stand auf.

«Jetzt?» Felicitas sah Barbara ängstlich an. «Aber ich ...»

«Nix aber! Wenn's nicht wirkt, müssen wir uns was anderes überlegen. Und wenn's wirkt, wirst du wunderbar schlafen. Ich geh was holen.»

Barbara hatte nicht nur Tabak, Blättchen und ein Tütchen Dope mitgebracht, sondern auch ein kleines Transistorradio, das sie Felicitas gab. «Such mal AFN!» Sie hatte sich eine Zeitung auf den Schoß gelegt und baute mit flinken Händen einen Joint. Währenddessen hatte Felicitas den Sender eingestellt, der nun eine Ballade von Donovan spielte.

Barbara zündete den Joint an und inhalierte. Hustend reichte sie die Tüte an Felicitas weiter. «Erst mal ganz vorsichtig», keuchte sie.

Felicitas nahm den Joint zwischen Daumen und Mittelfinger und zog daran. Rauch sammelte sich in ihrem Mund, und weil sie nicht wusste, ob sie aus- oder einatmen sollte, hielt sie die Luft an. Sie wartete, aber außer dass ihr der Atem knapp wurde, geschah nichts. Schließlich schnappte sie enttäuscht nach Luft. «Ich merk gar nichts.»

«Kein Wunder, wenn du nur paffst.» Barbara nahm ihr die Tüte ab, steckte sie zwischen Ring- und Mittelfinger und formte mit den Händen einen Hohlraum. «Siehst du, so hältst du den Joint.» Sie inhalierte tief, hielt den Rauch in der Lunge und hustete ihn schließlich aus. «Jetzt du.» Sie half, Felicitas die Hände richtig zu formen. «Hierdurch ziehst du den Rauch ein.» Sie zeigte auf eine schmale Öffnung zwischen den beiden Daumen.

Felicitas legte den Mund auf die Öffnung und sog zaghaft ein wenig Luft ein.

«Du musst richtig tief einatmen», wies Barbara sie an.

Felicitas schloss die Augen und atmete durch. Ihre Lunge wehrte sich gegen den Rauch mit einem heftigen Hustenanfall, der ihr die Tränen in die Augen trieb. Barbara nahm ihr den Joint aus der Hand und klopfte ihr auf den Rücken.

«Ich bin erstickt, bevor ich auch nur die Bluse aufgeknöpft habe», japste Felicitas, und beide lachten.

«Alles Übungssache!» Barbara hielt ihr den Joint hin. «Los, versuch's noch mal!»

Nach drei weiteren Versuchen konnte Felicitas den Rauch einige Sekunden in der Lunge halten, bevor sie ihn aushustete. «Mir ist ein bisschen schwindelig», kicherte sie und streckte sich auf dem Sofa aus.

Barbara rutschte zur Seite.

«Jetzt hast du ja gar keinen Platz mehr, wie schade», murmelte Felicitas.

«Wir können das Sofa ausziehen», schlug Barbara vor.

Gemeinsam schoben sie Stuhl und Staffelei beiseite, hoben die Sitzfläche des Sofas an, bis es knackte und Lehne und Sitzfläche auseinanderklappten. Felicitas warf sich auf das Sofa und streckte die Arme aus. «Komm, erzähl mir, wie das ist mit dem Sex!»

«Willst du's wirklich wissen?»

Felicitas kicherte. «Unbedingt!»

«Na gut», sagte Barbara leise. Dann beugte sie sich vor und küsste Felicitas auf den Mund.

Felicitas wachte mit höllischen Kopfschmerzen auf. Der Geschmack in ihrem Mund ließ sie an tote Katzen denken. Sie drehte sich auf die Seite und stieß an einen nackten Unterarm. Entsetzt fuhr sie hoch. Barbara brummte leise, wachte aber nicht auf. Felicitas entdeckte das Babydoll auf dem Berg alter Taschentücher, und langsam kehrte die Erinnerung an die vergangene Nacht zurück. Ihr Magen krampfte sich zusammen. Hoffentlich wachte Barbara jetzt nicht auf. Sie wüsste nicht, was sie ihr sagen sollte. Und was würden die anderen denken, wenn sie davon erfuhren? Sie hatte das Gefühl, als stünde auf ihrer Stirn geschrieben, was sie getan hatte.

Sie warf einen Blick auf die Uhr. Der Wecker zeigte kurz nach halb acht. Im Haus war es noch still. Vielleicht schliefen die anderen noch. Sie hatte ein grässlich schlechtes Gewissen gegenüber Martin. Und wenn sie daran dachte, was ihre Mutter sagen würde, hätte sie sich am liebsten irgendwo eingegraben und wäre nie wieder hervorgekommen. Vorsichtig stieg sie aus dem Bett und trat in einen Haufen Schokoladenpapier und leerer Kekspackungen. Leise zog sie sich an, stopfte einige Packungen Papiertaschentücher, den Skizzenblock und ein paar Kohle- und Rötelstifte in die Tasche und schlich nach draußen.

Martin lief mit der Brötchentüte in der Hand die Straße entlang. Er ärgerte sich, dass er seine Klappe nicht hatte halten können. Das hätte ihm nicht passieren dürfen. Warum hatte er diese Bemerkung über Barbara bloß gemacht?

Er wusste ja, wie empfindlich Felicitas war. Ihm war klar, dass er ein Ventil für den Druck gesucht hatte, unter dem er stand. Es wäre so viel leichter, wenn er Felicitas die Wahrheit sagen könnte, aber das musste warten, bis alles vorbei war. Nun würden sie erst einmal frühstücken und sich aussprechen. Felicitas war schließlich immer noch krank, und er musste Rücksicht auf sie nehmen. Und das mit dem Sex ... Verdammt, er hatte es schon länger ohne ausgehalten. Wenn sie Zeit brauchte, sollte sie die bekommen. Sie war eben anders als diese Betthäschen, anders als Britt, die für jeden die Beine breit machte.

Die Haustür war abgeschlossen. Er holte seinen eigenen Haustürschlüssel raus und steckte ihn in das Schloss, das so ausgenudelt war, dass jeder Bartschlüssel passte. Er drehte den Schlüssel um und öffnete die Tür. Im Haus war noch alles ruhig. Er sah auf seine Armbanduhr, Viertel nach Acht. Schlafmützen. Er ging in die Küche und setzte Kaffeewasser auf. Dann schüttete er die Brötchen in einen Korb und stellte sie zusammen mit Butter, Marmelade, Honig und Aufschnitt auf den Tisch. Er zögerte kurz, aber dann nahm er nur zwei Teller aus der Anrichte und stellte sie dazu. Sollten die anderen doch sehen, wo sie frühstückten. Er wollte mit Felicitas alleine sein. Er goss den Kaffee auf, dann huschte er auf Zehenspitzen die Treppe hoch. Die Tür zu ihrem Zimmer war nur angelehnt. Vorsichtig schob er sie auf und rief leise: «Frühstück, Feli!»

Mit offenem Mund glotzte er auf Barbara, die gähnte und verschlafen blinzelte. «Was machst du denn hier?», fragte er barsch. Sie richtete sich auf, und Martin starrte auf ihre nackten Brüste. «Wo ist Felicitas?»

Barbara rieb sich die Augen. «Keine Ahnung! Muss wohl schon aufgestanden sein.»

Martin wurde blass. «Hast du ... habt ihr ...» Er konnte nicht aussprechen, was er dachte.

«Himmel, jetzt führ dich nicht auf wie ein Spießer!» Sie kroch wieder unter die Bettdecke. «Eifersucht ist reaktionär. Und jetzt lass mich weiterpennen! Ich hab Kopfschmerzen.»

«Du bist widerlich, Barbara!», schrie er, drehte sich um und rannte die Treppe hinunter. Er bemerkte nicht, dass Helge in der Tür zum Badezimmer stand und ihm entgeistert hinterhersah.

Der Himmel hatte sich über Nacht zugezogen, und ein kalter Wind pfiff durch die Bäume. Felicitas hatte sich auf einen umgestürzten Baumstamm gesetzt. Sie fuhr mit der Zeichenkohle mechanisch über das Papier, aber ihre Gedanken waren weder bei dem kleinen Fuchs, der am gegenüberliegenden Ufern nach Beute jagte, noch bei den mächtigen Buchen am Rand des Sees. Sie schämte sich. Sie hatte Martin betrogen, dabei liebte sie ihn doch. Und das Schlimmste daran war, dass sie es schön fand. Nie hätte sie gedacht, dass Sex gleichzeitig so leidenschaftlich und so lustig sein konnte. Nun ja, das Lustige lag wahrscheinlich an der Droge. Sie schlug das Blatt nach hinten und begann eine neue Skizze. Warum war es bei Martin so anders? Liebte sie ihn nicht genug? Oder war sie vielleicht nicht normal? Vielleicht hatte es ihr deswegen so gefallen, weil sie ... Sie wusste nicht, wie sie es nennen sollte. Krank? Das würde ihre Mutter sagen. Aber sie war doch nicht krank, sonst würde sie nicht das für Martin empfinden, was sie empfand. Es lag vielleicht an dem Haschisch. Sicher, das musste es sein. Sie hatte die Zeichnung erst zur Hälfte beendet, als der kleine Fuchs im Unterholz verschwand. Blödes Vieh.

Wieder blätterte sie um und begann von neuem. Ob Barbara anders war? Aber Barbara war verheiratet, und Hans war nicht der einzige Mann in ihrem Leben. Vielleicht war es ja auch für Barbara das erste Mal gewesen, und ihr war es genauso unangenehm wie Felicitas. So wird es sein, dachte sie.

Das Beste wäre, einfach nicht mehr darüber zu sprechen. An allem war nur dieses Teufelszeug schuld. Sie würde nie wieder kiffen.

Sie holte tief Luft, schlug einen weiteren Bogen Papier nach hinten um und begann, die Rotte Wildschweine, die sich am gegenüberliegenden Ufer eingefunden hatte, zu skizzieren.

Felicitas merkte erst dann, dass sie fror, als der Regen einsetzte. Schnell raffte sie Zeichenblock und Kohle zusammen, verstaute alles in der Tasche und lief zur Straße.

Als sie die Clayallee erreicht hatte, war sie bereits völlig durchnässt. Ein Kaffee wäre jetzt schön. Kaffee ... Martin hatte doch zum Frühstück kommen wollen, und sie hatte ihn völlig vergessen! Trotz der Kälte wurde ihr auf einmal heiß. Sie lief die Clayallee hinauf in Richtung Norden auf der Suche nach einer Telefonzelle. Am Roseneck fand sie schließlich eine. Mit vor Kälte zitternden Händen kramte sie ihre letzten Groschen aus dem Portemonnaie, warf zwei Münzen in den Schlitz und wählte die Nummer der Kommune. Erst nach dem siebten Klingeln wurde der Hörer abgenommen, und Atze gähnte in die Muschel.

«Atze, ich bin's, Felicitas. Ist Martin da?»

«Martin? Hab ich noch nicht gesehen. Warte mal!»

Sie hörte, wie Atze den Hörer weglegte und «Martin!» brüllte.

Rascheln, dann war Atze wieder am Telefon. «Nö, ist nicht da.»

«Danke!» Felicitas legte auf. Sie fütterte den Fernsprecher mit ihren letzten Groschen und wählte Martins Nummer. Sie ließ es ein Dutzend Mal klingeln, dann gab sie auf. Sie fror, der nasse Mantel hing bleischwer an ihr. Plötzlich sehnte sie sich furchtbar nach Martin, wollte, dass er sie in den Arm nahm und wärmte. Sie verließ die Telefonzelle, stellte sich an den Straßenrand und streckte den Daumen aus.

Das Mietshaus in der Hektorstraße hatte einen kleinen Vorgarten, und das Vordach über dem Eingang war mit Glas verziert. Martins Wohnung lag im dritten Stock des Seitenflügels. Sie hustete, als sie endlich oben ankam. Matt klopfte sie an die Tür.

Martin öffnete und sah sie an.

«Ich habe unser Frühstück vergessen, tut mir leid», sagte sie.

«Entschuldigung!» Er löste sich aus seiner Erstarrung und trat zur Seite. «Komm rein! Du bist ja ganz nass.» Er lief voraus und kam mit einem Handtuch zurück. «Ist nicht schlimm. Ich hab's auch vergessen.»

«Dann ist ja gut.» Felicitas lächelte kläglich. Ihre Zähne schlugen aufeinander.

«Du zitterst ja. Du musst sofort ins Bett.» Martin legte seine Hand auf ihre Stirn. «Du glühst. Das war eine Schnapsidee, bei dem Regen vorbeizukommen. Jetzt hast du einen Rückfall.»

Felicitas brachte nur noch ein knappes Nicken zustande.

«Hier kannst du nicht bleiben. Ich ruf dir ein Taxi.»

«Ich ...», begann Felicitas.

«Tut mir leid, aber morgen steigt unsere Aktion, und ich muss noch jede Menge vorbereiten. Ich hab jetzt wirklich keine Zeit. Am besten fährst du nach Hause und gehst ins Bett.» Er zog einen Zwanzigmarkschein aus seiner Hosentasche und drückte ihn ihr in Hand. «Das sollte reichen. Ich melde mich.»

Dann stand sie nass vor der geschlossenen Wohnungstür.

Sie stierte auf die Tropfen, die über die Autoscheibe perlten. Martin hatte die Verabredung mit ihr vergessen. War ihm die Revolution wichtiger als sie? Sie schüttelte den Kopf. Sie hatte kein Recht, sich zu beklagen, nach dem, was sie gestern Nacht getan hatte. Eine Träne rollte ihr über die Wange.

Auf einmal durchfuhr sie ein grässlicher Gedanke. Vielleicht wusste er es ja schon. Wenn Barbara sich nun jemandem anvertraut hatte? Gerlind zum Beispiel. Die würde das doch sofort Martin erzählen, um ihm klarzumachen, dass monogame Beziehungen reaktionär waren. Was würden die anderen sagen? Dietmar? Wäre er nicht entsetzt, dass seine kleine Schwester mit einer anderen Frau im Bett gewesen war? Die anderen würden vielleicht denken, sie sei nicht normal.

Sie konnte unmöglich noch länger in der Kommune bleiben. Sie würde Hans fragen, ob sie sofort umziehen könnte.

12

ES WAR ERST HALB SIEBEN, aber sie waren trotzdem hellwach.

«Hast du die Rauchbomben?», fragte Dietmar.

«Ja, klar.» Atze klopfte auf seine Tasche.

Dietmar zog an seiner Zigarette, dann drückte er sie im Aschenbecher aus, obwohl sie erst zur Hälfte aufgeraucht war, und zündete sich die nächste an. «Hier ist alles klar?»

Gerlind nickte. «Wir haben den Raum nebenan schalldicht isoliert. Fenster gibt es nicht. Die Tür ist aus Stahl, da dürfte er nicht durchkommen. Ich hab zwei Kanister Wasser reingestellt. Außerdem eine Matratze und einen Plastikeimer mit Klopapier. Nichts, was er als Waffe benutzen könnte. Es sei denn, er bombardiert uns mit Klopapier», fügte sie trocken hinzu.

«Britt, hast du das Chloroform?»

Britt nickte und hielt ein Fläschchen und einen Lappen hoch.

«Dann ist ja alles klar.» Dietmar sah auf seine Uhr. «Wenn unsere Informanten recht haben, müsste Springer um kurz nach acht am Schlachtensee entlanglaufen.»

«Der Mann ist krank», gähnte Helge. «Nur ein Verrückter macht bei dem Wetter samstags morgens einen Dauerlauf.»

«Klar ist der Mann krank. Hattest du jemals Zweifel?» Atze grinste. «Also los jetzt!»

13

ERSTER KRIMINALHAUPTKOMMISSAR LEMMBACH sah auf die Uhr. Noch siebzehn Minuten, dann müsste der Kollege in Sichtweite sein. Müller war ein Glücksgriff gewesen. Nachdem die Akte auf Lemmbachs Schreibtisch gelandet war, blieben ihnen gerade einmal drei Tage, um die Aktion vorzubereiten. So etwas konnte er besonders gut leiden. Wieder einer von diesen ominösen Verfassungsschutzhinweisen. *Von unbekannter Quelle wurde mitgeteilt* ... Keine Unterschrift, keine Abteilung, nur ein Datum. Beinahe unmöglich, in der kurzen Zeit ein geeignetes Double zu finden. Und dann lief ihm im Präsidium Müller über den Weg. Wäre der Kollege nicht in Uniform, sondern im Anzug gewesen, hätte er ihn, ohne mit der Wimper zu zucken, mit «Herr Springer» angesprochen.

Die Täter waren bis auf Chloroform und Rauchbomben unbewaffnet, das erleichterte die Sache. Er hoffte, dass die Jungs vom Verfassungsschutz sich nicht täuschten. Er kontrollierte noch einmal die Position seiner Leute. Am Eingang des S-Bahnhofs hatten sie einen Obststand aufgebaut. Zwei Kollegen hatten den Verkauf übernommen, drei gaben sich als Kunden aus. Mehrere Männer liefen die Straße entlang, als seien sie Spaziergänger oder auf dem Weg zur S-Bahn. Er selbst hatte, zusammen mit von Greifenau, auf dem Balkon eines Einfamilienhauses Position bezogen, von dem aus sie das gesamte Gelände im Blick hatten.

Um diese Uhrzeit war die Straße am Schlachtensee wie ausgestorben. Keine Fußgänger, keine Autos. Nichts. Bis jetzt. Ein dunkelgrüner VW-Bus rappelte aus Richtung Süden die Straße hoch und hielt fünfzig Meter vorm S-Bahn-

Eingang. Eine junge Frau in Jeans und Pullover stieg aus, öffnete die Seitentür und blieb neben dem Wagen stehen. Dann sah er Müller aus Richtung Süden im lockeren Trab den Bürgersteig entlanglaufen. Etwa auf Höhe des VW-Busses tauchten plötzlich hinter Müller eine große Blondine und ein hagerer Mann mit langen Zottelhaaren auf. Zwei Meter dahinter lief ein blondgelocktes Kerlchen. Lemmbach nahm das Funkgerät und rief: «Zugriff!» Was dann geschah, sollte ihm noch lange Alpträume bescheren.

Die blonde Frau griff in ihre Handtasche und zog ein Tuch heraus. Das Chloroform. Müller reagierte blitzschnell. Als sie die Hand über seine Schulter streckte, ergriff er ihren Arm und warf sie über die Hüfte zu Boden. Der Langhaarige stürzte sich auf Müller, riss ihn herum und schlug ihn mit einem sauberen rechten Haken nieder. Müller fiel wie ein Baum.

Der Motor des VW-Busses heulte auf, der Fahrer gab Gas. Die junge Frau, die neben dem Bus gestanden hatte, hechtete auf die Ladefläche des Wagens. Dann war der Bus aus Lemmbachs Blickfeld verschwunden. Er bellte ein paar Befehle in das Funkgerät und hoffte, dass die Kollegen, die Ecke Schlickweg im Wagen warteten, den VW-Bus stellen würden.

Von der gegenüberliegenden Straßenseite waren zwei Kollegen herübergespurtet und packten den Langhaarigen, der die Faust gehoben hatte und dem flüchtenden Bus «Du Arschloch!» hinterherbrüllte. Der Mann schlug wild um sich. Das blondgelockte Bürschchen hatte die Kämpfenden erreicht. Dicht hinter ihm zwei weitere Beamte. Bevor sie ihn ergreifen konnten, wurde plötzlich die gesamte Szenerie in dichten, weißen Nebel gehüllt – die Rauchbomben.

Wo blieben die Männer vom Obststand und wo die verdammten Mannschaftswagen, die eine Straße weiter Position bezogen hatten? Und dann sah er es. Der Obststand war umringt von Jugendlichen, aus dem S-Bahnhof quollen immer mehr. Massen von Jugendlichen. «Wandertag», murmelte er. Vor ein paar Tagen hatte seine Tochter ihm davon erzählt, aber er hatte es vergessen. «Komm!» Er riss von Greifenau am Ärmel zur Balkontür.

Als sie die Straße erreichten, hatten sich die Schüler bis zu dem rauchgeschwängerten Kampfplatz vorgedrängt. Die Kollegen am Obststand zwängten sich durch die Menge. Einer brüllte: «Polizei! Sie behindern eine Amtshandlung!» Die Schüler brachen in lautes Johlen und Gelächter aus. Aus Süden näherten sich Polizeisirenen. Die Kollegen hatten wohl endlich begriffen, dass unter der S-Bahn-Brücke kein Durchkommen war. Quietschend hielten die Wagen am Bordstein. Ein Dutzend bewaffneter Uniformierter sprang heraus, griff wahllos Schaulustige und verfrachtete sie in die Transporter. Die Männer vom Obststand brüllten immer noch. Aber die Jugendlichen hatten sich untergehakt und versperrten ihnen den Weg. In Sprechchören riefen sie: «Brecht dem Staat die Gräten, alle Macht den Räten!» und «Gestern Benno, heute wir!» Die Lehrer standen hilflos am Rand, fuchtelten mit den Armen und versuchten, einzelne Schüler aus der Menge herauszuziehen. Als einer der Kollegen seine Dienstwaffe zog, hoffte Lemmbach einen kurzen Moment lang, all das sei nur ein übler Traum. Doch der Knall des Schusses war brutale Wirklichkeit. Sekundenbruchteile später schrie einer der Jugendlichen auf und brach zusammen. Die umstehenden Jungen und Mädchen begannen zu schreien und zu kreischen. Die Sanitäter des Krankenwagens, der den

Einsatz begleitet hatte, schubsten die Umstehenden aus dem Weg. Als sie den Schwerverletzten erreichten, hatte sich bereits eine Blutlache unter seiner Brust gebildet. «Lass ihn durchkommen!», betete Lemmbach.

Er hatte sich bis zu den Einsatzfahrzeugen vorgearbeitet. Müller war wieder zu sich gekommen. Gemeinsam mit seinen Kollegen hatte er die Frau und das blonde Jüngelchen festgenommen.

Die Frau jammerte leise. Sie war bei Müllers Hüftwurf mit der Schulter auf dem Asphalt aufgeschlagen.

«Ist bloß 'ne Prellung», meinte Müller lapidar.

Die Frau presste die Lippen zusammen.

«Wo ist der Kerl mit den langen Haaren?», blaffte Lemmbach in das Chaos.

Müller und seine Kollegen sahen sich ratlos an. «Der müsste doch bei den andern sitzen.» Müller klang kleinlaut.

«Sitzt er aber nicht!», brüllte Lemmbach.

Sie überprüften noch einmal alle Festgenommenen. Aber der Langhaarige war nicht dabei. Außer dem Jungen und der Blondine hockten in den Fahrzeugen nur rund vierzig brüllende, johlende und kreischende Berliner Schüler.

Gerlind nahm das Zigarettenpäckchen, stellte fest, dass es leer war, und pfefferte es wütend in die Ecke. Sie warf einen Blick auf die Uhr, wie schon Dutzende Male zuvor in den letzten zwei Stunden. Wenn alles glattgegangen wäre, hätten sie längst hier sein müssen. Was, wenn gleich die Bullen auftauchten? Vielleicht sollte sie besser verschwinden? Aber wenn die anderen nun doch noch kamen, und sie war nicht hier? Sie würden denken, sie wäre abgehauen. Sie lief zur Tür und lauschte. Nur das ferne Rauschen des Verkehrs, sonst war alles still. Sie lief zurück, suchte nach einer Zigarette. Durchwühlte ihre Jackentaschen, die Zeitungen auf dem Tisch. Zwischen den Fehldrucken an der Rotaprintmaschine fand sie schließlich eine zerknüllte Schachtel mit einer arg zerdrückten, aber noch rauchbaren Zigarette. Sie rannte in den Flur, im Laufen zündete sie sie an. Horchte. In der Ferne Motorenlärm. Das Geräusch wurde lauter. Ein Wagen rumpelte die Trabener Straße entlang. Gerlind lief hinaus und schlich sich geduckt die Treppe am Haus hoch. Sie erkannte den VW-Bus. Erst jetzt, als sie ihre Erleichterung spürte, merkte sie, wie groß ihre Angst gewesen war. Sie lief zu dem Schuppen neben dem Haus und öffnete die Tore. Uli setzte den Wagen hinein, sprang aus dem Führerhaus, zog die Seitentür des Busses auf und half Malou beim Aussteigen. Der Ärmel ihrer Jacke war blutgetränkt.

«Ich hab mir den Unterarm aufgerissen, als ich ins Auto gesprungen bin.» Malou warf Uli einen finsteren Blick zu. «Warum bist du Idiot auch losgerast wie ein Irrer?»

«Glaubst du, ich wollte mich schnappen lassen?», fuhr Uli sie an.

«Du hättest auf die andern warten müssen.»

«Das hätte nichts gebracht. Die Bullen hatten sie doch schon.» Uli knallte die Wagentür zu.

«Was ist passiert?» Gerlinds Stimme zitterte.

«Lass uns reingehen! Ich muss meinen Arm verbinden.» Malou verließ den Schuppen durch den Hinterausgang und lief die Treppe zur Terrasse hinunter.

Uli hatte noch Zigaretten. Gerlind nahm ihm gleich drei ab und zündete sich eine an. Mit der Kippe im Mundwinkel half sie Malou, die Wunde zu säubern. Währenddessen erzählte Malou, dass die Polizei auf sie gewartet hatte. Viel mehr wusste sie nicht, schließlich hatte sich Uli sofort aus dem Staub gemacht.

Schweigend saßen sie am Tisch und rauchten, bis jemand laut an die Tür hämmerte. Sie sprangen alle drei gleichzeitig auf und warfen dabei den Tisch um.

«Verdammt, die Bullen!», rief Gerlind. Aber der erwartete Ruf «Aufmachen, Polizei!» blieb aus.

Stattdessen brüllte Atze von draußen: «Mach die Tür auf! Ist dieses Arschloch Uli da? Ich bring dich um!»

Als Gerlind die Tür öffnete, schubste Atze sie zur Seite und rannte durch den Flur, dicht gefolgt von Helge, der verzweifelt rief: «Atze, bleib stehen! Lass den Mist! Das bringt doch nichts.»

Atze stürzte in den Raum, holte aus und schleuderte Uli mit einem Faustschlag ins Gesicht gegen die Wand.

«Du hast mir die Nase gebrochen!» Uli hielt sich die Hand vors Gesicht. Blut lief ihm aus dem linken Nasenloch.

«Ich brech dir noch viel mehr, du verdammter Feigling!», schrie Atze. Ehe Malou und Gerlind reagieren konnten, holte er erneut aus.

Helge riss Atzes Arm zur Seite. «Hör auf!», rief er. «Das hat doch keinen Sinn.»

Keuchend ließ Atze sich gegen die Wand sinken.

Malou half Uli auf die Beine und reichte ihm ein Taschentuch. «Ich muss ins Krankenhaus. Meine Nase ist gebrochen», jammerte er.

«Vergiss es!», sagte Gerlind kalt. «Vermutlich bist du schon zur Fahndung ausgeschrieben. Wo sind die anderen?»

«Dietmar und Britt sind verhaftet, weil dieses Arschloch ...» Atze wollte aufspringen, aber Helge hielt ihn fest.

«Und wieso haben sie dich nicht kassiert?» Uli sah Atze herausfordernd an.

«Weil ich mich vom Acker machen konnte, als die Bullen Britt und Dietmar abgeführt haben.»

«Ich hab die Sirenen gehört. Barbara und ich haben entschieden, dass es besser ist zu verduften. Martin ist auch abgehauen», erzählte Helge. «Wir haben uns getrennt, damit wir bessere Chancen haben. Atze hab ich in Halensee an der S-Bahn getroffen.»

«Was machen wir jetzt? Warten wir auf die anderen?», fragte Malou in die Runde. Niemand antwortete.

Schließlich meinte Gerlind: «Irgendjemand hat uns offenbar verpfiffen. Es ist nur eine Frage der Zeit, bis die Bullen hier auftauchen.»

Die anderen nickten.

«Ich bin dafür, dass wir alle Spuren verwischen und nach Hause fahren», fügte sie hinzu.

«Nach Hause?», sagte Malou, «Da suchen sie uns doch zuerst.»

«Solange sie uns eine Beteiligung nicht nachweisen können, verhalten wir uns möglichst unauffällig.» Gerlind holte tief Luft. «Deswegen lassen wir hier auch alles so, wie es ist. Wir vernichten nur, was auf die Entführung hindeutet.»

Atze nickte und stand auf. «Ich wechsle mit Helge die Nummernschilder am Bus.»

«Okay, wir räumen auf.»

Eine halbe Stunde später wies im Keller in der Villenruine nichts mehr darauf hin, dass hier ein Mensch hätte gefangen gehalten werden sollen.

14

DIETMAR hatte sein Zeitgefühl verloren. Sie waren auf das nächste Polizeirevier gebracht worden. Dort hatte man Fingerabdrücke genommen und Fotos gemacht. Bevor er in eine Zelle kam, musste er seine Uhr zusammen mit seinen Schlüsseln, der Brieftasche, dem Gürtel und den Schnürsenkeln abgeben. Er fragte sich, was mit den anderen geschehen war. Britt war verdammt tapfer, obwohl ihre Schulter höllisch schmerzen musste. Sonst waren mit ihm nur Schüler in dem Transporter gewesen. Die Bullen machten eben keinen Unterschied. Jeder mit langen Haaren war verdächtig.

Er setzte sich auf die Pritsche und wünschte, er hätte eine Zigarette, aber auch die hatten sie ihm weggenommen. Er hörte Schritte auf dem Gang vor der Zelle. In den letzten Stunden hatte er oft Schritte gehört, gehofft und gleichzeitig gefürchtet, dass sie vor seiner Tür haltmachen würden, aber sie waren immer vorbeigegangen. Er lauschte auf das rhythmische Klack Klack. Es schwoll an, kam näher, gleich wäre es vorbei. Doch diesmal stoppten die Schritte. Jemand sagte etwas, dann drehte sich ein Schlüssel im Schloss, und ein Riegel wurde zurückgeschoben. Die Tür wurde aufgezogen, und ein dicklicher Beamter in Uniform sah zu ihm herein. «Mitkommen!»

Dietmar stand wortlos auf und folgte ihm.

Man brachte ihn in einen fensterlosen Raum mit einem Tisch, drei Stühlen und einem Tonbandgerät. Dietmar setzte sich auf den Stuhl und fühlte sich wie beim Zahnarzt. «Der Doktor kommt gleich.» Und dann ließ die hübsche blonde Arzthelferin einen in seinem Elend allein, umgeben von Bohrern, Zangen und Haken. Oder einem grimmig aussehenden Tonbandgerät, so wie jetzt. Wenn es wenigstens Zigaretten gäbe!

Zwei Männer in Zivil betraten den Raum und setzten sich Dietmar gegenüber. Der Ältere der beiden war bis auf einen spärlichen Haarkranz, dessen lange Strähnen er über seinem Schädel drapiert hatte, kahl. Er schaltete das Tonbandgerät ein und gab Datum und Uhrzeit an. «Was haben Sie heute Morgen am S-Bahnhof Schlachtensee gemacht?»

Der Kahlköpfige sah müde aus. Irgendwie gequält, dachte Dietmar. «Ich bin spazieren gegangen», antwortete er.

«Und weiter?»

«Nichts weiter.» Dietmar verschränkte die Arme vor der Brust.

«Wieso fahren Sie am Samstagmorgen von Schöneberg nach Zehlendorf, um spazieren zu gehen?» Der Glatzköpfige ließ nicht locker.

Dietmar räusperte sich. «Ich ...», fing er an. Verdammt, er brauchte jetzt eine gute Ausrede. Die Bäckereiverkäuferin fiel ihm ein. Er hatte sie gestern erst mit einem pickligen Typen turteln sehen. Er spürte einen Stich in seinem Herzen und fühlte sich auf einmal schrecklich elend. Er war betrogen worden, seine Angebetete hatte einen anderen, einen pickligen Jüngling, der nicht bis drei zählen konnte. Dietmar fühlte, wie der Liebeskummer bis in seine Kehle kroch. Wenn er so weiter machte, würde er gleich noch ein paar Tränen rausdrücken können. «Ich ...» Die beiden Polizisten sahen ihn erwartungsvoll an. «Sie ...» Er stockte wieder. «... hat einen anderen», presste er schließlich hervor. Er seufzte. «Seit Wochen will ich sie fragen, ob sie mit mir ins

Kino geht, aber irgendwie war nie die Gelegenheit.» Er redete immer schneller. Das war gut. Das mussten sie ihm einfach glauben. Er wurde ja selbst schon ganz traurig. «Und gestern stand sie da mit diesem pickligen Idioten.» Seine Stimme wurde lauter. «Und er hat ihr den Po getätschelt, und sie hat Schatzi zu ihm gesagt. Die ganze Nacht hab ich nicht schlafen können. Ich hab mir vorgestellt, wie ich ihn verprügel, aber besser ist es mir deshalb nicht gegangen. Und morgens dachte ich, das hat doch eh alles keinen Sinn, und fuhr raus, um einen klaren Kopf zu kriegen und ...» Seine Stimme brach. «Könnte ich ein Glas Wasser bekommen?», fragte er heiser.

Der Glatzköpfige nickte einem uniformierten Beamten an der Tür zu.

«Und eine Zigarette», rief Dietmar ihm hinterher.

Der zweite Polizist, der in seinem am Kragen offenen Hemd und dem weißen Pullover darüber aussah, als würde er gleich einen Drink an der Bar seines Tennisklubs nehmen, zog ein Päckchen Krone aus der Hosentasche und warf es auf den Tisch.

Mit zitternden Händen zog Dietmar eine Zigarette heraus. «Danke!», flüsterte Dietmar matt. Er musste aufpassen, dass er nicht zu dick auftrug. Ein echter Mann jammert nicht so rum, nur weil seine Schnecke zu einem anderen Schatzi sagt. «Entschuldigen Sie!», sagte er mit fester Stimme. «Ich benehme mich kindisch.»

Keiner der beiden reagierte. Der Uniformierte brachte ein Glas mit Wasser, stellte es auf den Tisch und bezog wieder Position neben der Tür.

«Sie waren unmittelbar hinter den Attentätern. Sie wollen mir doch nicht erzählen, dass das Zufall war.» Der Glatzköpfige strich seine verbliebenen Strähnen einmal quer über den Schädel. Eine widersetzte sich und stand wie eine Antenne vom Kopf ab.

«Doch!», sagte Dietmar unbeirrt. «Ich hab überhaupt nicht kapiert, was da los war. Ich hab nur gesehen, wie der Mann plötzlich die Frau nach vorne zog und zu Boden warf. Dann bin ich selbstverständlich hingelaufen, um zu sehen, ob ich helfen kann.» Dietmar nahm noch einen Schluck Wasser.

Der Tennisspieler rutschte unruhig auf seinem Stuhl herum. «Und Sie haben keine Rauchbomben geworfen?», fragte er schließlich.

Dietmar war unheimlich froh, dass Atze die Dinger genommen hatte. «Selbstverständlich nicht!» Er hoffte, seine Empörung klänge so, wie es sich für einen unbescholtenen Bürger, dem man den Einsatz von Rauchbomben unterstellte, gehörte. «Plötzlich war alles voller Rauch, und dann wurde ich auch schon gepackt und von Ihren Leuten in einen Wagen gezerrt.» Er fühlte sich auf einmal furchtbar ungerecht behandelt und überlegte, ob er mit einer Dienstaufsichtsbeschwerde drohen sollte.

«Das ist absoluter Humbug, den Sie uns hier auftischen!» Der Glatzköpfige war aufgesprungen und hatte sich zu Dietmar hinübergebeugt. Nun schlug er mit der Faust auf den Tisch.

Ob die Seminare haben, wo sie so was üben, schoss es Dietmar durch den Kopf. «Was erlauben Sie sich?», rief er. O Gott, er klang schon wie sein Vater. Er wollte sich gerade ordentlich entrüsten, als die Tür geöffnet wurde und ein weiterer Polizist den Kopf zur Tür hereinsteckte.

«Könnten Sie mal kommen, Herr Lemmbach?»

Der Glatzköpfige richtete sich auf und bedachte den Mann mit einem vernichtenden Blick. «Jetzt nicht! Ich ...»

Der Beamte wich ein Stück zurück. Es sah beinahe so aus, als ob er den Kopf einzöge. «Ist jemand vom Landesamt für Verfassungsschutz.»

Lemmbach nickte seinem Kollegen zu. Der erhob sich, und die beiden ließen Dietmar mit den Beamten an der Tür und einem fast vollen Päckchen Krone zurück.

Auf dem Flur wartete ein Mitvierziger mit kurzem graumeliertem Haar und sorgfältig gestutztem Schnäuzer. Er trug einen schwarzen Anzug, ein weißes Hemd und eine dunkelgraue Krawatte, die exakt den Ton seines Gabardinemantels traf.

«Kommt wohl von Grieneisen», raunte Lemmbach von Greifenau zu. Er streckte dem Mann vom Verfassungsschutz die Hand hin. «Lemmbach!», stellte er sich vor. «Mein Kollege von Greifenau.»

«Hagen, Gernot Hagen!», sagte der Mann und ignorierte Lemmbachs Hand. «Können wir uns irgendwo ungestört unterhalten?»

Lemmbach führte ihn in einen leerstehenden Vernehmungsraum. Hagen legte seine Aktenmappe auf den Tisch, holte ein Dutzend Fotos heraus und breitete sie aus.

«Das sind alles Mitglieder der ‹Roten Zelle›, nach unserem derzeitigen Kenntnisstand. Wir wüssten gerne, wen Sie davon heute festgenommen haben.»

Lemmbach schluckte seinen Ärger hinunter. Wie hilfreich wäre es gewesen, wenn sie die Fotos vor der geplanten Entführung gehabt hätten! Er nahm die Bilder und sah sie sich an. «Zwei. Den hier», er zeigte auf Dietmar, «und die Blondine.» Er tippte mit dem Finger auf Britt. «Und der ist uns entwischt.» Er zeigte auf Atze. «Wer ist das?»

Hagen reagierte nicht auf Lemmbachs Frage. «Lassen Sie sie laufen!»

«Was?» Lemmbach klappte beinahe die Kinnlade herunter.

«Haben Sie Beweise gegen die beiden?», fragte Hagen kalt.

Lemmbach lachte trocken. «Da die Frau dem Kollegen Müller ein mit Chloroform getränktes Tuch unter die Nase halten wollte, würde ich sagen, ja.»

«Und was haben Sie gegen Dietmar Springer in der Hand?»

Lemmbach starrte ihn finster an. «Nichts!», gab er schließlich zu. Jedenfalls nichts, was nicht auch gegen die vierzig Schüler spräche. Springer hatte sich nicht aktiv an dem Entführungsversuch beteiligt. Auch die Rauchbomben hatte er nicht in der Hand gehabt, da war Lemmbach sich sicher. Er konnte genauso gut zur falschen Zeit am falschen Ort gewesen sein. Wären da nicht die Fotos des Verfassungsschutzes, aber die hatte Hagen bereits eingesteckt.

«Dann lassen Sie ihn laufen, am besten gleich!»

«Und wieso?» Lemmbach fiel es schwer, seinen Ärger zu beherrschen. Hagen schwieg. «Nennen Sie mir einen Grund, warum ich Dietmar Springer freilassen sollte.»

«Wir wollen die ganze Gruppe.» Hagen sah Lemmbach fest in die Augen. «Und dazu brauchen wir Springer. Er ist der Kopf der Bande.»

«Wer ist der Langhaarige auf dem Foto?» Lemmbach wich seinen Blick nicht aus.

Hagen schüttelte den Kopf. «Was ist nun? Lassen Sie Springer frei?»

«Wenn Sie uns unsere Arbeit machen lassen, kriegen

wir die Gruppe auch so.» Lemmbach sprach unwillkürlich lauter. «Das sind keine Profis. Nur Dilettanten glauben, dass ihr Opfer umkippt, wenn man ihm Chloroform unter die Nase hält. Diese Möchtegern-Terroristen hatten nicht einmal Waffen dabei. Sie haben mit Sicherheit jede Menge Fehler gemacht. Wenn Sie uns nicht behindern, setzten wir das Puzzle Stück für Stück sauber zusammen und servieren Ihnen Ihre ‹Rote Zelle› auf dem Silbertablett.»

«Aber noch haben Sie nichts gegen die Gruppe in der Hand.» Hagen zog einen Mundwinkel nach oben – die Mr-Hyde-Version eines Lächelns. «Also?»

Lemmbach verspürte den Drang, Hagen sein Grinsen aus dem Gesicht zu prügeln, aber dann nickte er nur.

Dietmar war hundemüde. Sie hatten ihn noch zwei weitere Stunden befragt. Erst dann brachten ihn zwei Beamte in den Raum, in dem er seine Sachen hatte abgeben müssen. Man händigte ihm seine Besitztümer aus, mit Ausnahme der Zigaretten. Als er danach fragte, hielt ihm ein Beamter einen Zettel unter die Nase.

«Hier steht nichts von Zigaretten, die müssen Sie verloren haben.»

Dann musste Dietmar den Erhalt seiner Sachen quittieren. Er wagte nicht zu fragen, warum man ihn gehen ließ, aus Angst, sie könnten es sich anders überlegen. Erst, als sich die Tür des Reviers hinter ihm schloss und ihn allein auf der Straße zurückließ, ließ langsam die Panik nach, die er die ganze Zeit über gespürt hatte.

Als er kurz nach elf Uhr abends nach Hause kam, hockten Atze, Helge und Gerlind am Tisch und stocherten lustlos in einer Portion Nudeln herum.

«Was machst du hier?» Atze sah Dietmar an und trommelte mit den Fingern auf den Tisch.

«Was ist das denn für eine Frage?»

«Die haben dich hopsgenommen. Wieso bist du schon wieder hier? Und wo ist Britt?» Atze hatte eine Gabel genommen und bog den Griff hin und her. Seine Fingerknöchel waren weiß vor Anstrengung.

«Ich hab keine Ahnung, wo Britt ist. Wahrscheinlich immer noch im Knast. Schließlich wurde sie sozusagen in flagranti ertappt.» Dietmar ließ sich erschöpft auf einen Stuhl fallen. Sein Magen knurrte laut, er hatte seit gestern Abend nichts mehr gegessen.

«Und warum haben sie dich rausgelassen?», fragte Atze scharf. Der Griff der Gabel hatte inzwischen eine unregelmäßige Wellenform. Er warf sie auf den Tisch.

«Ich kann einfach gut Geschichten erzählen.» Dann berichtete Dietmar von dem Verhör. «Was ist denn mit den anderen?», fragte er, nachdem er geendet hatte.

«Malou und Uli sind nach Hause gefahren. Martin hat heute Abend von einer Telefonzelle aus angerufen. Wir dachten schon, sie hätten ihn auch geschnappt. Wir haben verabredet, dass wir ein paar Tage warten und dann weitersehen», sagte Gerlind.

Ihre Stimme war schleppend. Dietmar wusste nicht, ob es an der Erschöpfung lag oder an der fast leeren Flasche Rotwein, die vor ihr stand.

«Und Barbara?»

Gerlind richtete sich auf. «Wieso? Ich dachte, die wäre auch verhaftet.»

Dietmar schüttelte den Kopf. «Nee. Jedenfalls nicht, soweit ich gesehen habe. Ich dachte, sie wäre hier.» Er stutzte. «Wo ist eigentlich Felicitas?»

Die anderen starrten zu Boden. «Wir haben keine Ahnung», gab Gerlind schließlich zu. «Sie war weg, als wir nach Hause kamen.»

Dietmar schob den Teller mit den Spaghetti weg, auf einmal war er nicht mehr hungrig. «Vielleicht ist sie ja ins Kino gegangen.»

«Ihr Malzeug und ihr Koffer sind weg.» Atze versetzte der verbogenen Gabel einen Stoß, so dass sie ein Stück über den Tisch schlitterte.

«Habt ihr Barbaras Mann gefragt? Vielleicht weiß der was.» In Dietmars Stimme schwang Panik.

«Der ist heute Nachmittag nach Vietnam geflogen.» Gerlind goss sich den Rest Rotwein ins Glas.

«Vielleicht ist sie ja mit Barbara abgehauen», warf Helge ein.

«Wie kommst du denn auf so einen Schwachsinn?» Dietmar war aufgesprungen und lief in der Küche auf und ab.

«Na ja, wo sie doch miteinander ...» Helge stockte.

«Was miteinander?» Dietmar packte Helge bei den Schultern.

«Miteinander ... Na du weißt schon.»

«Ich weiß gar nichts.» Dietmar wollte Helge schütteln, überlegte es sich aber anders, als er Helges erschrockenen Blick sah. Er ließ ihn los und lehnte sich an die Anrichte.

«Sie haben gevögelt. Ihr hättet Martin mal brüllen hören sollen.» Helges Stimme wurde fester. «Mich wundert sowieso, dass ihr davon nichts mitbekommen habt.»

«Das glaub ich nicht!», stöhnte Dietmar. Er ließ sich neben Gerlind auf das Sofa fallen. «Meine kleine Schwester ...», murmelte er.

«Tja, stille Wasser sind tief!», sagte Gerlind spitz.

«Ach, halt doch die Klappe!»

Atze schob Dietmar eine Zigarette hin. «Lass mal, die meldet sich schon.»

Dietmar nahm die Zigarette, rauchte sie schweigend und hoffte, dass Felicitas bald wiederauftauchen würde.

Seit Tagen warteten sie auf Nachricht von Britt, Barbara und Felicitas. Dietmar hatte noch in der Nacht Martin angerufen. Doch der wusste weder, wo Barbara war, noch, wo Felicitas steckte. Dietmar fragte alle Kommilitonen von Felicitas, die er kannte, ob sie seine Schwester gesehen hätten, aber niemand wusste etwas. Seiner Mutter hatte er ein Telegramm geschickt: *MUSS FUER PRUEFUNGEN LERNEN* STOP *BITTE KOMM IN ZWEI WOCHEN* STOP *FELICITAS.* Er hoffte, dass sie die Lüge schlucken und nicht in drei Tagen vor der Tür stehen würde.

Atze hatte seit der schiefgelaufenen Aktion Angst, dass man nach ihm fahndete. Er wagte sich nicht mehr aus dem Haus, und seine Laune wurde jeden Tag, den Britt im Gefängnis saß, schlechter. «Wenn ich nicht bald hier rauskomme, werde ich irre!» Atze ließ den Kopf auf den Tisch fallen.

Helge legte ihm die Hand auf die Schulter. «Lass mal, uns fällt schon was ein.»

«Wir könnten dir die Haare schneiden und den Bart abrasieren, dann erkennt man dich nicht mehr», schlug Gerlind vor.

Atze hob den Kopf. «Nur über meine Leiche!» Dann sank er wieder nach vorne.

Die Haustür wurde geöffnet, kurz darauf fiel sie krachend ins Schloss.

«Britt wird ausgewiesen», keuchte Dietmar und warf die *BZ* auf den Tisch.

Auf der Titelseite prangte ein undeutliches Schwarzweißporträt von Britt, eingerahmt von der Schlagzeile: *Skandal: Staat lässt Terroristin gehen.* Darunter stand in kleineren Buchstaben:

Britt E. (24) kam als Austauschstudentin getarnt in unser Land. Die fanatische Kommunistin versuchte, den Verleger Axel C. Springer am Samstag in Zehlendorf in ihre Gewalt zu bringen. Doch sie lief in eine Falle und wurde festgenommen. Nun soll sie in ihr Heimatland Schweden abgeschoben werden.

«Scheiße, scheiße, scheiße!», brüllte Atze und sprang auf. «Ich muss irgendwie nach Schweden.»

Es war das erste Mal seit dem Entführungsversuch, dass sie sich trafen. Martin hatte zunächst nicht kommen wollen, sich aber dann doch umstimmen lassen. Da Felicitas nicht da war, saßen sie im Wohnzimmer auf den Matratzen.

«Es gibt drei Dinge, die wir besprechen müssen: Wie kommt Atze nach Schweden, wieso hat die Polizei von unserer Aktion gewusst, und wie machen wir weiter?», eröffnete Dietmar die Runde. «Und natürlich: Wo sind Barbara und Felicitas?»

«Wo Felicitas und Barbara sind, hab ich doch gesagt: Abgehauen.» Helge sah ihn trotzig an.

«Quatsch! Das würde Feli nicht machen. Sie hätte sich längst gemeldet.»

«Glaubst du. Und was, wenn Barbara nicht will, dass sie anruft?»

«Warum soll sie das nicht wollen?» Dietmar sah Helge verständnislos an.

«Vielleicht, weil Barbara uns verpfiffen hat», sagte Uli.

«Du bist verrückt!», fuhr Gerlind Uli an und rückte ein Stück von ihm weg.

Martin hatte bisher mit verkniffenem Gesicht dagesessen und geschwiegen. «So, wie Barbara über die DDR und die Kulturrevolution geredet hat, würde es mich nicht wundern, wenn sie ein Verfassungsschutzspitzel wäre.»

Dietmar schnappte nach Luft. «Jetzt hör auf, gegen Barbara zu hetzen!»

«Vielleicht hast *du* uns ja auch verpfiffen. Ich finde, du warst verdammt schnell aus dem Knast.» Atze sah ihn böse an.

«Was denn? Erst Stasi, dann Verfassungsschutz?» Dietmar lachte bitter.

«Jetzt hört doch endlich auf!», rief Malou. «Vielleicht war es wirklich Barbara. Warum wäre sie sonst verschwunden?»

«Außer Gerlind, die unerschütterlich an das Gute im Menschen glaubt, sind wir uns wohl einig, dass Barbara uns verraten hat.» Uli sah, um Zustimmung heischend, in die Runde.

«Klar, Barbara - wer sonst?», sagte Martin barsch. «Können wir das Thema endlich abschließen?»

Dietmar sah den Freund an. Wenn es stimmte, dass Martin Barbara in Felicitas' Bett erwischt hatte, war Martins Laune nicht verwunderlich. Aber er wollte es immer noch nicht so recht glauben.

«Wir sollten überlegen, wie es weitergeht. Als Erstes muss Atze raus aus Berlin.» Gerlind nahm einen Stift, als wolle sie etwas aufschreiben, aber ihr fehlte Papier. Sie warf den Kugelschreiber zurück auf den Fußboden.

«Die Matte muss ab! Sonst gehst du nirgendwohin»,

sagte Malou entschieden. «Helge, hol eine Schere!» Das leise «Nein» aus Atzes Richtung ignorierte sie.

Helge brachte nicht nur eine Schere, sondern auch eine Waschschüssel mit Wasser und Rasierzeug.

«Setz dich da hin!», kommandierte Malou.

Atze seufzte und hockte sich im Schneidersitz auf die Tischplatte. «Wehe, du baust Mist!», brummte er.

«Und was machen wir jetzt als ‹Rote Zelle›?», fragte Uli, während Atzes Haar Strähne für Strähne zu Boden fiel.

«Nichts!», antwortete Gerlind knapp.

«Wir können nicht einfach nichts machen. Das wäre ja wie aufgeben.»

«Vielleicht ist es genau das, was wir tun sollten», sagte Dietmar. «Aufgeben! Wir sollten weiter Teach-ins und Demos veranstalten und den bewaffneten Kampf den südamerikanischen Guerilleros überlassen, die was davon verstehen.»

«Rudi sagt auch, dass die Formen des Kampfes in den Industrienationen andere sein müssten als in der Dritten Welt.»

Atze drehte sich zu Gerlind um. «Das darf nicht wahr sein! Wir sitzen hier mitten in der Scheiße, und du kommst mit deinem Rudi an.»

«Halt gefälligst still!» Malou zog Atzes Kopf unsanft herum.

«Wollt ihr euch vom Staat einschüchtern lassen? Alle mischen mit - Stasi, Verfassungsschutz -, und wir kneifen wie Kinder, die Angst im Dunkeln haben.» Ulis Wangen hatten sich gerötet.

«Reg dich ab, Uli, du kriegst noch einen Herzanfall», frotzelte Martin. «Aber ich finde, er hat recht. Wir sollten gerade jetzt weitermachen.»

«Im Grunde genommen sind weitere Aktionen doch sinnlos, wenn die Polizei überhaupt nicht weiß, warum wir das machen. Dreh dich mal um, Atze!» Malou versetzte Atze einen kleinen Schubs und griff in seinen Bart.

«Nicht der Bart!», jammerte er.

«Malou hat recht», sagte Martin. «Wir könnten der Polizei, dem Bürgermeister oder wem auch immer einen Brief schicken, dass wir, die ‹Rote Zelle›, Springer entführen wollten, um endlich seine Macht zu brechen. Und dass es nicht das Ende ist.»

«Ja klar, unterschrieben mit *RotZ*! Wie bei eurer dämlichen Aktion mit den Schaufenstern der *Morgenpost*-Filialen.» Gerlind sah ihn finster an.

«Also ich find's gar nicht so schlecht», meinte Helge. «Wir könnten das Schreiben an die Zeitungen schicken, damit alle davon erfahren.»

«Und dann warten wir ab, was passiert. Inzwischen schaffen wir Atze nach Schweden.» Martin sah sehr zufrieden aus.

«Und wie wollt ihr mich aus Berlin rausbringen?», presste Atze zwischen den Zähnen hervor.

Malou hatte sein Gesicht mit Rasierschaum eingepinselt und kratzte nun mit dem Rasierer die Stoppeln herunter.

«Ich kenn ein paar Leute im Westhafen. Die könnten dich über die Havel bis zur Müritz bringen und von dort über Rostock mit dem Boot nach Schweden.»

«Woher kennst du denn Leute im Westhafen?» Dietmar sah Martin überrascht an.

«Ich hab da mal gejobbt. Ein paar von denen können ganz gut mit den DDR-Grenzern. Das kostet natürlich was. Aber wenn wir zusammenlegen, sollte das kein Problem sein.»

«Dann müssen wir jetzt nur noch den Brief schreiben und ihn zur Polizei schicken ... So, du bist fertig!» Malou wischte Atze den restlichen Schaum aus dem Gesicht und musterte ihn kritisch von allen Seiten. «So erkennt dich kein Schwein», sagte sie schließlich.

Helge kicherte, und Uli presste sich eine Hand auf den Mund.

Während die anderen um Gerlind herumsaßen, die das Bekennerschreiben in die Schreibmaschine tippte, hockte Dietmar an die Wand gelehnt auf seinem Platz und nippte an dem inzwischen kalten Kaffee. Springer, die Enteignung, der Brief an die Presse, das war ihm völlig egal. Barbara hatte sie an den Verfassungsschutz verraten, und seine Schwester war verschwunden. Eine Träne lief ihm über die Wange. Er wischte sie schnell weg, bevor die anderen etwas bemerkten.

15

ER LIEF NERVÖS in der Kajüte auf und ab. Die Order der HVA, der Hauptverwaltung Aufklärung, war klar gewesen: «Verlassen Sie sofort West-Berlin!» Aber er hatte auf ein Treffen gedrängt. Ohne sie wollte er nicht gehen. Er hatte lange darüber nachgedacht. Sie hatte ihn betrogen. Wollte er sie trotzdem? Schließlich schrieb er es ihrer Jugend zu und redete sich ein, dass seine Liebe stark genug für zwei sei. Wenn sie erst gemeinsam drüben wären ...

Er hörte jemanden über den Bootssteg laufen. Der Kahn schaukelte, als der Alte an Bord sprang. Dann riss er die Tür auf und lief die Treppe hinunter. «Verdammt, was haben Sie sich dabei gedacht, Genosse?», blaffte er.

Der Jüngere straffte sich. «Ich kann noch nicht weg. Ich bin einem Verfassungsschutzspitzel auf der Spur.» Er beobachtete den Silberhaarigen genau.

Dessen Augen zogen sich kurz zusammen, dann hatte er sich wieder gefasst. «Und?»

«Ich kann den feindlichen Agenten enttarnen. Ich brauche nur mehr Zeit.»

«Wer ist es?» Der Silberhaarige war näher gekommen.

Der Jüngere roch seinen Atem, der nach Zwiebel stank. «Kann ich noch nicht sagen.»

«Sie wissen es nicht?»

«Doch, aber ich bin noch nicht hundertprozentig sicher.» Der Jüngere zog ein Foto aus der Jackentasche. Es zeigte eine junge Frau, die in einer Küche auf einem Sofa saß. Sie streckte dem Fotografen lachend ein Weinglas entgegen. «Ich muss wissen, wo diese Frau ist.»

Der Silberhaarige sah den jungen Genossen skeptisch an. «Was hat die Frau damit zu tun?»

«Alles zu seiner Zeit.» Der Jüngere fühlte sich jetzt sicher. Der Alte hatte angebissen. Sie würden nun nach seinen Regeln spielen. «Wie schnell können Sie sie finden?»

Der Alte zuckte mit den Schultern. «Kann ich nicht sagen.»

«Gut, geben Sie mir Bescheid!» Der Jüngere schob das Foto über den Tisch.

Der Silberhaarige steckte es ein und verließ grußlos das Schiff.

16

KRIMINALHAUPTKOMMISSAR BÄR saß beim Frühstück, als die Meldung hereinkam. Er schüttete eilig den restlichen Kaffee hinunter, nahm die Wagenschlüssel von der Anrichte und pfiff. Der irische Wolfshund Florian trabte durch den Flur, sein hin und her wippender Schwanz fegte eine Vase vom Schuhschrank. Die tadelnde Stimme seiner Frau ließ Bär den Schritt beschleunigen, und auch Florian legte einen Zahn zu. Für seine Größe erstaunlich geschickt, kletterte der Hund auf den Rücksitz des VW Käfers. Dort thronte er wie eine zerzauste Diva, während sein Herrchen den Wagen aus der Einfahrt des Hauses in Lichtenrade manövrierte.

Der Tatort war bereits von den Beamten der zuständigen Polizeidienststelle gesichert worden. Bärs Kollege Henry Odenwald stand am Rand der Absperrung und unterhielt sich mit Tschobe vom kriminaltechnischen Dienst. Neben ihm stand Siegfried Schlicker, der gerade frisch von der Schutzpolizei zur Kripo gewechselt war und Odenwald und Bär wie ein Schatten folgte. Er klammerte sich an ein kleines rotes Büchlein, das er seit Dienstantritt stets bei sich trug. Bär und Odenwald hatten eine Wette abgeschlossen, ob Schlicker mit dem *Roten Faden – Richtlinien für den kriminalpolizeilichen Ermittlungsdienst* auch ins Bett ging, hatten die Sache bisher aber noch nicht klären können.

«Weibliche Leiche, erstochen, sieht nach Sexualdelikt aus», informierte Odenwald Bär. «Ein Rentner, das heißt der Dackel des Rentners, hat die Tote gefunden. Keine Papiere, die Tatwaffe haben wir auch noch nicht.»

«Ich hab einen Suchtrupp angefordert.» Tschobe zog den Gummihandschuh aus und tätschelte Florian den Kopf.

Bär nickte, hob das Absperrband hoch und schlüpfte hindurch. «Bleib!», befahl er dem Hund, der sich niederlegte, dann folgte er Tschobe und Odenwald durch das Vorjahreslaub zum Fundort.

Bär war froh, dass er keine Zeit mehr gehabt hatte, das Spiegelei, das seine Frau für ihn gebraten hatte, zu essen. So hatte er lediglich den bitteren Geschmack von Kaffee und Galle im Mund, als er würgen musste.

Die Tote lag auf dem Rücken. Der Pullover, den sie trug, war aufgeschnitten, schwarze Krusten auf der Brust und Maden, die sich in den offenen Wunden träge wanden, zeigten, dass die Frau mit zahlreichen Messerstichen attackiert worden war. Die schwarze Skihose, die sie getragen hatte, hatte sich um den linken Knöchel verknäult, die Unterhose war zerrissen. Die bloßliegenden Körperteile ebenso wie die linke Gesichtshälfte waren mit Fraßspuren übersät, die rechte Gesichtshälfte ließ vermuten, dass die Frau zu Lebzeiten sehr hübsch gewesen war.

Bär wendete den Blick von dem ab, was die Wildschweine von den Brüsten der Frau übriggelassen hatten, und strich Wild bis auf weiteres von seiner Speisekarte.

Hinter ihnen raschelte Laub. Mit einer unförmigen schwarzen Tasche in der Hand bahnte sich Kozlowski, der Gerichtsmediziner, den Weg durch das Unterholz. Er begrüßte die Polizisten, dann beugte er sich prüfend über die Leiche.

Nach einer ganzen Weile stand Kozlowski auf, zog sich die Handschuhe aus und stopfte sie in die Tasche seines ehemals weißen, nun mit Laub und Erde beschmutzten Kittels. Dann ließ er sich von einem uniformierten Polizisten Mantel und Hut reichen. Er zog den Mantel über, setzte den Hut auf, und noch im Gehen zog er eine Pfeife aus der Manteltasche und steckte sie an. Er paffte ein paar Züge, und in den Gestank nach Moder und Verwesung mischte sich der süßliche Duft von Pfeifentabak.

«Und?», fragte Bär.

«Eine Woche etwa.» Kozlowski saugte an seiner Pfeife. «Vergewaltigt, anschließend erstochen. Außerdem Verletzung an der Schädelbasis. Ist vermutlich gestürzt und mit dem Kopf auf einen Stein aufgeschlagen. Später mehr.» Kozlowski paffte munter vor sich hin.

Bär wedelte den Rauch fort. «Eine Woche. Also irgendwann am letzten Wochenende?»

«Hm ...», brummte Kozlowski. «Ja, könnte hinkommen. Bericht kommt Montag.» Dann ging er, kleine weiße Rauchwölkchen ausstoßend, davon.

17

DIE LUFT in dem kleinen Besprechungsraum war zum Schneiden dick. Tschobe und Odenwald hatten den Aschenbecher, den Carola Heinze, Bärs Sekretärin, auf den Tisch gestellt hatte, bereits gut gefüllt. Schlicker saß vor seinem Becher mit schwarzem Kaffee und schrieb Protokoll. Bär nickte Tschobe zu.

«Wie es aussieht, war der Fundort auch der Tatort, aber sonst haben wir nichts Nennenswertes an verwertbaren Spuren gefunden. Der Regen letzte Woche», erklärte

Tschobe. «Aber ich habe zwanzig Mann im Einsatz, die das Gelände nach der Tatwaffe durchkämmen. Wenn wir hier fertig sind, fahre ich wieder hin.»

Bär sah aus dem Fenster, es hatte zu nieseln begonnen. Er beneidete Tschobe nicht.

«Bislang haben wir keine Möglichkeit, die Tote zu identifizieren. Kozlowski wird versuchen, Fingerabdrücke zu nehmen, aber er ist nicht sehr zuversichtlich. Die Wildschweine haben ganze Arbeit geleistet.»

Bär sah, dass Schlickers Handbewegung fahriger wurde. Armer Schlicker. Wenn er sich nicht ein dickeres Fell zulegte, würde er es nicht weit bringen bei der Kriminalpolizei.

«Leichentoilette ist sinnlos. Da gibt's nicht mehr viel anzuhübschen. Am besten lassen wir eine Zeichnung machen», schlug Odenwald vor.

Schlicker legte die Hand auf den *Roten Faden*. «Was ist mit den Vermisstenfällen?»

Bär lächelte. «Genau, Schlicker, die zu prüfen ist Ihre Aufgabe.»

Schlicker nickte eifrig und machte sich Notizen.

Bär sah Odenwald an. «Henry, du kümmerst dich um die Zeichnung! Falls Schlicker nicht fündig wird, geht das Bild morgen früh an die Presse. Kozlowskis Bericht bekommen wir irgendwann am Montag. Aber immerhin hat er mir verraten, dass die Tote seit dem letzten Wochenende im Wald gelegen hat.»

«War da nicht auch der Entführungsversuch?» Schlicker strahlte seinen Chef an.

Bär nickte. «Das ist richtig. Ich werde mich mit dem Polizeilichen Staatsschutz in Verbindung setzen. Mal sehen, ob die uns weiterhelfen können.»

«Aber wenn die Tote was mit der Entführung zu tun hat», wandte Schlicker ein, die Hand wieder fest auf den *Roten Faden* gepresst, «dann geht der Fall doch sowieso an den Polizeilichen Staatsschutz.»

Bär sah ihn an. «Schlicker, ich glaube nicht, dass das ein politischer Mord war. Das läuft anders. Keine Vergewaltigung, kein Messer, sondern mit Schusswaffe. Schnell und sauber. Na ja, soweit Mord sauber sein kann», fügte er hinzu. «Aber vielleicht gibt es Zeugen. Letzten Samstag war jedenfalls genug los.» Bär sah in die Runde. «Hat noch jemand was Wichtiges zu sagen? Gut, dann machen wir Schluss! Morgen früh um acht treffen wir uns wieder! Dann noch einen schönen Sonntag!»

Lemmbach sah auf die Uhr, Bär hatte vor einer halben Stunde angerufen. In dieser Zeit hätte er die Strecke von der Keithstraße bis zum Polizeipräsidium am Platz der Luftbrücke fast zu Fuß gehen können. Wieso brauchte der Mann so lange? Er nahm seinen Teebecher, der innen von jahrelangem Gebrauch bereits dunkelbraun war, und ging in die Teeküche, um Wasser aufzusetzen. Als er mit dem vollen Becher in der Hand zurückkam, stand ein großer dunkelhaariger Mann in Bluejeans und einer langen schwarzen Lederjacke an seiner Tür und klopfte. Das musste Bär sein. Das Anzugtragen war bei der Mordkommission wohl nicht mehr üblich. Er rückte seine Krawatte zurecht und ging auf den Kollegen zu. «Sind Sie Erster Kriminalhauptkommissar Bär?», fragte er und streckte seine Hand aus.

Bär hatte einen festen, trockenen Händedruck. Lemmbach schloss seine Bürotür auf und ließ dem Kollegen den Vortritt. Bär setzte sich auf den freien Stuhl gegenüber vom Schreibtisch und packte eine braune Aktenmappe aus. Lemmbach setzte sich ebenfalls.

«Sie glauben also, dass Ihr Fall mit der Entführung zusammenhängt?»

Bär verzog keine Miene. «Ob die beiden Fälle in Verbindung zueinander stehen, kann ich noch nicht sagen, aber ich halte es zumindest für überprüfenswert.» Er berichtete kurz, was sie bisher herausgefunden hatten. «Da die Tote zwischen Schlachtensee und Kronprinzessinnenweg gefunden wurde, also keine halbe Stunde Fußweg vom S-Bahnhof Schlachtensee entfernt, wo sie am Wochenende der Entführung ermordet wurde, halte ich einen Austausch von Informationen zwischen unseren Abteilungen durchaus für angebracht.» Bär schlug die Aktenmappe auf und zog einige Fotos heraus. «Das ist die Tote. Kennen Sie sie?»

Lemmbach nahm die Fotos und verzog das Gesicht. Wieso hatten seine Leute nichts bemerkt? In welchem Umkreis hatten sie das Gelände abgesucht? Er würde das schnellstens klären müssen.

«Wildschweine!», erklärte Bär.

Lemmbach schüttelte den Kopf, Bär hatte seine Grimasse falsch gedeutet. Eine angefressene Leiche erschütterte Lemmbach schon lang nicht mehr. Er legte die Fotos zurück auf den Tisch. «Bitte übergeben Sie den Fall offiziell an unsere Abteilung», sagte er und stand auf.

«Nö!», sagte Bär und blieb sitzen.

Lemmbach sah ihn an. Einer von denen, die glauben, ihr Terrain verteidigen zu müssen. Auch das noch. Aber es war ein ganz klarer Fall. Die Tote gehörte zur «Roten Zelle». Er hatte sie, trotz der Verletzungen im Gesicht, sofort als eine der Frauen auf Hagens Fotos erkannt. Was immer am Wochenende mit der Frau geschehen war, es hatte mit Sicherheit mit der versuchten Entführung von Axel Springer zu tun. Also kein Fall für die Mordkommission. Die sollten sich doch freuen, wenn sie Arbeit loswurden. «Tut mir leid, Kollege», sagte er. «Aber das fällt in unseren Aufgabenbereich.»

«Wieso?», fragte Bär scharf und beugte sich vor.

«Sie gehört zum Kreis der mutmaßlichen Entführer.» Lemmbach stützte sich auf die Platte des Schreibtischs. «Also ganz simple Gleichung: politisch motivierte Tat – unsere Zuständigkeit.

Bär kratzte sich am Kinn. Offenbar war er morgens nicht zum Rasieren gekommen. Die Bartstoppeln waren schon längst nicht mehr nur ein dunkler Schatten auf der Haut. «Ich fürchte, ganz so einfach ist es nicht, Herr Lemmbach.» Er zog einige engbeschriebene Seiten aus der Mappe. «Ich habe Ihnen eine Abschrift meines vorläufigen Berichtes mitgebracht. Das Opfer wurde vor der Ermordung vergewaltigt.»

Lemmbach schluckte und setzte sich wieder hin. Er rieb sich über die Augen. Als hätten sie nicht schon genug Probleme. «Sind Sie sicher?», fragte er, obwohl ihm klar war, wie dämlich seine Frage klang.

Bär nickte. «Sieht so aus, als sollten wir zusammenarbeiten.»

Lemmbach sah Bär an. Sie waren mit dieser Entführungsgeschichte stark ausgelastet, ein bisschen Unterstützung von der Mordkommission könnten sie gut gebrauchen. Und dieser Bär schien ziemlich auf Zack zu sein. Er nickte. «Gut!»

«Fürs Erste wäre mir schon sehr geholfen, wenn Sie mir den Namen der Toten nennen könnten.» Bär sah Lemmbach erwartungsvoll an.

«Tut mir leid, das kann ich nicht. Ich habe die Tote auf einem Foto gesehen, das mir ein gewisser Gernot Hagen vom Landesamt für Verfassungsschutz gezeigt hat. Wir hatten über vierzig Schüler festgenommen.» Er seufzte. «Wir waren froh, ein paar Anhaltspunkte zu haben, um die Spreu vom Weizen zu trennen. Die Fotos waren Aufnahmen von den Mitgliedern der ‹Roten Zelle›. Herr Hagen», Lemmbachs Tonfall wurde spitz, «hat die Fotos wieder mitgenommen. Ich werde versuchen, das Dossier der Toten zu bekommen. Aber Sie wissen ja, wie das ist.» Er seufzte noch mal.

«Weiß ich nicht», sagte Bär. «Aber ich kann's mir lebhaft vorstellen.»

Als Bär gegangen war, lehnte sich Lemmbach in seinem Stuhl zurück und stöhnte laut. «Verdammte Scheiße!» Dann zog er den Beutel aus seinem inzwischen kalten Tee und klatschte ihn in den Papierkorb.

Bär war von Lemmbachs Büro aus direkt nach Hause gefahren. In Marienfelde hatte er Florian noch zwei Stunden über die Wiesen an der Mauer gehetzt, nun war es nach Mitternacht, und Bär hatte sich mit einer Kanne Kaffee und den Akten des Entführungsfalls, die Lemmbach ihm mitgegeben hatte, in seinem Arbeitszimmer vergraben.

Der Wecker auf seinem Schreibtisch zeigte halb vier. Er hatte beinahe alle Protokolle durchgelesen, ebenso die Einsatzberichte. Lemmbach tat ihm leid. Es kursierten Gerüchte, dass bei dem Einsatz einiges schiefgegangen war, aber ein solches Fiasko wünschte er seinem ärgsten Feind nicht. Einer der Beamten hatte die Nerven verloren. Er hatte einen Warnschuss in die Luft abgegeben, der an einer Straßenlaterne abgeprallt war und einen Schüler getroffen hatte. Dabei hatte er noch Glück gehabt, der Schüler hatte die Schussverletzung überlebt und war bereits auf dem Wege der Besserung. Die beiden Männer, die den VW-Bus verfolgten, hatten sich wie Anfänger abhängen lassen. Der zweite Entführer war zwischen den ganzen Schülern einfach abgetaucht. Und den dritten hatten sie wieder laufenlassen müssen, weil es keine Beweise gegen ihn gab.

Bär überlegte, ob er sich noch die restlichen Protokolle ansehen sollte, aber ihm fielen immer wieder die Augen zu. Er zog die Schuhe aus, löschte das Licht und rollte sich auf dem Sofa unter einer Wolldecke zusammen. Noch zwei Stunden, dann würde seine Frau ihn wieder wecken.

Lemmbach sah nicht besser aus, als Bär sich fühlte. Kurz nach acht hatten sich alle um den Tisch im Besprechungsraum versammelt. Nur Odenwald fehlte. Er hatte eine Nachricht hinterlassen, dass er in der Gerichtsmedizin bei der Leichenöffnung sei.

Bär brachte seine Kollegen auf den neuesten Stand, unterstützt von Lemmbach, der Details zur verhinderten Entführung ergänzte. Tschobe berichtete kurz, dass sie gestern Abend die Suche nach der Tatwaffe wegen der Dunkelheit hatten abbrechen müssen, die Kollegen seien aber morgens bei Tagesanbruch wieder losgezogen. Wenn man jedoch bis mittags nicht fündig würde, müsse man wohl davon ausgehen, dass der Täter die Waffe nicht in der Nähe des Tatortes weggeworfen habe.

«Wir wissen immer noch nicht, wer die Tote ist.» Bär klopfte mit einem Kugelschreiber auf den Stapel Akten, den er vor sich auf den Tisch gelegt hatte.

«Ich habe gestern noch versucht, Hagen zu erwischen.

Aber angeblich ist er nicht zu erreichen.» Lemmbach schnaufte. «Wer's glaubt, wird seelig!», murmelte er.

«Ja, ja, mit den Hagens dieser Welt ist das so eine Sache.» Bär grinste.

«Jedenfalls sollten wir uns nicht darauf verlassen, dass aus dieser Richtung etwas kommt.» Lemmbach zündete sich bereits die dritte Zigarette an diesem Morgen an. «Haben Sie die Vermisstenfälle schon gesichtet?»

«Schlicker?» Bär nickte seinem Mitarbeiter zu.

Schlicker schlug seinen Notizblock auf und warf einen Blick auf die engbeschriebene Seite. «Zurzeit werden 43 Personen in Berlin vermisst, davon 27 männlich und ...»

«Schlicker!»

Schlicker warf seinem Chef einen beleidigten Blick zu. «Keine der vermissten Personen passt zu unserer Toten.»

«Dann ...» Bär wurde von Odenwald unterbrochen, der zur Tür hereinstürmte und eine Mentholwolke hinter sich her zog.

«Na, wie war's?»

«Danke, schön wie immer!», antwortete Odenwald trocken. «Den Bericht gibt's heute Nachmittag. Aber so viel kann ich schon sagen: Die Frau wurde vergewaltigt und anschließend erstochen. Tödlich war ein Stich ins Herz. Insgesamt hat der Täter elfmal auf sie eingestochen. Aber sie war vermutlich bereits bewusstlos, als er sie vergewaltigte. Er hat sie niedergeschlagen, dabei ist sie mit dem Hinterkopf auf einen Stein aufgeschlagen. Den Rest hat sie nicht mehr mitbekommen. Gott sei Dank, kann man wohl sagen.»

«Schön, aber das hat Kozlowski doch schon gestern erzählt.»

«Der Leichendoktor hat aber gestern noch nicht gesagt, dass er Farbspuren in den Wunden gefunden hat.»

«Was für Farbspuren?» Lemmbach beugte sich interessiert vor.

«Sind noch im Labor. Sahen auf den ersten Blick wie Künstlerölfarbe aus.»

«Seltsam», murmelte Bär. «Aber das Wichtigste ist die Identifizierung der Toten. Wenn wir bis heute Nachmittag nichts von Hagen gehört haben, geht das Bild», er sah Odenwald kurz an, der nickte und zog einen grünen Aktendeckel aus seiner Tasche, «an die Presse, so dass es morgen in den Zeitungen ist.»

Odenwald hatte die Aktenmappe inzwischen aufgeschlagen. «Ich find, er hat's gut hingekriegt.» Mit *er* meinte Odenwald den Polizeizeichner.

Lemmbach nahm das Blatt und sah es sich genauer an. «Wirklich gut getroffen. Ich hätte gerne eine Kopie der Zeichnung.»

Odenwald nickte. «Ich kümmer mich drum. Wann soll ich das Bild rausgeben? Um drei?» Er sah von Lemmbach zu Bär und wieder zurück. «Okay. Also um drei.»

18

DIETMAR warf einen Blick auf die große weiße Uhr am anderen Ende der Werkshalle. Noch sieben Minuten bis zur Pause. Er rieb sich das Kreuz, dann lenkte er den Hubwagen zu Frau Krawutke, die ungeduldig winkte.

«Keene Müdichkeit vorschützen, die Palette is voll»,

rief sie ihm quer durch die Halle zu. «Mann, dir kann man ja beim Loofen die Schuhe besohln», sagte sie, als Dietmar die Gabel zwischen die Streben der Palette bugsierte.

Ihre Kolleginnen, die mit ihr am Band standen und mit flinken Fingern Pralinen in Schachteln packten, grinsten. «Bist du hübsche Junge, aber Schnecke.» Unter dem Gelächter der anderen zwinkerte ihm Miljana Janic, die dralle Jugoslawin, zu.

Die Hydraulik hob die vollbeladene Palette vom Boden, und Dietmar zog sie, begleitet von Pfiffen der Arbeiterinnen, zur Auslieferung.

Er holte sein Frühstück aus dem Spint und machte sich seufzend auf zum Pausenraum. Helene Krawutke thronte wie die ungekrönte Königin der Rausch-Pralinen am Tisch, umringt von ihren Hofdamen, die lachend und schwatzend die mitgebrachten Butterbrote verzehrten. In der Mitte des Tisches lag eine zerfledderte *BZ,* die die Arbeiterinnen schon vor Beginn der Frühschicht gelesen hatten.

«Ah, blondes Schneckchen!» Miljana Janic klopfte mit der Hand auf die Sitzfläche neben sich. «Komm, musst du nicht schüchtern sein.»

Dietmar schüttelte den Kopf. «Nein danke! Ich möchte nicht stören.»

Helene Krawutke winkte ihn mit einer sparsamen Handbewegung heran. «Nu hab dich nich so, wir fressen dich schon nich.» Sie stieß ihre Sitznachbarin in die Seite. «Ham ja schließlich den janzen Tag mit Süßet zu schaffen.»

Wieder lachten alle.

Dietmar stand unschlüssig herum. Irgendetwas von «den Dialog mit dem Proletariat aufnehmen» hatte Gerlind gefaselt, als er den Job bei der studentischen Arbeitsvermittlung bekommen hatte. Er griff seine Brötchentüte fester und schlenderte betont lässig auf den Stuhl zu, auf dem immer noch Miljana Janics Hand ruhte. Als er sich an Frieda Lehmann vorbeizwängte, gab sie ihm einen Klaps auf den Po.

«Ick kann nur hoffen, dass de bei deine Freundin mehr Einsatz zeigst», sagte sie grinsend.

Dietmar fragte sich, ob er den Dialog mit dem Proletariat nicht doch lieber erst morgen oder übermorgen beginnen sollte. Aber es war zu spät. Miljana Janic schob den Stuhl zurück und zog Dietmar am Ärmel seines Kittels auf die Sitzfläche. Zögernd holte er ein belegtes Brötchen aus der Tüte. Je schneller er aß, desto schneller konnte er sich wieder verziehen. Entschlossen biss er in die Salamischrippe. Kauend ließ er seinen Blick über den Tisch schweifen. Bloß keinem in die Augen sehen, die Frauen könnten das zum Anlass für einen ihrer derben Späße nehmen.

Die grauweißmelierte Tischplatte war übersät mit Brotkrümeln und Kaffeeringen. Irgendjemand hatte Tee über die *BZ* gegossen. Auf dem Titelblatt wellte sich die Zeichnung einer Frau. *Mord im Grunewald.* Dietmar hörte auf zu kauen. Er schluckte den Bissen hinunter und musste husten. Keuchend beugte er sich vor, um die Zeitung heranzuziehen, während zwei kräftige Arbeiterinnenhände auf seinen Rücken einklopften. Unfähig zu sprechen, wehrte er mit der Hand Miljana und Frieda ab. Dann strich er die Zeitung glatt.

«Ist dir schlecht oder was?», hörte er Helene Krawutke rufen, als er mit käsigem Gesicht aufsprang und hinausrannte.

Er stürzte über den Hof hinaus auf die Straße zur Telefonzelle. Hektisch kramte er in seiner Hosentasche nach Kleingeld. Zweimal fielen ihm die Münzen herunter, bis es ihm schließlich gelang, sie in den Schlitz zu werfen und die Nummer zu wählen. Als am anderen Ende der Leitung endlich der Hörer abgenommen wurde, brüllte er in die Muschel. «Martin, Barbara ist tot!»

19

ERSTER KRIMINALHAUPTKOMMISSAR LEMMBACH hatte sich in eine Ecke des alten Sofas, das in Bärs Büro stand, gequetscht. Der Rest der Sitzfläche wurde von Florian in Beschlag genommen, der auf dem Rücken lag, die Pfoten in die Luft gestreckt, und sich von Lemmbach den Bauch kraulen ließ.

Als Bär den Raum betrat, warf er einen Blick auf den zufrieden brummenden Hund. «Kaum bin ich weg, fraternisierst du mit anderen Abteilungen.»

Der Hund drehte eines seiner Ohren ein wenig in Bärs Richtung und rollte sich auf die Seite.

«Schlicker und Odenwald müssten gleich kommen, dann legen wir los.» Bär setzte sich hinter seinen Schreibtisch und sah traurig in seine leere Kaffeetasse. Er wollte gerade zum Telefonhörer greifen, als Carola Heinze die Tür öffnete und mit einem Tablett mit Kaffee hereinkam. Beim Hinausgehen wäre sie beinahe mit Schlicker zusammengestoßen, der mit mehreren Blättern wedelnd zur Tür hereinstürzte, dicht gefolgt von Odenwald.

«Wir haben ihn!», rief er.

«Wir haben wen?»

«Na, den Namen der Toten, Chef. Eine Nachbarin und mehrere Kollegen haben sie erkannt.» Schlicker strahlte, als hätte er den Namen persönlich ermittelt. «Die Tote heißt Barbara Grahl, 28, von Beruf Journalistin. Sie wohnt in Schöneberg in der Handjerystraße.»

Bär stutzte, bei Schlickers Worten klingelte irgendetwas in seinem Hinterkopf, aber es war nicht laut genug, um es zu fassen zu bekommen. Er schüttelte irritiert den Kopf und hoffte, dass es ihm später einfiel. Dann sah er die erwartungsvollen Blicke der anderen. «Ich würde sagen, der Tag ist gerettet – und voller Arbeit. Schlicker, Sie sichten sämtliche Karteien, Sie wissen schon, PIOS, Strafregister, Flensburg, das volle Programm!»

Schlicker nickte gottergeben.

«Und du», Bär wandte sich zu Odenwald, «kommst mit mir zur Wohnung der Toten.»

«Das soll so eine von diesen Kommunen sein, Chef, mit den ganzen Nackten.»

Bär sah Schlicker an, dessen blassgraue Gesichtsfarbe unter seinen Blicken ins Rötliche wechselte.

«Hat jedenfalls die Nachbarin erzählt, als ich mit ihr telefoniert hab», stotterte er.

«Ach, möchten Sie gerne mit?», fragte Odenwald süffisant, und Schlickers rote Wangen färbten sich noch dunkler.

«Henry!» Bär warf Odenwald einen warnenden Blick zu. Dann stand er auf und nahm seine Jacke vom Garderobenständer. «Lemmbach, könnten Sie dem Verfassungsschutz auf die Füße treten? Die müssen doch ein Dossier von der Toten haben.»

Lemmbach hatte sich ebenfalls erhoben. «Das können

Sie gleich selbst machen.» Er wies mit einer Kopfbewegung zur Tür.

Bär hatte den Mann, der wie ein Bestatter gekleidet war, nicht kommen hören. «Sie sind Herr Hagen, nehme ich an?»

«Dann müssen Sie Bär sein.» Gernot Hagen machte keine Anstalten, Bär die Hand zu geben. «Sind Sie dafür verantwortlich?» Er warf die *BZ* auf den Tisch, so dass das Porträt von Barbara Grahl für alle sichtbar war.

«Wenn Sie sich nicht melden.» Bär zuckte scheinbar ungerührt mit den Schultern. Was dachte sich dieser Kerl? Reagierte nicht auf Anfragen, aber wenn sie ihre Arbeit machten, veranstaltete er einen Zwergenaufstand. Er schielte zu Lemmbach herüber.

Der stand mit unbeweglichem Gesicht neben dem Tisch, die Arme vor der Brust verschränkt. Die ohnehin nicht besonders üppigen Lippen presste er so fest zusammen, dass sie kaum noch zu sehen waren.

«Sie können keine Fotos von Zielpersonen rausgeben, ohne das mit uns abzusprechen.» Hagen hatte seine Stimme erhoben. «Sie gefährden die gesamte Operation. So läuft das nicht.»

Lemmbach trat einen Schritt auf Hagen zu. «Da stimme ich Ihnen zu. So läuft das nicht. Sie sind nicht weisungsbefugt. Außerdem sollen Sie unsere Arbeit unterstützen und nicht behindern. Wenn Sie uns verraten hätten, wer die Tote ist, hätten wir uns den ganzen Pressezirkus sparen können.» Lemmbach schnaufte bedrohlich, und Florian neben ihm hob die rechte Lefze und zeigte einen imposanten Reißzahn.

Hagen trat einen Schritt zurück.

«Ruhig, Flo!» Bär warf dem Wolfshund einen kurzen

Blick zu. «Ich gehe davon aus, dass Sie über die Zielperson Unterlagen haben. Wir hätten gerne eine Abschrift der Akte.»

Hagen nickte. «Ich werde sehen, was sich machen lässt. Aber ich ersuche Sie, alle weiteren Schritte mit mir abzusprechen. Sie gefährden sonst unsere Arbeitsergebnisse. Auf Wiedersehen, meine Herren!» Ohne eine Antwort abzuwarten, schob er sich rückwärts zur Tür und zog sie schnell hinter sich zu.

20

ATZE rauchte bereits den dritten Joint an diesem Morgen. Aber im Gegensatz zu sonst war er immer noch mies drauf. Er wartete nun schon seit Tagen auf die Nachricht von Martin, dass er seine Sachen packen und nach Schweden verschwinden konnte. Er fror, obwohl er den Heizkörper bereits voll aufgedreht hatte. Er zog die Wolldecke enger um die Schultern und packte sich die Katze auf den Schoß, die sich das, ohne zu klagen, gefallen ließ. Trotzdem war ihm noch immer kalt. Er sah auf sein fleckiges Unterhemd und die im Schritt mittlerweile ins Beige changierende Unterhose und überlegte, ob er sich etwas überziehen solle.

Helge schlurfte in die Küche und stellte das Radio auf volle Lautstärke.

«Mann, mach die Kiste aus, das ist ja nicht zum Aushalten!», schnauzte Atze.

Helge hob die Hand. «Beruhig dich! Wie bist du denn

drauf?» Er warf einen Blick auf die dreckigen Kaffeetassen und den vollen Aschenbecher. «Ich mach dir erst mal 'nen frischen Kaffee, das hilft», sagte er. Er beugte sich über den Tisch, um die Tassen einzusammeln, und schnüffelte. «Baden könntest du auch mal wieder.» Helge ging zum Radio und stellte es ab.

Atze rauchte schweigend vor sich hin, während Helge Wasser aufsetzte. Das Klingeln der Türglocke durchbrach die Stille. Sie sahen sich an, Atze hob kurz die Schultern. Es klingelte erneut.

«Warum macht denn keiner von euch auf?», rief Gerlind und lief aus dem Wohnzimmer zur Haustür.

Atze und Helge lauschten. Sie hörten Stimmen, konnten jedoch nicht verstehen, was gesprochen wurde. Bis Gerlind laut rief: «Was will denn die Kriminalpolizei von uns?»

Atze fegte die Katze von seinem Schoß und sprang auf.

«Du musst hier weg!», zischte Helge und riss das Fenster auf.

Atze starrte in den Märzregen. «Das ist scheißkalt da draußen.»

«O Mannomann!», murmelte Helge und öffnete den Gürtel seiner Jeans.

Im Flur lamentierte Gerlind lautstark. «Die Freiheit ist immer nur Ihre Freiheit. Weil wir hier eine neue Form des Zusammenlebens erproben, werden wir von diesem reaktionären System und seinen Institutionen verfolgt.»

Jemand antwortete ihr.

Helge streifte in der Küche seine Turnschuhe von den Füßen und zog gleichzeitig seinen Pullover über den Kopf. «Verdammt! Ich hänge fest!» Sein Kopf und ein Arm steckten noch im Pulli, während er vergeblich versuchte herauszuschlupfen. Felicitas' Haarspange, mit der er sich einen Zopf gebunden hatte, hatte sich in den Maschen des Pullovers verhakt.

Draußen zeterte Gerlind. «Ich verlange, dass Sie den Schutz der Privatsphäre anerkennen und dieses Haus nicht betreten. Und schon gar nicht ...» Sie schrie auf.

«Mach schneller!» Atze zerrte ungeduldig an Helges Jeans.

«Nehmen Sie den Hund weg!» Gerlinds Stimme überschlug sich. «Meine Katze!»

Sie hörten lautes Poltern, dann fauchen. Ein Hund jaulte auf. Endlich hatte sich Helge von dem Pullover befreit. Atze knöpfte sich Helges Hose zu und zog den Pullover über den Kopf, während Helge ihm die Turnschuhe überstreifte. Dann schwang sich Atze auf das Fensterbrett und sprang in den Garten.

«Warte!», rief Helge ihm hinterher und stürzte zu dem Schuhkarton auf der Anrichte. Er beugte sich über das Fensterbrett nach draußen und drückte Atze einen Fünfzigmarkschein in die Hand. «Tschüs! Grüß Britt!», raunte er. Dann ließ er sich erschöpft auf das Sofa fallen.

«Die Katze ist abgehauen», sagte Gerlind, als sie in die Küche kam. «Deshalb!» Sie zeigte auf einen riesigen zotteligen Hund, über dessen Nase sich ein großer blutiger Kratzer zog.

Hinter dem Hund betraten zwei Männer die Küche. Einer zog seinen Dienstausweis aus der Jackentasche. «Bär», stellte er sich vor.

Helge fand, dass er wirklich etwas von einem Bären hatte mit seinen breiten Schultern und dem dunklen zerzausten Haar. Außerdem war er mindestens einen Meter neunzig groß.

«Das ist mein Kollege Odenwald», sagte Bär.

Gerlind lehnte mit verschränkten Armen an der Anrichte. Helge sah sie fragend an, aber sie rührte sich nicht. Er fühlte sich auf einmal sehr nackt in seinen Socken und der Unterwäsche. Er nahm die Decke und zog sie sich um die Schultern.

Der Beamte, der Odenwald hieß, meinte: «Wenn du das Fenster zumachst, wird's hier sicher wärmer. Wieso hast du überhaupt ...» Er stockte, als sein Blick auf den Aschenbecher mit den Resten von Atzes Joints fiel. «Ach so», sagte er. Aber sein Kollege schüttelte den Kopf. Wortlos ging Odenwald zum Fenster und schloss es. «Räumen Sie mal die Kippen weg!»

Gerlind löste sich aus ihrer Starre, griff nach dem Aschenbecher und verließ die Küche. Kurz darauf hörte Helge die Klospülung.

Als der Kommissar sich setzte, sprang der große Hund auf das Sofa und schmiegte sich an Helge.

«Flo!» Bär sah den Hund scharf an.

«Nee, ist schon in Ordnung. Der stört mich nicht.» Helge zog das *der* in die Länge.

«Wann haben Sie ihre Mitbewohnerin Barbara Grahl das letzte Mal gesehen?», begann Bär.

Helge setzte sich auf, und der Hund legte ihm eine Pfote auf den Oberschenkel. «Wieso?»

«Bitte beantworten Sie meine Frage!»

«Wir beantworten hier gar nichts, bevor Sie uns nicht sagen, worum es geht.» Gerlind war wieder hereingekommen.

Odenwald, der bisher geschwiegen hatte, beugte sich vor und sah Helge mit einem eiskalten Blick in die Augen. «Barbara Grahl ist ermordet worden.»

Helge wurde schwindelig. «Wieso?» Mehr brachte er nicht heraus.

«Das wüssten wir gerne von Ihnen.»

«Wieso von uns?» Helges Wangen glühten. Er hielt sich an der Tischkante fest, bis der Schwindel in seinem Kopf nachließ. «Denken Sie vielleicht, wir ...»

«Wo waren Sie am letzten Wochenende?»

«Ich ... wir ...»

«Halt den Mund, Helge!», fuhr Gerlind ihn an. Ihre Augen schimmerten feucht. Sie drehte sich zu Bär um. «Wir müssen überhaupt nichts sagen.»

«Da wäre ich mir nicht so sicher.» Der Kommissar war aufgestanden. «Henry, ruf eine Streife an, und lass den jungen Mann aufs Revier bringen! Im Flur steht ein Telefon.» Er wandte sich an Gerlind. «Und wir sehen uns jetzt das Haus an.»

Das Haus der Kommune war in einem fürchterlichen Zustand. Hier hatte seit Wochen niemand mehr geputzt. Nachdem sie Helge in einen Einsatzwagen verfrachtet hatten, warf Bär noch einen Blick in die Küche, um zu sehen, ob der Hund noch auf dem Sofa lag.

Odenwald war bereits in das nächste Zimmer gegangen. Er kniete auf dem Boden und schob mit einem Bleistift Papier hin und her. Gerlind stand mit verschränkten Armen und zusammengekniffenen Lippen hinter ihm und beäugte ihn argwöhnisch.

Als Bär hereinkam, richtete Odenwald sich mühsam auf, seine Kniegelenke knackten. «Ich hab hier ein paar Flugblätter gefunden. Aber nichts, was uns weiterbringt. Dieser übliche sozialistische Kram. *Bürger, schützt euch vor Konsumterror!* und *Amis raus aus Vietnam!* und so 'n Zeug.»

Bär nicke und ließ seinen Blick über die Matratzen und den abgesägten Tisch gleiten. Leere Weinflaschen, volle Aschenbecher und dreckiges Geschirr standen überall herum. Kleidungsstücke lagen auf den Matratzen und über den Fußboden verstreut. Ein Stapel Langspielplatten lehnte neben einer teuer aussehenden Stereoanlage an der Wand. Er ging in die Hocke und sah den Stapel durch. Neben dem üblichen Lärm der Rolling Stones und der Beatles fand er Platten von Donovan, Bob Dylan und Jefferson Airplane. Ganz hinten standen ein paar Aufnahmen des London Symphony Orchestra und der Berliner Philharmoniker unter Leitung von Karajan. Strawinski, Berg und Stockhausen. Er hätte gerne reingehört. Mit einem Blick auf Gerlind stellte er die Platten zurück.

Als sie in den Flur traten, hörte Bär ein leises Schaben an der Haustür. Als er öffnete, huschte die Katze an ihnen vorbei die Treppe hinauf. Bär grinste. «Na dann, der Katze nach, Henry!»

Oben sah es ähnlich chaotisch aus wie im Erdgeschoss. Odenwald warf einen Blick ins Bad und rümpfte die Nase. «Unglaubliche Schweine!»

«Wenn's Ihnen nicht passt, können Sie ja putzen», zischte Gerlind.

Im Zimmer neben dem Bad hatte es sich die Katze auf einem Sofa gemütlich gemacht. Nach dem Schreibtisch und den Bücherregalen zu urteilen, war dies wohl ein Arbeitszimmer. Bär öffnete einen Aktenschrank und sah die Unterlagen durch. Korrespondenz mit Redaktionen, Verträge und Durchschläge von abgelieferten Artikeln. Auf einigen der Papiere fand er den Namen *Hans Grahl*. Vater oder Ehemann, überlegte Bär und fragte sich, wo er den Namen schon mal gehört hatte. «Henry, sagt dir der Name Hans Grahl was?»

«Klar, Vietnam-Korrespondent für den *Spiegel*. Solltest mal öfter Zeitung lesen. Ist letztes Jahr sogar mit dem Pulitzer-Preis ausgezeichnet worden. Wieso?» Odenwald stellte sich hinter Bär und sah ihm über die Schulter. «Mensch, das ist der Mann der Toten.»

Bär nickte. «Sieht so aus. Setz dich mit seiner Redaktion in Verbindung, und versuche, ihn so schnell wie möglich aufzutreiben! Und das», er zeigte auf die Aktenordner, «nehmen wir mit.» Er warf einen Blick auf Gerlind. «Keine Sorge, Sie kriegen eine Quittung.» Bär kraulte die Katze hinter den Ohren, die sich reckte und zu schnurren begann, und sagte zu ihr: «So, jetzt nur noch Dachboden und Keller, dann hast du deine Ruhe.»

Die Treppe zum Dachboden war schmal und steil und endete auf einem kleinen Absatz, von dem zwei Türen abgingen. Bär entschied sich für die rechte und drückte die Klinke herunter. Das Zimmerchen war das einzige halbwegs saubere im ganzen Haus. Nur eine dünne Staubschicht lag auf dem Fensterbrett und auf den Kanten der Leinwände, die an der Wand lehnten. Er zog ein sauberes Taschentuch aus der Hosentasche und wickelte es sich um die Hand, bevor er vorsichtig die Tür des Wäscheschranks aufzog. Er war leer. Als er die Leinwände eine nach der anderen nach hinten kippte, um sich die Bilder anzusehen, stutzte er. Die Gemälde waren düster, erinnerten an die romantischen Landschaften Caspar David Friedrichs, aber das war eindeutig der Grunewald. Er war oft mit Florian an dem kleinen See gewesen und hatte mit dem Gedanken gespielt, den Wildschweinschädel mit nach Hause zu nehmen. Aber seine Frau hätte ihn mitsamt dem Schädel vor die Tür gesetzt. Er stellte die Bilder zurück und durchsuchte den Papierkorb. Unmengen an gebrauchten Taschentüchern. Er drehte den Eimer um. Mit einem leisen Pling fiel ein metallischer Gegenstand auf die Dielen. Bär fegte die Taschentücher beiseite, bis das Palettmesser vor ihm lag. Es hatte eine scharfe Schneide, lief nach vorne spitz zu und war mit Flecken alter Ölfarbe übersät. «Tja, Tschobe, das war's dann wohl gewesen mit deinem Feierabend», murmelte Bär und ging nach unten, um zu telefonieren.

Der schmächtige Junge, der ihm gegenübersaß, tat Bär beinahe leid. Er trug jetzt statt Unterwäsche und Wolldecke eine abgewetzte braune Cordhose und einen Parka. Dennoch wirkte er auf Bär damit beinahe noch schutzloser als vorhin in der Küche der Kommune. Bär hatte ihm eine Schachtel Zigaretten mitgebracht, und der junge Mann fischte sich eine aus der Packung. Flo hatte sich neben den Stuhl des Jungen gesetzt und den Kopf auf seinen Schoß gelegt. Unruhig strich der Junge mit der rechten Hand über Florians Nacken, während er versuchte, sich mit der linken die Zigarette anzuzünden. Schließlich erbarmte sich Bär und gab ihm Feuer.

Bär hatte Lemmbach informiert, der nun in einer Ecke des Raumes saß und Bär und Odenwald die Befragung überließ.

«Können Sie mir sagen, wer in der Mädchenkammer unterm Dach wohnt?», begann Bär.

Aber der junge Mann schüttelte nur den Kopf.

«Wer wohnt denn noch außer Ihnen in dem Haus? Barbara Grahl.» Bär fixierte den Jungen, der schließlich nickte. «Und Gerlind König.»

Der Junge nickte wieder.

«Und wer von den beiden malt?»

Der Junge senkte den Blick.

«Oder sind Sie der Künstler?» Bär beugte sich vor. «Wissen Sie, das Problem ist, dass derjenige, der diese Bilder malt, möglicherweise der Mörder Ihrer Freundin Barbara ist», sagte er eindringlich.

Erschrocken hob der Junge den Kopf. «Nein! Das kann nicht sein.» Das war das Erste, das er überhaupt gesagt hatte, seit Bär ihn in den Vernehmungsraum hatte bringen lassen.

«Und warum nicht?», hakte Bär nach.

Doch der Junge schwieg, als sei er über seine eigene Stimme erschrocken.

«Warum nicht?» Bärs Stimme wurde lauter, und der Junge zuckte zusammen.

Die Tür zum Vernehmungsraum wurde geöffnet. «Herr Bär, könnten Sie mal kurz kommen?»

Bär drehte sich um und sah Schlicker, der den Kopf durch die Tür gesteckt hatte.

«Ich hätte da was für Sie.» Er wedelte mit einem Blatt.

Bär stand auf. Gemeinsam mit Lemmbach beugte er sich über das Papier. Lemmbach schob Bär nach draußen und schloss die Tür. «Das darf nicht wahr sein!», sagte er. «Was bin ich für ein Riesenrindviech!»

Bär nickte. «Dann sind wir schon zwei.»

Schlicker sah überrascht von einem zum anderen. «Was ist denn?»

«Dietmar Springer, den wir laufenlassen mussten, weil wir nichts gegen ihn in der Hand hatten», erklärte Lemmbach, «wohnt in demselben Haus wie unser Mordopfer Barbara Grahl. Und wenn Sie jetzt nicht mit dem Auszug aus dem Melderegister gekommen wären, hätten wir das vielleicht noch später bemerkt.»

Schlicker strahlte. «Dann wohnt da noch Felicitas Springer, die Schwester von diesem Dietmar.»

Lemmbach nickte. «Wer ist sonst noch dort gemeldet?»

Schlicker warf einen Blick auf das Papier. «Barbara Grahl, Hans Grahl, Gerlind König und die Geschwister Springer. Das war's.»

«Dass ich das nicht gesehen habe», murmelte Bär ein ums andere Mal.

«Vergessen Sie's, Bär! Geißeln können wir uns später.» Lemmbach klopfte Bär auf die Schulter. «Ich leite die Fahndung nach den beiden ein.»

«Gut!» Bär seufzte. «Und ich unterhalte mich da drinnen weiter mit Helge Heinzen.»

Bär öffnete die Tür zum Vernehmungsraum. Helge und Florian saßen noch genauso da, wie er sie verlassen hatte.

Odenwald sah seinen Chef neugierig an.

«Später», winkte Bär ab. Dann ging er auf Helge zu, beugte sich vor und sah dem Jungen fest in die Augen. «Wo ist Felicitas Springer?»

Helge schüttelte den Kopf, dann fing er an zu weinen.

21

BÄRS MAGEN knurrte laut, und Florians Ohren schnellten nach oben. Die Armbanduhr, die ihm seine Frau zu Weihnachten geschenkt hatte, zeigte Viertel nach sechs. Er hatte seit dem Morgen nichts mehr gegessen, nur literweise Kaffee in sich hineingeschüttet. Bär zog sich die Jacke über und schob sein Portemonnaie in die Gesäßtasche. «Komm Junge, Essen fassen!»

Florian sprang auf und wedelte ein paar Papiere von Bärs Schreibtisch.

Kaum hatten sie das Dienstgebäude in der Keithstraße verlassen, hob Florian sein Bein und zielte gegen die Hauswand.

«Alles deins. Hab ich mir doch gedacht», sagte eine Stimme hinter ihm.

«Gute Technik, Kollege! Hab gar nicht bemerkt, dass Sie mir gefolgt sind.» Bär grinste Lemmbach, der hinter ihnen aus der Tür getreten war, breit an.

«Jahrelange Übung», sagte Lemmbach ernst. «Ich hab hier was für Sie.» Er klopfte auf seine Aktentasche. «Sie werden allerdings enttäuscht sein, fürchte ich.»

«Ach, wenn's enttäuschend ist, behalten Sie's lieber. Ich muss jetzt erst mal was essen, und der Hund müsste mal 'ne Runde laufen. Kommen Sie mit?»

Lemmbach zögerte. «Vermutlich regnet es gleich.»

Florian sah zu ihm auf und schien zu lächeln.

«Aber warum nicht! Wie wär's mit Currywurst, dann Park?»

Florian begann, enthusiastisch zu wedeln.

Nachdem sie am Wittenbergplatz jeder eine Currywurst mit Pommes gegessen hatten – Florian war von der Imbissverkäuferin mit Wiener Würstchen gefüttert worden –, liefen sie bei einsetzendem Nieselregen über die Budapester Straße zum Tiergarten.

«Wissen Sie eigentlich, was ich da für Sie tue?», fragte Lemmbach, hob einen Stock auf und schleuderte ihn über die Wiese.

Mit riesigen Sprüngen setzte Florian der Beute nach.

«Meinen Sie das, was Sie da in Ihrer Tasche haben?»

«Nee, den Regen.» Lemmbach zerrte an dem Stock, den Florian apportiert hatte, schließlich ließ der Hund los. Lemmbach holte aus und warf den Stock in hohem Bogen in die Dämmerung. Er wischte sich einen Tropfen von der Nase. «Sind Sie eigentlich gar nicht neugierig?»

«Ach, Enttäuschungen erspar ich mir lieber.» Bär bückte sich und hob den Stock auf, den der Wolfshund vor seine Füße hatte fallen lassen. Wasser lief ihm in den Kragen seiner Jacke, als er sich wieder aufrichtete. Er schüttelte sich, dann warf er den Stock.

Florian hechtete los und verschwand im Dunkeln.

Die beiden Kommissare liefen ein paar Minuten schweigend nebeneinanderher, bis Lemmbach es nicht mehr aushielt. «Himmel, Sie sind ein harter Knochen, Bär!»

Bär grinste. «Also was haben Sie für mich?»

«Das Dossier von Barbara Grahl.» Lemmbachs Stimme verriet, dass er sich freute.

«Der Verfassungsschutz ist ja schneller, als die Polizei erlaubt», frotzelte Bär. «Aber es steht wohl nichts drin, was wir nicht schon wüssten. Sonst hätten Sie es mir bereits gesagt.»

«Richtig! Das Ding ist ganze drei Seiten lang. Die Grahl arbeitete als Journalistin, fast ausschließlich für *Konkret*, *Extrablatt* und *Kursbuch*. Sie hat Germanistik und Geschichte studiert. Im Herbst 1963 heiratete sie Hans Grahl, ebenfalls Journalist und Fotograf. Aber die beiden haben sich wohl ziemlich schnell auseinandergelebt. Er war viel unterwegs in sämtlichen Krisengebieten, die einem so einfallen. Einer von diesen Abenteurertypen. Die Grahl gründete dann im Frühsommer 1967 die Kommune. Die Kommunarden haben gemeinsam ein paar Aktionen gemacht: Flugblätter verteilen, Teach-ins und dieses ganze Zeug. Der Verfassungsschutz vermutete, dass die Gruppe mit der Zeit radikaler werden würde, und lag offensichtlich richtig damit. Aber sonst steht nichts weiter drin. Sie können sich den Bericht im Büro gleich selbst ansehen.»

Bär nickte, dann steckte er zwei Finger in den Mund und pfiff.

Eine Weile war außer dem Regen, der auf die Bäume und Sträucher prasselte, nichts zu hören. Dann raschelte es im Unterholz, und Sekunden später fegte ein dunkler Schatten auf sie zu.

«Na, was hast du angestellt?», fragte Bär den Hund, der aussah, als hätte er gebadet und sich anschließend im Schlamm gewälzt. Florian senkte den Kopf und wedelte schüchtern.

«Was stinkt denn hier so?», fragte Schlicker, als Lemmbach und Bär mit Florian im Schlepptau in Bärs Büro kamen.

«Der Hund.» Lemmbach verzog das Gesicht.

«Was tun Sie überhaupt hier, Schlicker?» Bär schüttelte sich den Regen aus dem Haar und hängte seine durchnässte Jacke an die Garderobe.

Schlicker wies auf einen Stapel Papiere auf Bärs Schreibtisch. «Arbeiten.»

Bär wollte gerade etwas erwidern, als die Tür aufging und Carola Heinze mit einem Abendanzug, Hemd und Fliege in der Hand hereinkam. «Ihre Frau hat Ihnen die Sachen mit einem Taxi bringen lassen. Sie haben heute Abend Karten für die Philharmonie.»

«Ach du Schande!», murmelte Bär.

«Da wird Ihre Frau wohl alleine gehen müssen.» Lemmbach hatte sich auf das Sofa gesetzt und Florian mit einem scharfen Blick daran gehindert, sich neben ihn zu fläzen.

«Nichts da! Sie bringen *Pelleas und Melisande* von Schönberg.» Bär war schon dabei, sich den nassen Pullover über den Kopf zu ziehen und die Hose aufzuknöpfen.

Carola Heinze hatte den Abendanzug über die Lehne des Schreibtischstuhls gelegt. «Soll ich einen Schirm besorgen?»

Bär nickte dankbar. Sein Blick fiel auf seine schlammverkrusteten Schuhe. «Könnten Sie vielleicht ...»

«Na geben Sie schon her! Ich wisch mit einem Lappen drüber.» Carola Heinze hielt ihm ihre Hand hin. Mit den Schuhen, die sie weit von ihrem Rock und der hellrosa Bluse entfernt hielt, verließ sie das Büro.

Bär hatte sich inzwischen seiner Jeans entledigt und knöpfte das Hemd auf.

Schlicker räusperte sich.

«Was denn, Schlicker? Noch nie einen Mann in Unterhosen gesehen.» Bär fischte nach der Anzughose.

Schlicker vermied es, seinen Vorgesetzten anzusehen, und starrte auf die Papiere auf dem Schreibtisch. «Ich wollte eigentlich mit Ihnen noch meine Rechercheergebnisse besprechen.»

«Na, dann los! In zwanzig Minuten fängt das Konzert an.»

Schlicker räusperte sich noch einmal. «Ich habe Grund zu der Annahme, dass Hans Grahl, Barbara Grahls Ehemann ...»

«Ja, ja, wir wissen, wer Hans Grahl ist. Kommen Sie zur Sache, Schlicker!», unterbrach ihn Bär ungeduldig und zog die Anzughose hoch.

«Also ich habe Grund zu der Annahme ...» Bär warf Schlicker einen finsteren Blick zu. «Hans Grahl war möglicherweise zur Tatzeit in Berlin», platzte Schlicker heraus.

Bär, der gerade die Fliege zu binden versuchte, hielt mitten in der Bewegung inne. «Was?»

«Hier!» Schlicker zog drei beschriebene Durchschlagblätter hervor. «Das ist ein Vortrag, den Hans Grahl offenbar auf dem Vietnam-Kongress an der Technischen Universität gehalten hat. Eine Woche, bevor seine Frau ermordet wurde. Ich hab die Papiere in den Akten gefunden, die Sie in Grahls Haus sichergestellt haben.»

«Mist!» Bär versuchte verzweifelt, die beiden Seiten der Fliege zu einem symmetrischen Ganzen zu verschlingen. «Wir müssen sofort den Mann auftreiben. Wär das was für Sie, Lemmbach?»

Lemmbach nickte.

«Außerdem sollten wir uns mal genauer mit der finanziellen Situation der Eheleute Grahl beschäftigen. Es wäre nicht das erste Mal, dass ein Mann seine Frau wegen Geld umbringt. Schlicker, das ist Ihre Aufgabe! Und Odenwald soll sich eingehender mit dem Ehe- und Liebesleben der beiden befassen ... Himmeldonnerwetter! Kann denn keiner von euch eine Fliege binden?»

«Das macht immer meine Frau», meinte Schlicker.

«Und ich trag so was nicht.» Lemmbach stand am Schreibtisch und überflog die Papiere, die Schlicker ihm gegeben hatte.

«Kann ich helfen, Chef?» Carola Heinze war mit den notdürftig gereinigten Schuhen und einem grellbunten Damenregenschirm zurückgekehrt.

«Bitte, ja!», seufzte Bär und streckte seiner Sekretärin die Kehle entgegen.

22

«DA WAREN'S NUR NOCH SECHS.» Uli warf ein Steinchen ins Wasser des Sees. Sie waren nach draußen gegangen, weil sie es in dem düsteren Raum nicht mehr aushielten.

«Ich hoffe, Atze kommt durch.» Malou schwang sich auf die Brüstung und schlug ein Bein unter.

Dietmar musste an Barbara denken, wie sie dort gesessen hatte, an dem Tag, als sie die alte Ruine entdeckt hatten. Er spürte, wie seine Kehle enger wurde.

«Die Leute, die ihn mitgenommen haben, sind zuverlässig.» Martin legte Malou die Hand auf die Schulter.

«Das sollten sie auch sein für fünfhundert Kröten.» Uli warf einen weiteren Stein. Eine kleine Fontäne spritzte hoch, dann versank der Stein im Wasser. Er hinterließ kleine kreisrunde Wellen, die immer schwächer wurden und schließlich ausliefen.

«Mach dir keine Sorgen!», sagte Gerlind, aber sie klang nicht sehr zuversichtlich. Sie schlang die Arme von hinten um Malous Bauch und legte das Kinn auf ihre Schulter.

Malou begann, leise zu weinen. «Mir ist kalt.» Sie schniefte, löste sich von Gerlind und rutschte von der Brüstung. «Lasst uns wieder reingehen!»

Schweigend trotteten die anderen hinter ihr her.

Helge zündete den Gasofen an, um die Feuchtigkeit aus dem Keller zu vertreiben. «Das Schlimmste ist, dass wir nicht wissen, wer Barbara umgebracht hat.» Er stockte und sah auf den Boden. «Was, wenn es einer von uns war?»

«Wer von uns sollte das denn gewesen sein?», fuhr Gerlind ihn an.

Helge zuckte mit den Schultern. «Ich weiß es nicht. Aber irgendwer muss sie doch umgebracht haben.»

«Felicitas! Wieso sollte sie sonst verschwunden sein?» Uli warf ein Steinchen, das er von draußen mitgebracht hatte, in die Luft und fing es wieder auf.

«Du spinnst! Noch ein Wort, und ich polier dir deine blöde Schnauze!» Dietmar ging drohend einen Schritt auf Uli zu, der ungerührt weiter mit dem Steinchen spielte.

«Du glaubst wohl, deine saubere Schwester könnte so was nicht?», sagte er höhnisch. «Genauso wenig, wie sie mit Barbara ins Bett gehen konnte?»

«Du Arschloch!» Dietmar holte aus, aber Helge hielt seinen Arm fest.

«Lass! Uli ist ein Idiot, weißt du doch.»

«Jetzt hört endlich auf!» Die Schärfe in Gerlinds Stimme ließ sie aufhorchen. «Die Polizei hat Barbara auf der Flucht erschossen und versucht es nun zu vertuschen.»

«Aber Barbara ist doch erstochen worden», wandte Helge zaghaft ein.

«Weißt du's genau? Die lügen doch, wenn sie den Mund aufmachen. Die erfinden einfach ein paar Beweise und verdrehen die Wahrheit so lange, bis sie es einem von uns anhängen können. Oder vielleicht war es auch der Verfassungsschutz. Die schicken doch bestimmt ihre Killer los, wenn jemand unbequem wird.»

«Jetzt hör auf rumzuspinnen, Gerlind!» Uli schnappte das Steinchen aus der Luft und steckte es in die Hosentasche. Dann zündete er sich eine Zigarette an.

Dietmar hatte plötzlich das Gefühl, keine Luft mehr zu bekommen. Er starrte auf den Rauch von Ulis Zigarette, der zu ihm herüberwaberte. Wieso war er der Einzige, der sich Sorgen um Felicitas machte? Helge lamentierte zwar gelegentlich, aber er unternahm nichts, um sie zu finden. Und Martin war seit der geplatzten Entführung so seltsam geworden. Obwohl Dietmar ihn irgendwie verstand. Schließlich war es nicht besonders komisch, wenn man erfuhr, dass die Freundin mit jemandem, dem man vertraute, eine heiße Liebesnacht verbracht hatte. Dietmar hatte Barbara auch vertraut. Aber Barbara war jetzt tot. Er schlug mit der Faust auf den Tisch. «Warum, verdammt, macht ihr euch keine Gedanken über meine Schwester? Vielleicht ist sie auch ermordet worden. Ihr mit euren Scheißverschwörungsideen und eurem blöden sozialistischen Gesülze! Ihr hängt mir alle so zum Hals raus!»

«Ich ...», begann Gerlind.

«Haltet doch alle die Klappe!» Dietmar traten Tränen in die Augen. Er stürzte zur Tür. Dass er im Laufen den Tisch umriss, bemerkte er nicht. Er wollte nur noch weg, weg von diesen Menschen, die ihm auf einmal so fremd geworden waren. Und er wollte seine Schwester wiederfinden. Blind vor Tränen rannte er in die Nacht.

23

BÄR hatte auf einen freien Sonntag gehofft, aber gegen Mittag rief Tschobe an. Daher machte er sich nach dem Essen zusammen mit Florian auf den Weg. Obwohl er Florian nach dem Konzert gebadet hatte, stank der VW Käfer immer noch nach nassem Hund.

Die Kriminaltechnik hatte ihre Räume in der Gothaer Straße. Als Bär die Tür zu Tschobes Büro aufstieß, saß der Kriminaltechniker vor seinem Schreibtisch und blickte angestrengt durch die Linse eines Mikroskops. Rechts von ihm stand ein Einmachglas, das er als Aschenbecher benutzte. Auf dem Rand balancierte eine filterlose Reval, deren vordere Hälfte sich bereits in Asche verwandelt hatte.

«Moment noch!» Tschobe zeigte, ohne den Kopf zu heben, mit der Hand auf einen alten Drehstuhl.

Unter Bärs Gewicht knarzte der Stuhl bedenklich, hielt sich aber aufrecht. Bärs Blick blieb unweigerlich an den Playgirls des Monats hängen, deren Konterfei Tschobe an die Wand geheftet hatte. Jedes hatte exakt den gleichen Abstand von der Decke, und auch die Spalten zwischen den einzelnen Bögen waren auf den Millimeter genau identisch. Tschobe hatte die spärlich bekleideten Damen chronologisch aufgehängt. Miss Juni 1967 hing neben Miss Juli des gleichen Jahres, deren Nachbarin wiederum Miss August war. Bärs Blick saugte sich an zwei rosa Puscheln fest, die Miss November dekorativ an einer Stelle drapiert hatte, an der Bär nie und nimmer Puscheln vermutet hätte. Er überlegte gerade, was Tschobe wohl tat, wenn er, vermutlich im Oktober, die gesamte Wandfläche mit Pin-up-Girls bedeckt hatte, als der Kriminaltechniker den Kopf hob und sich zu ihm herumdrehte. Tschobe schüttelte eine neue Reval aus der Packung und steckte sie sich zwischen die Lippen. Bär gab ihm Feuer. «Also, was hast du für mich?»

Tschobe zog zielsicher ein paar Seiten aus einem Stapel Papier und hielt sie Bär hin. «Das Palettmesser, das du gefunden hast, ist tatsächlich die Mordwaffe. Das Labor hat ein paar sehr hübsche Blutspuren gefunden, die mit der Blutgruppe der Toten übereinstimmen. Auch die Farbreste sind identisch. Fingerabdrücke gibt's allerdings keine.»

«Das heißt, der Mörder hat das Messer aus der Kommune mitgenommen, die Grahl damit erstochen und es anschließend in den Papierkorb in der Dachkammer geworfen.»

Tschobe nickte. «Wir haben in der Dachkammer unter dem Sofa einen Karton mit alten Farbtuben und Pinseln gefunden. Die Finger- und Handspuren passen zu niemandem, den wir kennen. Auch nicht zu Barbara Grahl. Kozlowski hat uns einen hübschen Abdruck vom Daumenballen der Toten geliefert. Von den anderen Bewohnern haben wir ebenfalls Abdrücke. Nur Felicitas Springer fehlt.»

«Dann ist sie möglicherweise die Malerin und Eigentümerin der Mordwaffe.»

«Sieht ganz so aus. Wer hatte Zugang zu dem Zimmer?»

«Frag lieber, wer keinen Zugang zu dem Zimmer hatte. Wenn Schlicker die Nachbarin richtig verstanden hat, war die Haustür, jedenfalls bis zu der verpatzten Entführung, nicht verschlossen. Jeder hätte da reinspazieren und das Messer nehmen können.» Bär massierte sich die Schläfen. Er spürte einen beginnenden Kopfschmerz und wusste nicht, ob es von der verqualmten Luft in dem kleinen Büro kam oder von dem Fall.

«Das heißt», wandte Tschobe ein, «nach dem Entführungsversuch hatte eben nicht mehr jeder Zugang. Wer kam dann noch in das Haus?»

«Die Bewohner.» Bär zählte an den Fingern ab. «Da wäre Gerlind König. Die scheidet aus, denn sie hat die

Grahl sicher nicht vergewaltigt. Dann Felicitas Springer. Für sie gilt das Gleiche. Allerdings haben wir sie bislang noch nicht aufgetrieben. Helge Heinzen. Theoretisch ja, praktisch ...» Er schüttelte den Kopf. «Der hätte schon längst die Nerven verloren und gestanden. Dietmar Springer saß zu der Zeit in einer Zelle. Ein ziemlich gutes Alibi, würde ich sagen.»

«Wenn die Tatzeit stimmt.»

«Laut Kozlowskis Bericht ist es ziemlich sicher, dass sie im Laufe des Samstags ermordet wurde. Und ich ...» Bär hustete, als Tschobe sich eine neue Zigarette anzündete, «... denke das auch. Sie war vermutlich an der Entführung beteiligt. Ihre Leiche wurde nur zwanzig Gehminuten vom S-Bahnhof Schlachtensee gefunden. Ich glaube nicht, dass sie erst nach Hause gefahren und später zusammen mit ihrem Mörder noch mal wiedergekommen ist.»

«Wahrscheinlich nicht», nuschelte Tschobe, die Zigarette zwischen den Zähnen.

«Wir hätten noch den Mann, der mit der Schwedin unterwegs war und dessen Namen wir immer noch nicht kennen. Und dann ist da natürlich noch der Typ in dem VW-Bus. Der hätte allerdings noch einmal zurückkommen müssen. Möglich, aber nicht wahrscheinlich. Lemmbach sagte, es waren insgesamt zehn verschiedene Leute auf den Fotos. Ziehen wir die ab, die es nicht gewesen sein können, einschließlich der Geschwister Springer, der Schwedin und der Frau, die ebenfalls mit dem VW-Bus getürmt ist, bleiben vier.» Er rollte mit dem gefährlich schwankenden Stuhl zur Tür und öffnete sie, um Sauerstoff in den Raum zu lassen.

«Fünf!», sagte Tschobe.

«Fünf?»

«Der Mann der Toten.»

Bär seufzte. «Stimmt, der natürlich auch noch. Ganz zu schweigen von den ganzen Leuten, die sich im Umkreis der Gruppe rumgetrieben haben.» Er stand auf und schlug mit der flachen Hand gegen den Türrahmen. «Der Verfassungsschutz muss seine Informationen rausrücken. So kommen wir nicht weiter.» Er drehte sich zu seinem Kollegen um. «Jedenfalls danke erst mal! Ich ruf jetzt Lemmbach an, der soll diesem Hagen Dampf machen.»

Auf dem Rückweg in sein Büro sah er bei Schlicker vorbei, dessen Tür aber verschlossen war. Als er ihn anrief, hatte er zunächst seine kleine Tochter, dann seine Schwiegermutter und schließlich ihn selber am Apparat.

«Heute ist Sonntag, Chef! Tut mir echt leid, aber an die Kontoinformationen und diesen ganzen Kram komme ich erst morgen.»

Bär seufzte, rief Odenwald an und teilte ihm die Laborergebnisse mit.

Odenwald war mit seinen Nachforschungen erfolgreicher gewesen, hatte jedoch nur herausgefunden, dass Barbara Grahl offenbar kein Kind von Traurigkeit gewesen war. Man munkelte, sie habe auch mal etwas mit der Redakteurin einer bekannten Frauenzeitschrift gehabt, aber niemand wollte sich genauer dazu äußern. «Das wär doch vielleicht ein Mordmotiv», schloss Odenwald seinen Bericht.

«Hm ... Wenn Hans Grahl sich dafür interessierte, was seine Frau so treibt, wäre er wohl öfter in Berlin gewesen.» Bär wünschte Odenwald einen schönen Sonntag und legte auf.

Das letzte Gespräch führte er mit Lemmbach. Sie einigten sich darauf, dass Lemmbach mit dem Verfassungsschutz Kontakt aufnehmen solle, und wollten am folgenden Vormittag mit Schlicker und Odenwald zu einer Besprechung zusammenkommen.

Es hatte aufgehört zu regnen, als Bär nach Florian pfiff, um mit ihm vor der Fahrt nach Hause noch eine Runde durch den Tiergarten zu drehen. Zwei Stunden später lag Florian erschöpft und schmutzig auf dem Rücksitz des Käfers, während Bär den Tempelhofer Damm hinunterfuhr. Als er an der Kreuzung Alt-Tempelhof an der roten Ampel wartete, kam ihm ein Gedanke. Er setzte den Blinker und bog nach Westen ab, Richtung Schöneberg.

24

FAST EINE STUNDE LANG war Dietmar durch die Stadt gelaufen, bis er sich halbwegs wieder beruhigt hatte. Der Gedanke, dass einer seiner Freunde vielleicht ein Mörder war, ließ ihn nicht mehr los. Ebenso wenig wie die Angst um seine Schwester. Er hätte so gerne mit jemandem gesprochen, aber es gab niemanden. Sie waren alle mit sich selbst beschäftigt. Und woher sollte er wissen, dass er nicht ausgerechnet bei Barbaras Mörder Trost und Zuspruch suchte? Er hatte sich noch nie so einsam gefühlt.

Als er nach Hause kam, waren die anderen noch nicht zurück. Die anderen. Er seufzte. Sie waren ja ohnehin nur noch zu dritt im Haus. Er warf seinen Mantel in den Flur, dann begann er, das Haus auf den Kopf zu stellen. Er wusste nicht genau, wonach er suchte, aber er war überzeugt, dass seine Schwester irgendwo einen Hinweis hinterlassen hatte, wohin sie gegangen war. Nach zwei Stunden stand er wieder dort, wo er seinen Mantel abgelegt hatte, ohne dass er irgendetwas gefunden hätte.

Er kniete sich vor das Telefontischchen und durchwühlte die Zettel, bekritzelten Briefumschläge und abgebrannten Streichholzheftchen in der Schublade. Aber er fand keinerlei Notizen seiner Schwester. Er ließ sein Kinn auf den Unterarm sinken und starrte auf die Wand. Er wusste nicht, wo er noch suchen sollte. Das Blumenmuster der Tapete verschmolz mit den Fotos, Flugblättern und Postkarten, die sie mit Heftzwecken an die Wand gepinnt hatten, zu einem Meer aus Farbklecksen. Er rieb sich die müden Augen. Der Schleier lichtete sich, und er erkannte wieder einzelne Bilder. Ein Foto vom Sommer, als sie alle an den Wannsee zum Baden gefahren waren. Ein Schnappschuss von Atze und Britt in der Badewanne. Und eine Postkarte, vermutlich von seinen Eltern, mit einer Ansicht vom Lemberg. Die musste Felicitas dorthin gehängt haben. Er beugte sich vor, um die Karte abzunehmen. Da sah er mit Bleistift ein paar Zahlen an die Wand gekritzelt. Er drehte die kleine Leselampe neben dem Telefon, so dass der Lichtkegel auf die Ziffern fiel. Das war Felicitas' Handschrift. Es stand kein Name dabei, aber es war sicher eine Telefonnummer.

Er hatte den Telefonhörer bereits in der Hand, als es an der Haustür klingelte. Erschrocken ließ er den Hörer fallen und drehte sich um. Dabei fegte er das Telefon vom Tischchen. Mit lautem Poltern fiel es zu Boden. Es schellte noch einmal. Dann rief eine Stimme: «Machen Sie auf! Ich hab Sie doch gehört.»

Er suchte und fand einen Kugelschreiber in der Schublade des Telefontischchens. Hastig kritzelte er die

Telefonnummer auf seinen bloßen Unterarm und zog den Ärmel des Pullovers darüber. Dann lief er ins Wohnzimmer, öffnete die Terrassentür und rannte in den Garten. Als er um die Hausecke bog, sah er sich plötzlich einem riesigen Hund gegenüber. Der Hund zog die Lefzen hoch und knurrte. *Der Hund von Baskerville*, schoss es Dietmar durch den Kopf, eine seiner Lieblingsgeschichten, als er noch ein kleiner Junge war. Das Moor, Augen, die wie Kohlen glühten, Sherlock Holmes. Was hätte der jetzt wohl getan? Dietmar kam sich ein bisschen albern vor, wie er auf dem Gehweg stand, unfähig, sich zu rühren, und an den Helden seiner Kindheit dachte.

«Platz, Florian!», sagte ein großer Mann mit dunklem kurzem Haar und einer von diesen lässigen Lederjacken, wie Dietmar auch gerne eine gehabt hätte. Der Hund legte sich nieder, ließ Dietmar jedoch nicht aus den Augen. Für einen Moment spielte Dietmar mit dem Gedanken, über den Hund hinwegzuspringen und davonzulaufen. Doch der Mann schüttelte den Kopf. «Daran würde ich an Ihrer Stelle nicht einmal denken.» Er zog einen Dienstausweis aus der Tasche. «Mein Name ist Bär. Und Sie sind, nehme ich an, Dietmar Springer. Ich hätte ein paar Fragen an Sie.» Er fasste Dietmar am Ellbogen und führte ihn zu einem hellblauen VW Käfer, aus dem ihnen ein furchtbarer Gestank nach nassem Hund entgegenschlug, als Bär die Wagentür öffnete.

Bär ließ Dietmar in einen Verhörraum bringen und rief dann von seinem Büro aus Odenwald an. Doch statt Odenwald erwischte er nur dessen Frau, die ihm nicht sagen konnte, wann ihr Mann zurückkäme, aber versprach, Bärs Nachricht auszurichten.

Schlicker hatte nach einigem Zögern zugestimmt, die Geburtstagsfeier seiner Schwiegermutter zu verlassen und in die Keithstraße zu fahren. Als Schlicker endlich auftauchte, stand Bär gerade in der Teeküche und hantierte mit dem Wasserkocher und dem Kaffeefilter. Schlicker zog ein Gesicht, als hätte ihm jemand seinen *Roten Faden* weggenommen.

«Schlicker, was haben Sie denn? So schlimm wird's doch wohl nicht sein.»

«Haben Sie eine Ahnung, Chef! Wir haben extra ein kaltes Buffet kommen lassen. Wissen Sie, was so was kostet? Bis ich wieder zu Hause bin, haben die doch schon alles ratzekahl leer gefressen.»

Bär reichte ihm eine Kaffeetasse. «Da kann man nichts machen. Aber trösten Sie sich, fasten ist gut für die Figur. Und jetzt knöpfen wir uns Dietmar Springer vor.»

Dietmar trommelte unruhig auf dem Tisch herum, als Bär und Schlicker das Büro betraten. Er strich sich eine blonde Locke aus der Stirn. Auf seiner Oberlippe hatte sich ein dünner Schweißfilm gebildet.

Bär zog sich einen Stuhl heran und setzte sich Dietmar gegenüber. Schlicker blieb an der Tür stehen. Bär hatte den einzigen freien Stuhl genommen. «Springer, wir wollen das möglichst schnell hinter uns bringen. Ich habe keine Lust, hier die Nacht zu verbringen.» Bär beugte sich vor. «Sie haben sich ganz schön in die Schei ... Ja?»

Die Tür öffnete sich, und ein Gabardinemantel wurde sichtbar. Dann stand Gernot Hagen im Raum.

Bär warf Schlicker einen kurzen Blick zu, bevor er aufstand und zu Hagen hinüberging. «Was kann ich für Sie tun?», fragte er kühl.

«Lassen Sie sich durch mich nicht stören.» Gernot Hagen drehte sich zu Schlicker um. «Besorgen Sie uns mal zwei Stühle!»

Schlicker sah unsicher zu seinem Chef.

Bär schüttelte den Kopf. «Wir brauchen Sie hier nicht. Wir kommen ganz gut alleine klar.»

«Mag sein.» Hagens Lippen verzogen sich zu einem Haifischlächeln. «Aber ich bleibe trotzdem.» Er zog wortlos einen Umschlag aus seiner schwarzen Aktentasche und entnahm ihm einen Bogen mit dem Briefkopf des Innensenators.

Bär warf einen kurzen Blick auf das Schreiben, dann sagte er gepresst: «Schlicker, besorgen Sie die Stühle! Herr Hagen darf uns nun bei allen unseren Aktivitäten begleiten. Anweisung von ganz oben!» Bär hatte sich wieder auf seinen Stuhl gesetzt und fixierte Dietmar. «Gut, zurück zu Ihnen. Sie sind zufällig am Ort einer versuchten Entführung, ebenso zufällig wohnen Sie im Haus einer Frau, die vermutlich an der Entführung beteiligt war und die kurz darauf ermordet wurde. Finden Sie nicht, dass das ein paar Zufälle zu viel sind?»

Dietmar verschränkte die Arme und schob trotzig die Unterlippe vor. «Wie oft soll ich das noch sagen? Ich war im Grunewald spazieren, weil ich Liebeskummer hatte und mal raus musste. Ich bin zufällig in diese Entführungsgeschichte geraten und dann von Ihren Leuten festgenommen worden.»

«Aber Barbara Grahl kannten Sie?»

Dietmar verdrehte die Augen. «Natürlich! Ich hab ja mit ihr zusammengewohnt. Wollen Sie mich für dumm verkaufen?»

«Das frage ich mich bei Ihnen auch die ganze Zeit,

Herr Springer.» Bär sah ihm fest in die Augen. «Sie können von Glück sagen, dass Sie bei der gescheiterten Entführung festgenommen wurden, sonst stünden Sie nämlich unter Mordverdacht. So machen wir uns nur die Mühe, Ihnen eine Beteiligung an der Entführung nachzuweisen.»

«Na dann viel Spaß!» Dietmar lehnte sich zurück und fummelte einen Kaugummi aus seiner Hosentasche. Er wickelte das Stanniolpapier ab und schob sich den Streifen in den Mund. «Wollen Sie sonst noch was von mir?»

«Ich wüsste zum Beispiel gerne, ob Sie eine Idee haben, wer Barbara Grahl ermordet haben könnte.»

Dietmar kaute auf dem Kaugummi herum und schüttelte gelangweilt den Kopf.

«Oder wer Interesse daran haben könnte, Ihrer Schwester einen Mord unterzuschieben.»

«Was?» Dietmars Gesichtsausdruck gefror mitten in der Kaubewegung. «Das ist doch Quatsch!»

«Jemand hat sich wohl etwas dabei gedacht, als er ein Messer benutzte, dass offenbar Ihrer Schwester gehört, und es nach der Tat wieder zurück in ihr Zimmer legte.»

Dietmar war blass geworden. «Meine Schwester hat damit nichts zu tun!»

«Wie können Sie sich da so sicher sein? Sie haben Sie doch seit dem Mord nicht mehr gesehen. Warum haben Sie Ihre Schwester eigentlich nicht als vermisst gemeldet? Sie müssen sich doch große Sorgen machen.»

Dietmar nahm den Kaugummi aus dem Mund und klebte ihn unter den Tisch. «Sorgen sind was für Spießer. Wir sind autonome sozialistische Persönlichkeiten und müssen uns nicht gegenseitig überwachen.» Dietmars Teint gewann langsam wieder an Farbe. «Wir ...»

«Ach, hören Sie doch auf mit Ihren Phrasen! Ihre Schwester ist verschwunden, eine Freundin von Ihnen wurde ermordet, und Sie erzählen mir hier was von Autonomie. Woher wollen Sie wissen, dass Ihrer Schwester nichts zugestoßen ist?»

«Meiner Schwester geht es gut.» Dietmars Augen verengten sich zu Schlitzen, als er Bär ansah, aber seine Stimme zitterte.

«Dann sollten Sie, verdammt noch mal, dafür sorgen, dass sie wiederauftaucht!» Bär schlug mit der Faust auf den Tisch.

Dietmar war aufgesprungen. «Das ist ja wohl Ihr Job!»

«Mein Job ist es, einen Mörder zu finden. Und ganz nebenbei diejenigen zur Verantwortung zu ziehen, die hinter dieser schwachsinnigen Entführung stehen.» Bär senkte die Stimme. «Und sollten Sie auch nur entfernt etwas mit dieser Geschichte zu tun haben, kriege ich Sie. Darauf können Sie sich verlassen!» Er erhob sich. «Sie können gehen!»

Wortlos stand Dietmar auf und verließ den Raum.

Kaum war die Tür hinter ihm ins Schloss gefallen, sprang Hagen von seinem Stuhl auf. «Sind Sie denn völlig verrückt geworden? Sie können den Mann doch nicht so einschüchtern. Sie gefährden damit unsere gesamte Untersuchung. Verdammt! Halten Sie sich zurück! Sie begreifen nicht, um was es hier geht. Außerdem will ich umgehend alle Erkenntnisse, die Sie über den Verbleib von Felicitas Springer gesammelt haben.»

Bär stand auf, nun überragte er Hagen um fast zwanzig Zentimeter. Er verschränkte die Arme vor der Brust und fixierte ihn von oben. «Sie dürfen uns zwar bei unseren Ermittlungen begleiten, aber Weisungsbefugnis haben Sie noch immer nicht.»

Hagen hielt Bärs Blick stand. «Sie sollten sich die Zeit nehmen, das Schreiben Ihres Dienstherrn genau zu studieren. Er hat angeordnet, dass mir alle Ermittlungsergebnisse umgehend zur Kenntnis gebracht werden.» Er lächelte süffisant. «Also ...» Er drehte sich um, öffnete die Tür und rauschte den Gang hinunter.

Schlicker stand mit betretener Miene neben seinem Stuhl. In der Hand hielt er sein kleines rotes Büchlein.

Bär sah seinen Mitarbeiter an. «Gehen Sie nach Hause, Schlicker! Vielleicht ist ja doch noch was vom Buffet übriggeblieben.»

Dietmar atmete tief durch, als die Tür des Polizeigebäudes hinter ihm zufiel. Er hätte einen der fetten Bonzenwagen, die auf der Straße parkten, demolieren mögen, aber er fühlte sich zu schlapp. Was, wenn Felicitas wirklich etwas passiert war? Scheißbullen! Warum sagten die so einen Mist überhaupt? Er lief bis zur nächsten Telefonzelle, warf zwei Münzen in den Schlitz und wählte die Nummer auf seinem Unterarm. Nervös trat er mit dem Fuß gegen die Tür der Zelle. Am anderen Ende klingelte es, aber niemand nahm ab. Erst, als das Klingel- in ein Besetztzeichen überging, warf er fluchend den Hörer auf die Gabel und lief zum Bus.

Es war kurz nach Mitternacht, als er die Haustür aufschloss. Gerlind lief ihm entgegen, und für einen Moment dachte er, sie würde ihn umarmen, aber kurz bevor sie ihn erreichte, blieb sie stehen.

Sie lehnte sich gegen die Wand und sah ihm zu, wie er seinen Mantel auszog und an die Garderobe hängte. «Wir haben uns Sorgen gemacht.» Sie stieß sich von der Wand ab und ging voraus in die Küche.

Helge hockte auf dem Sofa. Er hatte endlich die alberne Spange aus dem Haar genommen und ließ den Verschluss auf- und zuschnappen. «Wo warst du?», fragte er, den Blick fest auf die bunte Haarspange gerichtet.

«Du hörst dich an wie meine Mutter», maulte Dietmar, dem eigentlich gar nicht nach Streit zumute war.

«Wir verstehen ja, dass du dir um Felicitas Sorgen machst. Das ist für uns alle eine beschissene Situation.»

Gerlind hatte sich zu Helge auf das Sofa gesetzt und drehte sich eine Zigarette. Dietmar sah ihr blasses Gesicht. Ihre sonst hellblauen Augen wirkten eher grau, und das Haar klebte ihr in fettigen Strähnen am Kopf.

Er bemerkte, dass sie abgenommen hatte, obwohl sie ohnehin schon dünn war. Nun wirkte sie beinahe knochig. Verhungert, schoss es ihm durch den Kopf. Kein Wunder, seit der Entführung waren ihre gemeinsamen Essen ausgefallen. Sie kümmerten sich nicht mehr umeinander. Es schien, als sei jeder so damit beschäftigt, die Brutalität, die plötzlich in ihr Leben eingebrochen war, zu überleben, dass sie keine Kraft mehr hatten, auf die anderen zu achten. Gewalt erzeugt Gegengewalt. Er wusste nicht, wo er das gehört hatte. Bislang dachte er, dass damit ihre Antwort auf das gewalttätige, imperialistische System gemeint sei. Aber dass die Gewalt, die sie selbst ausübten, mit solcher Macht auf sie zurückprallen würde, damit hatte er nicht gerechnet. Er zog sich einen Stuhl heran. «Wir müssen aufhören damit», sagte er matt. «Diese ganze Entführung war eine Scheißidee.»

Gerlind öffnete den Mund, um etwas zu sagen, aber dann nickte sie nur.

«Können wir denn jetzt noch zurück? Wir haben doch diesen blöden Bekennerbrief geschrieben.» Helge legte die Spange auf den Tisch und strich mit dem Finger darüber, als streichele er ein kleines, zerbrechliches Tier.

Gerlind drückte ihre Zigarette auf einer Untertasse aus. «Ich hab's nicht abgeschickt.»

Dietmar und Helge starrten sie mit offenem Mund an.

Sie zog den Kopf ein, als erwarte sie ein Donnerwetter. «Ich fand's zu gefährlich.»

Für einen Augenblick schien alles in der Küche, außer dem tropfenden Wasserhahn, wie erstarrt. Dann sackte Dietmar mit dem Oberkörper auf den Tisch. Seine Schultern hoben und senkten sich im Rhythmus des Glucksens, das aus seiner Kehle drang. Es sah aus, als weine er, aber dann wurde das Glucksen lauter, sein Oberkörper bebte und zitterte, bis er schließlich in ein hysterisches Lachen ausbrach. Er schnappte nach Luft, sein Gesicht verfärbte sich, lief dunkelrot an, Tränen kullerten ihm über die Wangen.

Gerlinds Mund verzog sich zu einem Grinsen. Sie kickste ein-, zweimal, dann prustete sie los.

Helge warf sich auf das Sofa, trommelte mit den Fäusten auf die Polster und lachte, bis er keine Luft mehr bekam.

«Gott sei dank!», stammelte Dietmar schließlich keuchend.

Für einige Minuten hingen sie erschöpft und japsend auf den Sitzen, bis Dietmar das Wort ergriff. «Ich bin heute Abend von der Polizei verhört worden. Wenn wir nicht verdammt aufpassen, geht es uns wegen der Entführung an den Kragen. Und den Mord an Barbara wollen sie uns auch anhängen.»

«Hab ich's euch nicht gesagt?» Gerlind war aufgestanden und holte eine Flasche Wein und drei Gläser aus dem Regal.

«Ich bin dafür, dass wir erst mal alle Aktivitäten der Gruppe einfrieren, bis wir wissen, wer Barbara umgebracht hat. Und bis wir Felicitas gefunden haben.» Dietmar schob seinen Ärmel nach oben und zeigte den anderen die Telefonnummer. «Die hat Felicitas an die Wand geschrieben. Vielleicht kommen wir damit ja weiter.»

«Und das sagst du uns erst jetzt? Ruf da sofort an!»

«Hab ich schon, war aber keiner da.»

«Dann ruf noch mal an!» Helge zerrte Dietmar vom Stuhl und schob ihn zum Telefon.

Sie saßen im Schneidersitz um das Telefontischchen herum, die Weingläser hatten sie auf dem Fußboden abgestellt. Dietmar wählte die Nummer, bis das gleichmäßige Tuten in der Leitung den Aufbau der Verbindung bestätigte. Er ließ es beinahe ein Dutzend Mal klingeln. Gerade, als er enttäuscht auflegen wollte, meldete sich am anderen Ende eine missmutige Frauenstimme: «Konrad!»

Dietmar hörte die Frau gähnen. «Entschuldigung!», stammelte er. «Ich möchte Felicitas Springer sprechen.»

«Wer ist denn da?», fragte die Frau gereizt.

«Ich bin Dietmar, ihr Bruder.»

«Wurde aber auch Zeit, dass sich mal jemand meldet.»

Obwohl die Frau immer noch ungehalten klang, hörte Dietmar die Erleichterung in ihrer Stimme. «Wie geht es Felicitas? Wo ist sie? Warum ist sie überhaupt bei Ihnen?» Dietmar stockte. «Sie ist doch bei Ihnen, oder?»

«Ja ... nein ... also ...»

Dietmar hörte das Klacken eines Feuerzeugs, dann scharfes Einatmen. Er klopfte nervös gegen sein Weinglas.

«Was ist jetzt?», raunte Helge ihm zu. Dietmar zuckte mit den Schultern und legte einen Finger an die Lippen.

«Felicitas liegt im Krankenhaus. Keine Sorge, es geht ihr schon besser», beruhigte ihn die Frau. «Sie hätte sich sicherlich in den nächsten Tagen gemeldet. Am besten gehen Sie sie morgen besuchen.» Sie nannte ihm das Krankenhaus. «Ist Ihre Mutter jetzt eigentlich in Berlin?»

Dietmar schnaufte. «Meine Mutter hat ihren Besuch verschoben.» Was war er doch für ein Rindviech. Den Besuch seiner Mutter hatte er, nachdem er das Telegramm abgeschickt hatte, völlig vergessen. Felicitas hatte doch umziehen wollen. In der Hektik um die Entführung hatte er nicht mehr daran gedacht.

«Hm ...»

Er hörte die Frau wieder an ihrer Zigarette ziehen.

«Felicitas kam bei mir schon stark erkältet an. Ich hätte mich ja um sie gekümmert, aber ich war den ganzen Tag wegen der Springer-Entführung unterwegs. Ich bin Journalistin», erklärte sie. «Sind Sie eigentlich verwandt? Ich meine, mit Axel Cäsar?»

Dietmar schüttelte den Kopf, bis ihm klar wurde, dass die Frau ihn nicht sehen konnte. «Nein!», sagte er.

«Ist ja auch egal. Als ich nachts nach Hause kam, hatte Felicitas fast vierzig Fieber. Ich hab sie mit dem Rettungswagen ins Krankenhaus bringen lassen. Ich hätte mich schon längst bei Ihnen gemeldet, aber ich war auf einer Tagung. Aber nun wissen Sie ja Bescheid.»

Dietmar schnaubte vor Wut. Die Frau hatte seine Telefonnummer gehabt und es nicht für nötig gehalten anzurufen. «Sie ...»

«Könnten Sie in den nächsten Tagen Felicitas' Sachen abholen? Ende der Woche fahre ich für zwei Monate in die USA. Die Miete schenke ich Ihnen. Ihre Schwester hat ja nur einen Tag hier gewohnt. Gute Nacht!» Noch ehe Dietmar etwas erwidern konnte, hatte sie aufgelegt.

25

SIEGFRIED SCHLICKER saß ausnahmsweise am Kopfende des Besprechungstisches und hatte mehrere Blätter vor sich ausgebreitet. Anstelle seines roten Büchleins lagen zu seiner Rechten ein Bleistift und eine Lesebrille. Er räusperte sich. «Es ist mir gelungen, bereits heute früh um sieben jemanden von der Bank zu erreichen. Ich habe die letzten zwei Stunden damit zugebracht, mich durch die Kontoinformationen von Barbara und Hans Grahl zu arbeiten.»

Odenwald stöhnte.

Bär sah Odenwald scharf an, dann forderte er Schlicker auf fortzufahren.

«Die Eheleute Grahl hatten ein gemeinsames Konto. Mit mehr oder minder regelmäßigen Geldeingängen von verschiedenen Zeitungen und Presseagenturen. Bis auf eine konnte ich alle ermitteln. Die meisten Beträge wurden direkt an Hans Grahl überwiesen. Barbara Grahls Einnahmen sind eher gering. Mit Ausnahme dieser Presseagentur, von der sie im Schnitt zwischen achthundert und tausend Mark monatlich bezog.»

Odenwald lachte. «Vielleicht hat sie ja Sex-Storys verkauft. Ich hab gehört, diese Bettgeschichten aus den Kommunen sollen ziemlich gut laufen. Die verdienen ganz ordentlich. Da muss 'ne alte Frau lange für stricken.»

Schlicker nahm einen Schluck Wasser und räusperte sich erneut. «Alles in allem stehen die Eheleute Grahl ziemlich gut da. Das monatliche Einkommen liegt bei rund fünftausend Mark. Wie gesagt, das meiste davon verdient Hans Grahl. Allerdings gibt er kaum etwas aus. Ihm gehört auch das Haus. Er hat es gekauft, als sie heirateten. Bei der Bank liegt ein Finanzierungsplan für eine komplette Restaurierung des Hauses. Aber bislang ist es dazu noch nicht gekommen. Na ja. Wenn dort die Vandalen hausen, würde ich auch kein Geld in das Haus stecken», setzte er hinzu. Er blätterte die Unterlagen durch, dann sah er wieder auf. «Vielleicht sollte ich noch erwähnen, dass Barbara Grahl nicht gerade sparsam war. Sieht so aus, als hätte sie die gesamte Kommune unterhalten. Allein die Heizkosten sind so hoch wie meine Warmmiete. Sie hob regelmäßig höhere Beträge ab. Die müssen da leben wie die Maden im Speck.»

«Könnte das möglicherweise ein Mordmotiv sein?» Bär malte mit dem Bleistift Strichmännchen auf ein Blatt Papier. «Vielleicht war Grahl es leid, dass seine Frau mit seinem Geld eine Horde Gammler durchfütterte.»

Odenwald nickte. «Er hat, so viel weiß ich inzwischen, während er in Berlin war, in dem Haus gewohnt. Er ist am Abend des Tages, an dem seine Frau ermordet wurde, zurück nach Vietnam geflogen. Er hätte genügend Zeit gehabt, in den Grunewald zu fahren, sie zu erstechen und das Messer zurückzulegen. Und die Vergewaltigung war möglicherweise ein Racheakt. Schließlich hat sie ihn nicht nur einmal betrogen. Und wenn sie wirklich eine Lesbierin war ...» Odenwald grinste anzüglich.

«In Ordnung! Wir haben ein Motiv, wir haben die Gelegenheit. Wir haben nur den Mann noch nicht. Lemmbach?» Bär sah seinen Kollegen an.

Lemmbach, der sich die ganze Zeit über Notizen gemacht hatte, blickte hoch. «Wir haben es über die amerikanische Botschaft versucht, aber auch noch keine Antwort erhalten. Immerhin habe ich von seiner Redaktion die Telefonnummer des Hotels, in dem er in Saigon wohnt. Allerdings sind wir bisher noch nicht durchgekommen. Meine Mitarbeiter bleiben aber dran.»

Bär stand auf. «Schlicker, überprüfen Sie die Presseagentur, die Barbara Grahl so fürstlich bezahlt hat! Henry ...» Er sah Odenwald an. «Du hilfst ihm dabei! Ich fahre in die Kommune und sehe, was ich noch über Hans Grahl herausfinde. Kommen Sie mit, Lemmbach?»

26

FELICITAS hatte die Augen geschlossen und versuchte, die Geräusche, die sie umgaben, auszublenden. Frau Jahnke im Nebenbett stöhnte leise. Sie hatte Krebs im Endstadium und würde es wohl nicht mehr lange machen. Auf der anderen Seite hustete eine Frau, die nicht viel älter als fünfzig Jahre war. Raucherhusten. Man hatte ihr zwei Zehen abgenommen. Die beiden Frauen gegenüber redeten seit dem Frühstück ununterbrochen. Das sechste Bett im Zimmer war leer. Felicitas zog die Schublade an ihrem Nachtkästchen auf und warf einen Blick auf ihre Armbanduhr. Erst halb neun. Vielleicht würde sie heute endlich ihren Bruder anrufen. Niemand hatte sich bei ihr gemeldet oder sie besucht. Vielleicht hatte Barbara allen von ihrer gemeinsamen Nacht erzählt, und nun wollten sie nichts mehr mit ihr zu tun haben. Oder Frau Konrad hatte niemandem Bescheid gesagt, und sie waren alle schrecklich in Sorge um sie. An diese Möglichkeit hatte sie noch gar nicht gedacht. Genaugenommen war sie in den letzten Tagen nicht in der Verfassung gewesen, überhaupt zu denken. Sie beschloss, Dietmar anzurufen, und hoffte, dass sie nicht ausgerechnet Barbara am Telefon erwischen würde. Sie schwang die Beine aus dem Bett und musste erst einmal einige Sekunden sitzen bleiben, um den Schwindel zu bekämpfen. Dann fischte sie mit den Füßen nach ihren Hausschuhen und nahm das Portemonnaie aus der Nachttischschublade. Als sie aufstand, setzte der Schwindel wieder ein, und sie musste sich an Frau Jahnkes Bett festhalten, von dem ein strenger Geruch aufstieg. Sie dachte an das Gedicht von Gottfried Benn, das sie in der elften Klasse besprochen hatten. *Gang durch die Krebsbaracke* oder so ähnlich. Sie hielt den Atem an und tastete sich vorsichtig zum Ausgang. Gerade, als sie nach der Klinke greifen wollte, wurde die Tür aufgestoßen. Erschrocken zuckte sie zurück. Ein Mann stand ihr gegenüber und sah sie an. Alles an ihm war farblos, der schwarze Anzug, das weiße Hemd, der Mantel und die dazu passende Krawatte ebenso wie die graumelierten Haare und der Schnäuzer. Er sah aus wie eine Schwarzweißfotografie.

«Guten Tag! Sie sind Felicitas Springer?» Er wartete ihre Antwort nicht ab. «Können wir uns hier irgendwo ungestört unterhalten?»

Felicitas spürte wieder den Schwindel und lehnte sich an die Wand. «Ich weiß nicht. Fragen Sie die Schwester!»

Er schob ihr die Hand unter den Arm und führte sie auf den Gang. «Warten Sie einen Moment!»

Sie stand verwirrt neben dem Wagen, mit dem das Essen in den Zimmern verteilt wurde, und überlegte, ob sie wieder in ihr Bett gehen sollte. Aber da kehrte der Mann bereits zurück, hinter ihm eilte die Oberschwester über den Gang. Die Schwester schloss ihnen einen kleinen Raum auf und schaltete das Licht ein.

Der fensterlose Raum war vollgestopft mit Putzmitteln. In der Mitte standen ein Campingtisch und zwei Stühle. Es roch nach abgestandenem Rauch.

Der Mann schob Felicitas auf einen der beiden Stühle.

Die Schwester warf ihm einen misstrauischen Blick zu. «Höchstens eine Viertelstunde, dann muss Fräulein Springer wieder ins Bett.» Sie taxierte den Mann noch einmal kurz, dann schloss sie die Tür.

«Ich hätte ein paar Fragen an Sie. Wir ermitteln im Mordfall Barbara Grahl.» Der Mann zückte einen Dienstausweis und hielt ihn Felicitas hin.

Sie nahm den Ausweis kaum wahr. «Mordfall Barbara Grahl», tönte das Echo in ihrem Kopf. Sie öffnete den Mund, aber kein Ton kam heraus. Ihre Hände wurden eiskalt und begannen zu zittern.

«Sie waren mit Barbara Grahl befreundet?»

Felicitas nickte stumm.

«Hat Sie mit Ihnen über die Entführung gesprochen?»

Sie starrte den Mann an. «Was für eine Entführung?» Ihre Stimme klang dünn und rau.

«Die versuchte Entführung des Verlegers Axel Springer, an der Barbara Grahl und einige andere Mitglieder der ‹Roten Zelle›, unter anderem ihr Bruder Dietmar, beteiligt waren.»

Wieder dieser Schwindel. Dietmar und eine Entführung. «Das kann nicht sein!», stammelte sie. Etwas Nasses tropfte auf ihre Hand. Erst jetzt merkte sie, dass sie weinte.

«Ihr Freund Martin Bergmann war ebenfalls dabei.»

Felicitas schüttelte den Kopf. «Das ist nicht wahr!», murmelte sie.

«Was wissen Sie über die Entführung?» Die Stimme des Mannes wurde schärfer.

«Nichts!» Sie schluckte. «Nichts!», wiederholte sie leise.

«Hat Barbara Grahl niemals mit Ihnen über ihre Pläne gesprochen?»

Felicitas hörte nicht mehr zu. Sie wischte sich mit dem Ärmel des Bademantels die Tränen aus dem Gesicht. Eine durchsichtige Rotzspur zog sich über den gelben Frotteestoff. «Ich muss ins Bett», flüsterte sie und stand auf.

Der Mann versuchte, sie festzuhalten, aber sie zog ihren Arm weg, öffnete die Tür und wankte den Gang entlang zu ihrem Zimmer.

Dietmar las die Schilder an den Wänden, bis er das Zimmer fand, dass der Pförtner ihm genannt hatte. Vorsichtig öffnete er die Tür. Ein säuerlicher Geruch nach Ammoniak, Desinfektionsmitteln und Krankheit wehte ihm entgegen. Zwei Frauen unterbrachen ihr Gespräch und sahen ihn neugierig an. Eine dritte lag auf dem Rücken und röchelte beängstigend. Er konnte nicht erkennen, wer im mittleren Bett lag. Die Bettdecke war fast bis oben hochgezogen. Sie hob und senkte sich gleichmäßig. Dann bemerkte er eine ehemals rosa Plüschpfote und lächelte. Die

Pfote gehörte zu Paulchen, Felicitas' Stoffhasen. Er hatte den Hasen vor Jahren von seinem Taschengeld gekauft und seiner Schwester zur Kommunion geschenkt. Seitdem schleppte sie ihn überall mit herum. Er ging leise auf das Bett zu und legte seine Hand auf die Decke. «Feli», flüsterte er.

«Die schläft, seit se von det Ableben von ihre Freundin jehört hat.»

Dietmar sah die Frau im Nachbarbett entsetzt an.

«Kieken Se nich so! Da war heute früh so eener vom Bestattungsinstitut da un hat mit ihr jesprochen. Danach war se janz ausm Häuschen. Det arme Ding!»

Dietmar schüttelte verwundert den Kopf. Er hockte sich vor Felicitas Bett und schob vorsichtig die Bettdecke zurück. Felicitas lag auf der Seite, den Stoffhasen fest umklammert. Ein Speichelfaden zog sich von ihrem halbgeöffneten Mund bis zum Kopfkissen. Er strich seiner Schwester über die Wange.

Langsam öffnete sie die Augen und sah ihn an. «Dietmar.» Eine Träne rollte aus ihrem Augenwinkel und tropfte auf das Kopfkissen.

Er half ihr, sich aufzurichten, dann setzte er sich auf den Rand des Bettes und schloss sie fest in seine Arme. Es dauerte eine ganze Weile, bis ihr Schluchzen leiser wurde und schließlich versiegte.

«Geht's wieder?» Dietmar reichte seiner Schwester ein Taschentuch.

Felicitas schnäuzte sich, dann nickte sie. «Hast du ...»

Dietmar legte ihr die Hand auf den Arm. «Nicht hier! Ich hab unten eine Cafeteria gesehen. Lass uns dahin gehen!»

Die Cafeteria des Krankenhauses erinnerte Dietmar unangenehm an die Mensa. Neonröhren beleuchteten den beige gestrichenen Raum, vor dessen Fenster ein Gummibaum und ein Philodendron um das wenige Licht konkurrierten. Dietmar holte zwei Tassen Kaffee an der Selbstbedienungstheke, dann setzten sie sich an einen Tisch weit von den anderen Gästen entfernt.

«Was für ein Bestatter hat dir denn von Barbara erzählt?» Dietmar sah, dass sich die Augen seiner Schwester wieder mit Tränen füllten. Er kramte aus seiner Hosentasche eine schon leicht ramponierte Packung Papiertaschentücher hervor und reichte ihr eines.

«Quatsch, Bestatter! Die Polizei war da.» Felicitas schniefte. «Was ist denn mit Barbara passiert?» Ihre Stimme war ganz dünn.

Dietmar fühlte wieder diesen Kloß im Hals. «Ich weiß es nicht genau.» Er schluckte. «Jemand hat sie ermordet. Aber wir haben keine Ahnung, wer.»

Felicitas wischte sich die Tränen weg und putzte sich die Nase. «Hat das was mit dieser Entführung zu tun? Der Polizist hat gesagt, ihr hättet versucht, Axel Springer zu entführen. Aber das stimmt doch nicht, oder?» Sie sah ihren Bruder beinahe flehend an. Als er nicht antwortete, verfinsterte sich ihre Miene. «Das ist nicht dein Ernst? Seid ihr denn völlig verrückt geworden?»

«Pst! Nicht so laut! Was meinst du, warum wir dich nicht bei der Gruppe haben mitmachen lassen? Ich wollte dich da raushalten.»

Felicitas war blass geworden. Sie senkte ihre Stimme. «Aber man hat euch nicht erwischt?»

«Na ja, Britt und mich schon. Britt wurde ausgewiesen, und ich hab mich rausreden können. Sie mussten mich wieder laufenlassen.» Dietmar starrte auf seinen Kaffee, eine wenig vertrauenerweckende braune Brühe. «Atze konnte abhauen. Martin hat ihm geholfen, aus Berlin rauszukommen. Er ist jetzt wahrscheinlich schon in Schweden.»

«Und Barbara?»

Dietmar nahm Felicitas' Hand. «Sie wurde umgebracht, als sie abhauen wollte.»

«Hat die Polizei sie erschossen?»

Dietmar schüttelte den Kopf. «Ich glaube nicht. Sie wurde erstochen. Auch wenn Gerlind meint, dass es eine abgekartete Sache der Polizei war. Aber die ist ja paranoid.» Er nahm einen Schluck Kaffee, verzog das Gesicht und spuckte ihn zurück in die Tasse. «Irgendjemand hat uns verpfiffen. Sonst hätten die Bullen nicht auf uns gewartet. Einer von uns arbeitet für den Verfassungsschutz. Aber ich hab keine Ahnung, wer.»

«Und wenn Barbara ihm auf die Schliche gekommen ist und deswegen umgebracht wurde.»

«Daran habe ich auch schon gedacht. Hat sie dir irgendetwas gesagt, als ...»

Felicitas hustete, ihr Gesicht verfärbte sich tiefrot. «Du weißt davon?» Es war mehr eine Feststellung als eine Frage.

«Helge hat getratscht.»

«Nein, Barbara hat mir nichts gesagt.» Sie verstummte. Sie konnte nicht weiter über die Nacht mit dieser Frau reden.

«Wenn wir rausfinden, wer der Spitzel ist, wissen wir auch, wer Barbara ermordet hat.»

«Dietmar, das ist doch Unsinn! Lass das die Polizei machen! Die ist für so was schließlich ausgebildet.»

«Die Polizei will uns doch bloß reinlegen. Gestern hat der saubere Kommissar sich noch benommen, als hätte er keinen blassen Schimmer, wo du bist. Und heute Morgen steht er bereits bei dir auf der Matte. Dabei ...» Er hielt inne. Dann beugte er sich vor und wisperte: «Ich glaube, wir werden abgehört. Das Telefon ist angezapft.»

Felicitas sah ihren Bruder entsetzt an. «Du spinnst doch! Jetzt bist du paranoid!»

«Woher wissen die denn sonst, dass du hier bist? Ich hab erst heute Nacht mit dieser Frau Konrad telefoniert.»

«Krankenkassenunterlagen, Krankenhäuser durchtelefoniert. Was weiß ich. Vielleicht hat sich Frau Konrad ja auch mit denen in Verbindung gesetzt.» Felicitas schob nervös ihre Kaffeetasse hin und her, bis der Kaffee überschwappte und auf Dietmars Hemd spritzte. Aber keiner von beiden bemerkte es. Plötzlich wurde Felicitas ganz heiß. «Dietmar, was ist mit Mama?»

Dietmar lehnte sich zurück und grinste. «Ich hab ihr telegrafiert, dass du viel zu tun hast und sie erst in zwei Wochen kommen soll. War das nicht genial?»

«Na ja, wenigstens eine Galgenfrist.» Sie hustete. «Ich will hier möglichst bald raus. Du bist doch mein großer Bruder, kannst du nicht mit dem Arzt reden?»

Dietmar nickte. «Klar. Ich kümmer mich drum.» Er legte seine Hand an ihre Wange. «Aber wenn du jetzt nicht in dein Bett kommst, kann das noch eine Weile dauern.»

27

DER EINZIGE, den sie in der Kommune antrafen, war Helge. Florian wedelte kurz und trabte dann wie selbstverständlich an ihm vorbei durch den Flur. Er sprang auf das Sofa in der Küche und streckte sich lang aus.

Widerwillig folgte Helge ihm. Er hätte die beiden Polizisten lieber an der Haustür abgefertigt.

Als Helge den Raum betrat, hob Florian den Kopf und schlug zwei-, dreimal mit der Rute gegen die Armlehne, als wolle er ihn auffordern, sich zu ihm zu setzen.

«Wir hätten gern Herrn Springer gesprochen.» Bär war an der Tür stehengeblieben. Lemmbach schob sich an ihm vorbei in die Küche.

«Dann sollten Sie in die Kochstraße fahren.» Helge verschränkte die Arme und sah ihn feindselig an.

Bär stutzte kurz. Er wollte gerade den Mund öffnen, aber Lemmbach hatte schneller geschaltet. «Sehr witzig, Herr Heinzen! Wo ist Dietmar Springer?»

«Keine Ahnung!»

Lemmbach warf Bär einen kurzen Blick zu, dann zog er einen Stuhl heran und setzte sich.

Auch Bär betrat nun die Küche und ließ sich neben seinem Hund auf das Sofa fallen. «Wir haben Zeit, Herr Heinzen. Wir warten einfach, bis Herr Springer nach Hause kommt.» Er machte Anstalten, seine Jacke auszuziehen.

Lemmbach griff nach dem Päckchen Tabak, das auf dem Tisch lag. «Ich darf doch?» Er hielt Helge das Päckchen unter die Nase.

Helge schnappte nach Luft. «Ich weiß nicht, wo Dietmar ist. Und jetzt gehen Sie. Ich habe hier das Hausrecht!» Er erschrak über seine eigenen Worte. Er klang wie einer dieser bourgeoisen Reaktionäre.

Bär lächelte freundlich. «Sie haben hier kein Hausrecht. Sie sind hier nicht einmal gemeldet.»

Helge starrte hilflos auf die beiden Polizisten, die sich in seiner Küche breitgemacht hatten. Er trat gegen die Anrichte, und Florian fuhr erschrocken hoch. «Na gut. Dietmar ist bei seiner Schwester im Krankenhaus.»

Bär lächelte noch immer. «Vielen Dank! Und in welchem?»

«Keine Ahnung!»

«Herr Heinzen, was soll denn das? Wir brauchen doch nur die Krankenhäuser durchtelefonieren, dann wissen wir, wo Dietmar Springer und seine Schwester sind.»

«Tun Sie sich keinen Zwang an. Das Telefon steht im Flur.» Helge stieß sich vom Tisch ab und lief, ohne die beiden noch einmal anzusehen, ins Wohnzimmer. Er legte *Street Fighting Man* von den Stones auf den Plattenteller und drehte den Lautstärkeregler bis zum Anschlag. Als das Lied zu Ende war, hörte er, wie die Haustür ins Schloss fiel.

Bär setzte den Käfer schwungvoll in eine Parktasche gegenüber des Haupteingangs des Krankenhauses.

«Na, das nenn ich Zufall!» Lemmbach zeigte auf Dietmar, der gerade durch die Eingangstür ins Freie trat. «Jetzt aber schnell!» Lemmbach riss die Beifahrertür auf und setzte einen Fuß nach draußen.

Bär legte ihm die Hand auf den Arm. «Sind das Ihre Leute, Lemmbach?» Er wies mit dem Kopf in Richtung Krankenhaus.

Ein Mann kam hinter Dietmar durch die Tür und nickte einem anderen, der vor einem Zigarettenautomaten stand, zu. Der sah ihn kurz an, dann setzte er sich in Bewegung und folgte Dietmar.

Lemmbach schüttelte den Kopf. «Das dürften unsere Freunde vom Verfassungsschutz sein.»

Bär zog den Zündschlüssel ab und öffnete die Wagentür. «Es sieht ganz so aus, als würde uns Springer nicht weglaufen. Was halten Sie davon, wenn wir uns erst mal mit seiner Schwester unterhalten?»

Die Krankenschwester zeigte auf das mittlere Bett der linken Reihe, dann ließ sie Lemmbach und Bär stehen.

«Die sieht aus wie France Gall. Meine Tochter wäre begeistert», raunte Lemmbach Bär zu.

«Bitten Sie sie doch um ein Autogramm», flüsterte Bär.

«Fräulein Springer?» Er war an das Bett herangetreten.

Müde blinzelte Felicitas unter den halbgeschlossenen Lidern hervor. Als sie sich aufsetzte, rutschte ein Stoffhase vom Kopfkissen.

Mit einem schnellen Griff fing Bär ihn im Fallen auf. «Bitte.» Er reichte Felicitas den Hasen, die errötete und ihn in die Schublade ihres Nachttischchens stopfte. Bär zückte seinen Dienstausweis. «Bär, Kriminalpolizei! Das ist mein Kollege Lemmbach.»

Felicitas sah ihn überrascht an. «Sie waren doch heute schon mal hier.»

«Wir?»

«Also nicht Sie, aber jemand von der Polizei.»

Lemmbach schüttelte den Kopf, als Bär ihn fragend ansah.

«Da weeß die linke Hand nich, wat die rechte tut. Un für so wat zahlen wir Steuern.»

Bär ignorierte die Frau im Nebenbett und wandte sich wieder an Felicitas. «Können wir uns hier irgendwo ungestört unterhalten?»

Felicitas nickte. «In der Cafeteria ist um die Zeit nicht viel los.»

Sie wählten den gleichen Tisch, an dem Felicitas zuvor mit Dietmar gesessen hatte.

Lemmbach ging zur Theke und kam mit Tee und einem Stück Kuchen für Felicitas, zwei Tellern Gulaschsuppe sowie zwei Flaschen Afri-Cola für sich und Bär zurück. «Wir haben noch nicht zu Mittag gegessen. Ich hoffe, es stört Sie nicht, wenn wir das jetzt nachholen.»

Felicitas verneinte und stieß lustlos die Gabel in das Stück Kirschstreusel.

Bär legte die Papierserviette über den Schoß und nahm den Löffel zur Hand. «Würden Sie uns sagen, seit wann Sie hier sind und was Sie letztes Wochenende gemacht haben?»

Felicitas spießte ein Stück Kuchen auf und steckte es in den Mund. «Ich bin umgezogen zu Frau Konrad. Samstagnacht hatte ich vierzig Fieber, Lungenentzündung, und Frau Konrad hat mich mit dem Rettungswagen ins Krankenhaus bringen lassen.»

«Vorher haben Sie im Haus von Frau Grahl gewohnt?»

Felicitas nickte.

«Warum sind Sie denn dort ausgezogen?» Bär lächelte ihr aufmunternd zu und tauchte den Löffel in die Suppe.

«Meine Mutter wollte nach Berlin zu Besuch kommen. Und ich konnte ihr ja schlecht die Kommune zeigen.»

Bär nickte. «Das wäre vermutlich keine gute Idee gewesen. Wie haben Sie sich eigentlich die Lungenentzündung geholt?»

«Ich bin auf einer Demo von einem Wasserwerfer erwischt worden. Eigentlich ging's mir ja schon besser. Aber dann bin ich in den Grunewald zum Zeichnen gefahren und in einen Wolkenbruch geraten.»

«Ach, von Ihnen sind die Bilder, die ich auf dem Dachboden gesehen habe?»

Felicitas ließ die Kuchengabel fallen. «Sie waren in meinem Zimmer?»

«Wir mussten das Haus von Frau Grahl nach Hinweisen durchsuchen. Das ist so üblich bei einem Mordfall.»

Felicitas schluckte. «Natürlich. Entschuldigung!» Sie wischte sich mit der Hand über die Wange. «Ja, die Bilder sind von mir.»

«Ich gehe manchmal mit meinem Hund an dem See, den Sie gemalt haben, spazieren. Sie haben die Atmosphäre sehr schön eingefangen.» Bär lächelte sie an. «Würden Sie eines der Bilder verkaufen?»

Felicitas errötete. «Lieber nicht. So gut sind sie doch nicht. Martin findet sie kitschig», sagte sie ein bisschen traurig. «Und Dietmar meint, sie wären bourgeois.»

«Ich finde sie schön. Sie haben Talent. Machen Sie was draus! Wer ist eigentlich Martin?» Bärs Stimme klang beiläufig.

«Mein Freund.» Sie seufzte. «Aber im Moment verstehen wir uns nicht so gut.»

«Kannte ihr Freund Frau Grahl?»

Felicitas nickte. «Sicher. Wir sind ...» Sie stockte. Tränen traten ihr in die Augen. «Wir waren alle befreundet.»

Bär reichte ihr ein Taschentuch.

«Danke!» Sie wischte sich die Tränen fort, dann schnäuzte sie sich. «Wollen Sie mit Martin sprechen? Ich kann Ihnen die Adresse geben.»

«Ja, bitte!» Bär fiel erst jetzt auf, wie fahl sie geworden war. «Wir machen Schluss für heute. Wir werden uns in den nächsten Tagen noch mal bei Ihnen melden.» Er reichte ihr eine Visitenkarte. «Falls Sie sich das mit dem Bild doch noch mal überlegen.»

28

LEMMBACHS AUGENBRAUE schnellte kurz in die Höhe, als Martin Bergmann ihnen die Tür öffnete. Sie stellten sich vor, doch statt einer Begrüßung sah Martin Bergmann nur kurz auf Florian, der neben Bär stand. «Der bleibt draußen!»

Bär gab Florian ein Zeichen, und das Tier legte sich neben der Tür auf den Fußboden.

Die Wohnungseinrichtung war das, was Bärs Frau als minimalistisch bezeichnet hätte. Ein Sofa, das man zum Schlafen ausklappen konnte. Daneben eine große Weidentruhe, in der Bär das Bettzeug vermutete. Ein Schreibtisch, auf dem Stifte, ein Notizblock, Anspitzer und Radiergummi akkurat angeordnet waren. Ein Stuhl. Ein Regal, vollgestellt mit Büchern. Überwiegend politische Theorie sozialistischer Provenienz. Daneben eine Kommode, in der Bär, da war er sich sicher, die Kleidungsstücke so einsortiert finden würde, dass keines auch nur einen Millimeter aus der Reihe tanzte. An den Wänden fehlten die sonst üblichen Poster mit den Konterfeis Che Guevaras, Maos oder der Rolling Stones. Das einzige dekorative Element war eine kleine Marxbüste auf dem Schreibtisch.

Martin Bergmann bot ihnen keinen Platz an.

Offensichtlich legte er keinen Wert darauf, dass sie länger blieben. Bär ließ sich davon nicht aus der Ruhe bringen. «Wie war Ihr Verhältnis zu Barbara Grahl?»

Martin verzog den Mund zu einem höhnischen Grinsen. «Wir hatten kein Verhältnis.»

«Aber Sie kannten Frau Grahl?»

«Flüchtig.»

«Flüchtig? Obwohl Ihre Freundin im Haus von Frau Grahl wohnte?»

«Meine Freundin?»

«Felicitas Springer.»

«Ach so! Das war doch nichts Ernstes.» Martin ging zum Fenster und sah hinaus.

«Sie kannten also weder Barbara Grahl noch sonst jemanden besonders gut, der in Frau Grahls Haus wohnte, nehme ich an.» Bär wurde langsam ungeduldig.

«Genau!» Martin stand immer noch am Fenster und blickte in den Hof.

«Sie kannten natürlich auch Dietmar Springer nicht und wussten nichts von der Existenz der Gruppe ‹Rote Zelle› oder von der Planung einer Entführung?»

«Wenn Sie doch schon alles wissen, wieso fragen Sie mich überhaupt?» Endlich hatte sich Martin vom Fenster abgewandt und sah sie an.

«Weil wir es gerne von Ihnen hören würden.» Lemmbach trat einen Schritt auf Martin zu.

«Und außerdem haben wir den Verdacht, dass Felicitas Springer maßgeblich an der Planung und Durchführung der Entführung beteiligt war.» Das war ein Schuss ins Blaue, aber Bär dachte an den Ausdruck in Felicitas' Augen, als sie von Bergmann sprach, und war sich sicher, dass das, was zwischen den beiden lief, weit ernster war, als der junge Mann am Fenster sie glauben machen wollte. «Möglicherweise ist sie auch in den Mord an Barbara Grahl verwickelt. Schließlich stammt die Tatwaffe aus ihrem Besitz.» Bär beobachtete jede Regung in Martins Gesicht.

Der hatte sich an den Schreibtisch gelehnt und mit den Händen die Tischkante umfasst, so fest, dass das Blut aus den Knöcheln wich. «Felicitas hat mit der Sache nichts zu tun!», fuhr er Bär an.

«Ich dachte, Sie kennen Felicitas Springer und Barbara Grahl kaum. Wie können Sie sich dann so sicher sein?»

«Eine Frau kann doch nicht ...» Er brach ab.

«Kann was nicht, Herr Bergmann?»

«Eine andere ermorden», vollendete Martin den Satz.

«Frauen können eine ganze Menge. Und Mord gehört durchaus dazu.» Bär gab Lemmbach ein Zeichen. «Wenn Sie uns jetzt noch verraten, was Sie letzten Samstag gemacht haben, wären wir fürs Erste fertig.»

«Ich war zu Hause und hab gearbeitet.»

«Ich vermute, Sie waren allein.»

Martin nickte.

«Dann vielen Dank!» Bär wandte sich zur Tür. «Sie sind ein Freund der DDR, wie ich sehe.» Er zeigte im Hinausgehen auf eine Ausgabe des *Neuen Deutschland*.

«Und? Ist das neuerdings ein Verbrechen?»

«Das nicht. Aber Entführung und Mord, Herr Bergmann», antwortete Lemmbach an Bärs Stelle. «Ich bin mir sicher, wir werden uns noch häufiger sehen in nächster Zeit.»

«Bergmann ist einer von den Leuten auf Hagens Fotos.» Lemmbach stand vor dem VW Käfer und wartete, dass Bär die Beifahrertür aufschloss.

«Hab ich mir schon gedacht. Aber ich bin wirklich schwer beeindruckt von ihrem Personengedächtnis.» Bär dachte daran, dass er Gesichter umgehend wieder vergaß. Eine peinliche Geschichte in seinem Job.

«Ja, ist ganz praktisch. Aber was nutzt mir mein Personengedächtnis, wenn wir drei der ‹Roten Zelle› immer noch nicht gefunden haben? Und zwar ausgerechnet diejenigen, denen wir eine Beteiligung an der Entführung nachweisen könnten.»

«Vielleicht bringt uns ja Martin Bergmann weiter. Fragen Sie doch mal beim Verfassungsschutz an.»

Lemmbach nickte. «Ich denke, wir sollten uns ohnehin mit unserem Freund Hagen über das Thema Kooperation unterhalten.»

«Unbedingt! Ich werde in der Zwischenzeit Schlicker und Odenwald zu dieser Frau Konrad schicken, um die Aussage der Kleinen zu überprüfen.»

«Gut! Und was machen Sie?»

«Ich?» Bär grinste breit und tätschelte Florian den Kopf. «Ich werde meinen geduldigen Freund eine Runde durch den Wald jagen.»

Nachdem die beiden Polizisten gegangen waren, wartete Martin noch zehn Minuten, dann griff er zum Hörer und wählte die Nummer der Kommune.

«Hallo Dietmar, die Polizei war eben bei mir.»

«Das Telefon wird abgehört», flüsterte Dietmar.

«Wundert mich nicht. Aber warum flüsterst du?»

«Ähm ...»

Martin ahnte, dass Dietmar am anderen Ende der Leitung rot anlief.

«Ich fahr morgen früh ins Krankenhaus und hol Felicitas nach Hause. Willst du mitkommen?», wechselte Dietmar das Thema.

«Was? Du hast Felicitas gefunden? Warum hast du mich nicht angerufen?»

«Tut mir leid, hab ich total verpennt», stotterte Dietmar. «Ehrlich. Kommst du morgen früh mit? Ich hol dich um neun ab.»

«In Ordnung!» Wütend warf Martin den Hörer auf die Gabel.

29

ALS BÄR IN SEIN BÜRO KAM, hatte es sich Lemmbach auf seinem Schreibtischstuhl bequem gemacht und strahlte wie ein Honigkuchenpferd. «Wir haben ihn!», jubelte er.

«Wir haben wen?» Bär hängte seine Lederjacke an die Garderobe und zog sich einen der Besucherstühle heran.

«Hans Grahl. Er kommt morgen Nachmittag in Tegel an. Und jetzt», Lemmbach warf einen Blick auf seine Armbanduhr, «gewährt uns Ihro Gnaden Hagen eine Audienz.»

«Lemmbach, ich bin beeindruckt.» Bär grinste. «Und wo geht's hin?»

«Nicht weit. Ich hab ihn in Ihren Besprechungsraum gebeten. Vielleicht lassen Sie Ihre Bestie besser hier.» Er zwinkerte Bär zu. «Ich habe den Eindruck, Hagen ist kein Hundefreund.»

Auf dem Gang eilte ihnen Schlicker entgegen. «Chef, zu Ihnen wollte ich gerade.» Er keuchte, als er vor Bär stoppte. «Ich habe mir heute den ganzen Vormittag die Finger wund telefoniert nach der Presseagentur, von der die Tote regelmäßig diese hohen Beträge erhielt.» Er holte tief Luft und schien um einige Zentimeter zu wachsen. «Sie werden es nicht glauben, aber diese Agentur gibt es überhaupt nicht.»

«Was meinen Sie mit ‹gibt es nicht›?» Bär sah seinen Mitarbeiter verblüfft an.

«Sie steht im Telefonbuch, aber nur die Telefonnummer. Wenn man anruft, ist nie jemand erreichbar. Dann hab ich bei Grahls Redaktion nachgefragt, ich dachte mir, wenn jemand die Agentur kennt, dann die Journalisten. Aber Fehlanzeige! Die haben nie was davon gehört. Daraufhin hab ich alle möglichen anderen Zeitungsredaktionen angerufen. *Tagesspiegel*, *Morgenpost*, *Stern*, selbst *BILD* und *BZ*. Nichts! Ist das nicht ein Ding?»

«Das», sagte Lemmbach langsam, «ist in der Tat ein Ding.»

«Prima, Schlicker! Machen Sie weiter so! Jetzt kümmern Sie sich um die Vermögenswerte der Familie Grahl. Wenn wir morgen Besuch von Barbara Grahls Gatten bekommen, sollten wir gut vorbereitet sein.» Bär klopfte Schlicker auf die Schulter.

«Alles klar, Chef!» Schlicker drehte sich um und eilte den Gang in die Richtung zurück, aus der er gekommen war.

Hagen hatte sich einen Platz gegenüber der Tür gesucht und seinen Mantel über eine Stuhllehne gelegt. Als Bär und Lemmbach den Raum betraten, sah er auf seine Armbanduhr. «Ich habe zwanzig Minuten, dann muss ich wieder los.»

«Dann sollten wir anfangen.» Bär setzte sich Hagen gegenüber, Lemmbach nahm neben ihm Platz. Beinahe wie ein Tribunal, dachte Bär. Ich und Lemmbach gegen Hagen. Fragt sich nur, wer hier verurteilt werden soll.

«Was gibt es denn so Dringendes, das Sie mit mir besprechen möchten?» Hagen lehnte sich zurück, seine linke Hand ruhte locker auf der Lehne eines Stuhls, mit der anderen trommelte er leise auf den Tisch.

«Sie erinnern sich, dass eine Fahndung nach Felicitas Springer läuft?» Bär beugte sich vor.

«Sicher.»

«Und wieso teilen Sie uns dann nicht mit, dass Sie sie gefunden haben?»

«Wie kommen Sie denn da drauf?» Hagen hatte aufgehört zu trommeln.

«Weil wir mit ihr gesprochen haben und Frau Springer uns erzählte, dass sie bereits morgens von Ihnen Besuch bekommen hat.» Bär fixierte Hagen.

«Sieht ganz so aus, als hätten Sie sie auch ohne meine Hilfe gefunden. Was wollen Sie also von mir?»

Bär verspürte einen Moment lang den Drang, über den Tisch zu springen, Hagen am Kragen seines albernen schwarzen Anzuges zu packen und ihm die Faust in sein breites Grinsen zu schlagen. Stattdessen schnaufte er leise.

«Was wir wollen?», übernahm Lemmbach. «Wie wäre es mit Informationen? Zum Beispiel die Observierungsprotokolle zu Dietmar Springer.»

Hagen goss sich Kaffee ein und nahm einen Keks aus der Schale, die Carola Heinze auf den Tisch gestellt hatte.

«Ach ja, und das Protokoll des Gesprächs mit Felicitas Springer.»

«Ich werde sehen, was ich tun kann.» Hagen steckte sich den Keks in den Mund und griff nach dem nächsten.

«Verdammt!» Bär schlug mit der Faust auf den Tisch. «Wir wollen einen Mörder fassen, und Sie futtern Kekse!»

«Nun, ich sehe nicht, dass Sie den Mörder schneller erwischen, wenn ich faste.» Hagen zog die Oberlippe hoch, vermutlich um zu lächeln. Er fuhr sich mit der Hand durch seinen Fassonschnitt, ein Plätzchenkrümel blieb an seinem Scheitel hängen. «Aber wo wir schon dabei sind: Ich hätte gerne die Ergebnisse Ihrer Recherchen betreffs der Vermögenswerte der Eheleute Grahl. Wie ich gehört habe, wollen Sie morgen mit Hans Grahl sprechen. Ich wäre gern dabei. Wenn Sie mir also den genauen Termin mitteilen würden.»

Bär schnappte nach Luft. «Wenn Sie so gut informiert sind, kennen Sie doch unsere Rechercheergebnisse bereits. Und dann ...» Er atmete durch und wünschte sich, er hätte nicht mit dem Rauchen aufgehört, eine Zigarette wäre jetzt gut für seine Nerven. «... könnten Sie uns vielleicht auch etwas zu dieser Presseagentur sagen, die niemand kennt, von der das Opfer aber ein regelmäßiges Einkommen bezog.»

«Tut mir leid, dazu darf ich Ihnen nichts sagen.»

«Darf? Vielen Dank!», sagte Lemmbach spöttisch. «Jetzt wissen wir zumindest ...»

«... dass Barbara Grahl für den Verfassungsschutz gearbeitet hat», vollendete Bär den Satz.

Hagen wühlte in der Keksschüssel und fischte schließlich eine Zitronenwaffel heraus. «Auch dazu kann ich Ihnen keine weiteren Informationen geben, wie Sie sicher verstehen.»

«Wir verstehen voll und ganz.» Bär stand auf. Auch Lemmbach erhob sich. «Im Sinne einer guten Zusammenarbeit unserer Abteilungen könnten Sie sicherlich jemanden mit dem Dossier von Martin Bergmann bei uns vorbeischicken?» Sein Blick fiel auf die Keksschüssel, dann sah er Hagen an. «Bitten Sie doch Frau Heinze, Ihnen ein paar einzupacken!» Dann verließen sie den Raum.

30

DIETMAR drehte den kleinen Messingschlüssel um neunzig Grad nach rechts und öffnete die Klappe des Barschranks. Die Neonröhre, die sich mit dem Öffnen des Schrankes automatisch eingeschaltet hatte, beleuchtete ein Arsenal unterschiedlichster Alkoholika. Im Zimmer nebenan hörte er Martin und Felicitas miteinander reden. Er war froh, dass die beiden sich wieder vertragen hatten.

Als er morgens mit Martin im Krankenhaus aufgetaucht war, hatte Felicitas ausgesehen wie ein verschrecktes Kaninchen. Während sie die Formalitäten erledigten und Felicitas' Tasche im VW-Bus verstauten, hatten sich die beiden nicht angesehen. Als sie im Wagen saßen und sich anschwiegen, hatte Dietmar es nicht mehr ausgehalten. Er hatte ihnen einen Vortrag über freie Liebe und Eifersucht gehalten, bei dem er sich vorkam wie Gerlind und

Felicitas' Gesicht immer röter geworden war. Felicitas hatte schließlich zu weinen begonnen und herumgestottert, sie habe doch zum ersten Mal einen Joint geraucht. Den Rest ihres Gestammels hatte er nicht verstanden. Dietmar befürchtete schon, Felicitas würde noch den gesamten Bus unter Wasser setzen, als Martin sich schließlich erbarmte und sie in den Arm nahm. Anschließend verbrachte Dietmar eine halbe Stunde frierend auf einer Parkbank, während sich die beiden im Bulli aussprachen.

Er warf einen Blick auf die Standuhr. Dreiviertel eins. Frau Konrad hatte ihm erklärt, dass sie frühestens um sechs nach Hause käme, und ihn gebeten, bis dahin Felicitas' Sachen aus dem Haus zu schaffen. Den Ersatzschlüssel, den sie ihm gegeben hatte, sollte er in den Briefkasten werfen. Er nahm eine Flasche Cassis aus der Bar, dann öffnete er die Türen der anderen Schränke. In einem fand er Dessertschälchen aus geschliffenem Bleikristall. Er nahm eines und setzte seine Expedition fort. Im Vorratsschrank in der Küche entdeckte er neben einer angebrochenen Packung Kräcker und zwei Riegeln Nussschokolade, die er sofort verputzte, ein Päckchen mit Eiswaffeln. Wenn die Frau Eiswaffeln hatte, dann ... Das Eis lag in einer Tiefkühltruhe im Keller unter einem halben, in handliche Portionen zerteilten Wildschwein. Er nahm das Vanilleeis und eine Wildschweinkeule und trug beides nach oben. Er schielte kurz nach draußen zum VW-Bus, aber Felicitas war nirgends zu sehen. Schnell stopfte er die Keule unter den Fahrersitz, dann eilte er zurück in die Küche zu seinem Eis. Als Felicitas hereinkam, um ihm mitzuteilen, dass sie alles gepackt und im Wagen verstaut hätten, war die erste Portion Eis bereits verzehrt, und Dietmar schaufelte sich gerade die nächste auf den Teller.

«Dietmar!» In Felicitas' Stimme lag ein unausgesprochener Vorwurf.

Er grinste schief. Wieso hatte er sofort ein schlechtes Gewissen, wenn seine Schwester ihn so ansah? Wegen dem bisschen Vanilleeis? Dabei hatte die Konrad bestimmt jede Menge Schotter, wenn man sich die Hütte so ansah, in der sie wohnte. «Willst du auch was?» Er stand auf und nahm eine Suppentasse aus dem Schrank.

«Ich ...»

«Eis! Klasse!» Martin drängte sich an Felicitas vorbei in die Küche. Er nahm Dietmar die Suppentasse ab, die dieser mit Eiscreme gefüllt hatte, und goss Cassis darüber.

«Na komm schon!» Dietmar hatte eine weitere Suppentasse aus dem Schrank genommen und löffelte Eis hinein.

Felicitas verschränkte die Arme vor der Brust und schüttelte den Kopf.

«Sieh's mal sozialistisch», begann Martin. «Abschaffung des Privateigentums. Die Besitzenden verteilen ihren Reichtum an die Bedürftigen.»

«Wir sind aber nicht bedürftig.»

«Wenn's um Eis geht, bin ich immer bedürftig.» Dietmar schob ihr die Tasse mit Eis und Likör hin.

Felicitas seufzte. «Na ja. Zurücktun kann man's ja jetzt nicht mehr.» Sie setzte sich zu Martin und Dietmar an den Tisch. «Ich habe über alles noch mal nachgedacht. Der ganze Plan war eine Falle.»

Verwirrt sah Dietmar seine Schwester an. «Was meinst du?»

«Das war doch bestimmt nicht deine Idee mit der Entführung.» Sie tunkte den Löffel in das Eis. «Oder Martins.»

Die beiden schüttelten synchron die Köpfe.

«Eben! Der Verfassungsschutz hat jemanden eingeschleust, der euch angeheizt hat, bis ihr bereit wart, so einen Schwachsinn zu machen. Und dann sollte die ganze Gruppe verhaftet werden. Damit wollten sie die Studentenproteste im Keim ersticken. Ein Exempel an euch statuieren.»

«Hm ...» Dietmar hatte aufgehört zu essen und lauschte fasziniert, wie es seiner Schwester gelang, ihn von jeglicher Verantwortung freizusprechen.

«Wer hatte denn die Idee mit der Entführung?»

«Ich glaube, Helge», antwortete Martin.

Felicitas sah nachdenklich auf das Eis. Sie rührte mit dem Löffel darin herum, bis es sich mit dem Likör zu einem braunen Brei vermengt hatte. «Helge wäre naiv genug, sich so eine Idee einreden zu lassen. Jemand hat ihn benutzt, um euch reinzulegen. Barbara wusste, wer es war, und deshalb musste sie sterben.» Sie patschte ihren Löffel in den Eisbrei.

Dietmar sah auf sein Hemd, das nun kleine braune Sprenkel trug. Er seufzte leise. Dann nickte er. «Ja, Barbara hat den Spitzel enttarnt und wurde deshalb umgebracht.»

«Was ist mit dir, Martin?» Felicitas sah ihren Freund an. «Glaubst du jetzt endlich, dass Barbara in Ordnung war?»

Martin schwieg und starrte auf das Eisschälchen vor sich. Dann holte er tief Luft und legte Felicitas die Hand auf den Unterarm. «Tut mir leid, ich hab mich getäuscht. Barbara hat nicht für den Verfassungsschutz gearbeitet. Es muss ein anderer aus der Gruppe sein.»

Felicitas nickte zufrieden. «Und den müssen wir finden. Dann haben wir auch Barbaras Mörder.»

Dietmar hatte sich Cassis in sein Dessertschälchen gegossen und leckte es nun mit der Zunge aus. Der Likör rann über sein Kinn, und dunkelrote Tropfen gesellten sich zu den braunen Sprenkeln auf seinem Hemd. Er stellte das Schälchen ab. «Und wie sollen wir das, deiner Meinung nach, machen? Ich hab die Gruppe quasi aufgelöst, nachdem mich die Polizei so in die Mangel genommen hatte.»

«Dann muss die Gruppe wieder zusammengerufen werden. Das ist doch ganz einfach.» Felicitas schob die leere Suppentasse von sich weg.

«Und dann?»

Felicitas zuckte mit den Schultern. «Keine Ahnung! Irgendwas fällt uns schon ein.»

«Uns?» Dietmar sah seine Schwester forschend an.

«Ich mache mit!»

«Auf keinen Fall! Das ist viel zu gefährlich.»

Felicitas starrte auf den Rand, den die Suppentasse auf der rot lackierten Tischplatte hinterlassen hatte. «Doch, ich muss», sagte sie leise. «Barbara war schließlich meine Freundin.» Dann hob sie den Kopf und sah Dietmar an. «Außerdem häng ich sowieso mit drin. Die Polizei glaubt bestimmt nicht, dass ich von allem nichts gewusst habe. Ich bin schließlich deine Schwester und mit den anderen befreundet.»

Dietmar seufzte. «Du hast recht. Also gut, du bist dabei, Schwesterherz!» Er schüttete den Rest Cassis aus der Flasche auf seinen Teller. Dann stippte er mit dem Finger hinein und leckte ihn anschließend ab. «Ich wüsste vielleicht, wie wir den Burschen kriegen.»

«Und wie?» Martin lehnte sich zurück und legte den Arm beiläufig um Felicitas Schulter.

«Erinnert ihr euch an die Geschichte mit der Bombe in der Kommune 1? Teufel hat mir erzählt, dass das Material für die Bombe von einem Typen kommt, der Kontakte zum Verfassungsschutz hat. Auch ein Spitzel, der glaubt, man hätte ihn noch nicht enttarnt. Dabei wüssten die anderen gar nicht, wie sie an das Zeug kämen, um eine Bombe zu bauen. Was, wenn wir auch einen Bombenanschlag planen? Und derjenige aus der Gruppe, der in der Lage ist, das Material zu organisieren, ist mit Sicherheit der Spitzel. Was haltet ihr davon?»

«Das ist klasse!» Felicitas sprang auf. «Ich wasch schnell ab, dann können wir los und die Gruppe zusammenrufen.»

«Da gibt es nur ein kleines Problem. Niemand glaubt Dietmar, wenn er jetzt eine Aktion vorschlägt, nachdem er sich vorher so dagegen gewehrt hat.»

Felicitas nahm die Likörflaschen und drückte sie Martin in die Hand. «Dann musst du die Gruppe eben wieder aktivieren. Hier, räum das mal weg!»

«Du bist ein Genie, Schwesterchen!» Dietmar lehnte sich zufrieden zurück und sah Martin und Felicitas zu, wie sie die Spuren der Eiscremeorgie beseitigten.

31

ER KONNTE NICHT WARTEN bis zum nächsten Treffen. Dafür war die Sache zu heiß. Er suchte mit den Blicken die Straße ab.

Sie war breit, neu asphaltiert und ohne die in Berlin

üblichen Straßenbäume. Am Rand parkten Zugmaschinen und abgekoppelte Anhänger. Die Tore zu den Bürogebäuden und Lagerhallen hier mitten im Gewerbegebiet waren um diese Uhrzeit bereits verschlossen. Ein struppiger Fuchs huschte über die Fahrbahn. Sonst war die Straße wie ausgestorben.

Der junge Mann betrat die Telefonzelle, warf ein paar Münzen in den Apparat und wählte eine Ost-Berliner Nummer. Als sich sein Kontaktmann meldete, sagte er mit schneidender Stimme: «Ihr habt die Frau nicht gefunden. Aber sie ist wiederaufgetaucht.»

«Ja, und eine Leiche ebenfalls, Genosse. Verlassen Sie sofort West-Berlin, oder wir müssen Sie holen!»

Die Stimme klang drohend, aber er ließ sich nicht aus der Ruhe bringen. «Ich kann nicht. Wir starten eine neue Aktion. Und dann habe ich den Spitzel. Wenn die Aktion abgeschlossen ist, komme ich. Nur noch ein paar Tage.»

«Nicht einen Tag mehr!», brüllte der Mann in der HVA in Berlin-Lichtenberg ins Telefon.

«Ich bleibe!» Der Jüngere warf den Hörer auf die Gabel und wartete, bis die restlichen Münzen in die Auffangklappe fielen. Er fischte sie heraus und verließ die Telefonzelle.

Der silberhaarige Mann am anderen Ende der Leitung legte langsam den Hörer auf. Er rieb sich die Nase. Das tat er immer, wenn er unter Anspannung stand. Aber es beruhigte ihn heute nicht. Er stand auf, lief zum Fenster und starrte eine Weile auf die Plattenbauten auf der anderen Straßenseite. Dann ging er zurück zu seinem Schreibtisch, nahm das Telefon und wählte eine Nummer. «Der Sandmann gerät außer Kontrolle. Wir müssen ihn ausschalten.»

32

HANS GRAHL sah genau so aus, wie Bär sich einen Kriegsberichterstatter vorstellte. Braungebrannt, das streichholzkurze schwarze Haar und die Fotografenweste, aus der er jetzt eine Packung Lucky Strike zog, verliehen ihm ein verwegenes Flair. Er roch ein bisschen streng nach Schweiß und kaltem Rauch. Kein Wunder, der Mann war gerade um die halbe Welt geflogen und direkt vom Flughafen in Bärs Büro gefahren. In der Ecke neben dem Garderobenständer lagen ein Seesack und eine Fotoausrüstung.

Bär sah auf seine Armbanduhr. «Ich denke, wir warten nicht länger, sondern fangen an.»

Lemmbach nickte.

«Sie wollen wahrscheinlich wissen, was ich an dem Tag, als meine Frau ermordet wurde, getan habe.» Als Bär und Lemmbach bejahten, fuhr Grahl fort. «Morgens habe ich die kleine Blonde, ich hab ihren Namen vergessen, irgendwas mit Fe ... Fedora, Felina ...»

«Felicitas Springer», half Bär nach.

«Genau, Felicitas! Ich habe sie zu einer Kollegin gebracht, bei der sie ein paar Tage wohnen wollte. Anschließend hatte ich eine Besprechung in der Redaktion. Mittags habe ich mit einem Kollegen im ‹Zwiebelfisch› gegessen. Danach bin ich nach Hause gefahren, habe gepackt und mir ein Taxi gerufen. Das Taxi hat mich nach Tegel gebracht, dort bin ich in das Flugzeug gestiegen und zurück nach Saigon geflogen.»

Bär öffnete den Mund, aber Grahl kam ihm zuvor. «Nein, für die Zeit zu Hause habe ich keine Zeugen. Außer mir war niemand dort. Und ja, ich hätte in der Zeit in den Grunewald fahren, meine Frau töten und wieder zurückfahren können. Vorausgesetzt, ich hätte gewusst, wo sie sich zu dem Zeitpunkt aufhielt.» Endlich zündete er die Zigarette an, die die ganze Zeit über, während er sprach, in seinem Mundwinkel auf und ab gewippt war.

«Das Verhältnis zu Ihrer Frau war nicht das beste», stellte Lemmbach fest.

Grahl lachte auf. «So könnte man es sagen.» Er klopfte die Zigarettenasche auf den Unterteller, den Bär ihm hingeschoben hatte. «Was erwarten Sie denn? Wir sehen uns vielleicht zwei-, dreimal im Jahr. Ich meine, wir sahen uns zwei-, dreimal.» Er beugte sich vor und legte seinen Arm auf den Tisch. «Diese ganze Heirat war idiotisch. Ich hätte wissen müssen, dass ich kein Mensch für die Ehe bin. Barbara war naiv, verliebt und hoffte, ich würde sie mitnehmen. Aber sagen Sie mir, was soll ich mit einer Frau mitten in einem Kriegsgebiet? Ich glaube, sie hat mir nie verziehen, dass ich ohne sie geflogen bin.» Er drückte den Zigarettenstummel auf dem Teller aus. «Ihre Affären, ihre politischen Aktionen. Damit wollte sie mir beweisen, dass sie mich nicht braucht, dass sie als Journalistin auch ihren Mann stehen kann. Dabei hat sie sich leider verrannt.» Er hob die Hände und ließ sie wieder sinken.

«Sie hatten eine heftige Auseinandersetzung mit ihrer Frau auf dem Vietnam-Kongress.» Bär nahm ein Blatt mit Odenwalds Notizen. Er hatte keine Ahnung, woher Odenwald die Informationen hatte, er hoffte nur, dass er nicht völlig danebenlag. «Dabei soll Ihre Frau gedroht haben, etwas über Sie zu verraten, das Sie möglicherweise in Misskredit bringen könnte.»

«Das ist doch eine alte Geschichte.» Grahl rieb sich

mit der Hand über die Augen. Seine Erschöpfung war ihm nun deutlich anzusehen. «Ich war mal mit einer jungen Frau liiert, die sich umgebracht hat. Erst nach ihrem Tod habe ich erfahren, dass sie schwanger war. Ich hätte selbstverständlich die Verantwortung übernommen. Aber sie hat mit mir nicht darüber gesprochen. Gut, vielleicht hätte ich bemerkt, wie es ihr ging, wenn ich mich mehr um sie gekümmert hätte. Aber das sind doch alte Kamellen. Mit dieser Geschichte, so tragisch sie ist, hätte Barbara keinen Hund hinterm Ofen vorgelockt.» Er zündete sich eine neue Zigarette an. «Hätten Sie vielleicht einen Kaffee für mich?»

Bär nickte und griff zum Telefon, um bei Frau Heinze eine Kanne Kaffee zu ordern.

«Und darüber haben Sie sich gestritten?», übernahm Lemmbach.

Grahl schüttelte den Kopf. «Nein, natürlich nicht. Das hat sie mir nur an den Kopf geworfen, weil sie wütend war. Barbara wollte einen Job kündigen, aber noch einen Auftrag zu Ende bringen. Ich hielt das für Unsinn und riet ihr, sofort auszusteigen.»

«Und deshalb hat Ihre Frau Ihnen eine Szene gemacht?», fragte Lemmbach. «Weil Sie Ihr rieten, einen Auftrag sausenzulassen?»

Grahl zuckte mit den Schultern. «Vermutlich wollte sie sich von mir nur nichts sagen lassen.»

Die Tür öffnete sich, und Carola Heinze kam mit einem Tablett herein. «Ich hab Ihnen noch jemanden mitgebracht, Chef.» Sie stellte das Tablett auf den Tisch und goss Kaffee ein.

Hinter ihr betrat Gernot Hagen das Büro.

Bär sah auf seine Armbanduhr und verkniff sich jegliche Bemerkung.

«Was machen Sie denn hier?» Grahl sah Hagen verblüfft an.

«Kennen wir uns?» Hagen wirkte indigniert.

«Das würde mich jetzt aber auch interessieren.» Bär warf Lemmbach einen kurzen Blick zu, aber der zuckte nur mit den Schultern.

Hagen hängte Hut und Mantel an die Garderobe. Er suchte sich einen Stuhl möglichst weit entfernt vom Sofa, auf dem Florian lag, und setzte sich.

«Wenn Sie den Mörder meiner Frau suchen, sollten Sie bei ihm beginnen.» Grahl zeigte auf Hagen. «Sie wissen vermutlich, dass Barbara für den Verfassungsschutz als Informantin gearbeitet hat?»

Bär nickte.

«Wissen Sie auch, dass sie aussteigen wollte?» Grahls Stimme wurde laut. «Nur war ihr Arbeitgeber nicht ganz einverstanden damit. Schließlich hat sie sich überreden lassen, diese letzte Aktion durchzuziehen.» Er senkte die Stimme wieder und sah Bär an. «Das war der Job, über den wir uns gestritten haben. Sie hatte Angst, dass jemand aus der Gruppe sie enttarnt hatte. Aber dieser nette Herr», er spie die Worte beinahe aus, «hat sie überredet. Hätte sie auf mich gehört, wäre sie jetzt vermutlich noch am Leben.»

Bär vermied den Blickkontakt mit Hagen. Eine solche Wut hatte er schon lange nicht mehr verspürt. Er nahm sich vor, am Freitagabend zum Kampfsporttraining zu gehen, vielleicht würde das ja helfen. Ihm fielen die Papiertüten mit dem Bild des Schahs darauf ein, die die Studenten bei der unseligen Demonstration im letzten Sommer getragen hatten. Vielleicht könnte er so eine Papiertüte mit einem Foto von Hagen ... Er wischte den Gedanken fort. «Ihre Frau hat für den Verfassungsschutz gearbeitet, um

Ihnen zu zeigen, dass sie nicht das schwache Weibchen ist, für das Sie sie gehalten haben.»

Grahl nickte. «Ich mache mir seit Jahren schon Vorwürfe. Aber ich habe mir eingeredet, dass sie erwachsen ist und wissen muss, was sie tut. Und dann der Krieg. Ich hatte nicht allzu viel Zeit, um mir über meine Ehe den Kopf zu zerbrechen. Ich hätte es ihr verbieten müssen. Dann wäre das alles nicht passiert.» Seine Augen schimmerten feucht. Dann griff Grahl nach seiner Tasse und trank einen großen Schluck. Sein Körper straffte sich, und seine Gesichtszüge wurden hart. Es schien, als habe er den kurzen Moment der Wehmut mit dem Kaffee fortgespült.

«Wie haben Sie erfahren, was Ihre Frau macht?» Auch Lemmbach sah Hagen nicht an, sondern konzentrierte sich auf Grahl. Bär würde ihn später fragen, ob er ihn am Freitag zum Training begleiten wolle.

«Im Sommer vor zwei Jahren kam es zu einem heftigen Streit zwischen mir und meiner Frau. Sie hatte ...», er stockte. Dann fuhr er mit der Hand durch die Luft, als wolle er einen Gedanken beiseitefegen. «Sie hatte mich wieder betrogen, und ich dachte das erste Mal ernsthaft an Scheidung. Ich setzte einen Privatdetektiv auf sie an. Er zeigte mir Fotos von ihm», er zeigte auf Hagen, «und meiner Frau. Es dauerte eine Weile, bis wir herausfanden, was da lief. Aber als dann die Überweisungen dieser Agentur kamen, die weder ich noch meine Kollegen kannten, reimte ich mir alles zusammen. Als ich sie zur Rede stellte, machte sie sich nicht einmal die Mühe, etwas abzustreiten. Sie war fest davon überzeugt, für unser Land eine große Aufgabe zu erfüllen.» Er lachte bitter. «In den letzten Monaten kamen ihr Zweifel. Dass Ohnesorg erschossen worden war und niemand der Verantwortlichen dafür zur Rechenschaft gezogen wurde, hatte sie zutiefst erschüttert. Sie kannte Ohnesorg flüchtig und wusste, dass er einfach nur zur falschen Zeit am falschen Ort gewesen war. Und dann diese Gruppe, die sie um sich gescharrt hatte. ‹RotZ›. Ein paar Studenten, die ‹Rote Gefahr› spielen. Aber der Verfassungsschutz führte sich auf, als hätte er es mit Staatsfeinden und Terroristen zu tun. Sie begriff langsam, dass der Staat nichts unternimmt, um die Situation zu entschärfen. So, wie Politik und Staatsschutz auf die Studenten reagieren, sind sie auf dem besten Wege, junge Menschen, die nicht mehr bereit sind, kritiklos jeden Mist, der ihnen vorgesetzt wird, zu schlucken, auf die Straße und in den Untergrund zu treiben. Das, was sie jetzt erleben, ist erst der Anfang. Das ist ein ganz großer Wahnsinn.» Hans Grahl war blass geworden unter seiner Sonnenbräune.

Bär fielen die dunklen Ringe unter seinen Augen auf.

Grahl erhob sich. «Ich muss nach Hause und eine Runde schlafen. Wenn Sie noch Fragen haben, wissen Sie ja, wo Sie mich finden.» Er reichte erst Bär, dann Lemmbach die Hand.

Keiner von beiden sagte etwas.

Wortlos schulterte Grahl den Seesack und die Fotoausrüstung und verließ das Büro.

Als die Tür hinter Grahl ins Schloss gefallen war, lauschte Bär noch für einen Moment den sich entfernenden Schritten. Dann polterte er los: «Was sollten wir sonst noch wissen, was Sie uns bisher vorenthalten haben, Hagen?»

Hagen saß auf seinem Stuhl und verzog keine Miene.

Lemmbach legte Bär die Hand auf die Schulter. «Wir warten auf die Informationen zu Martin Bergmann, Herr Hagen.»

Hagen erhob sich, zog seinen Mantel über und setzte seinen Hut auf. «Sie entschuldigen mich, meine Herren. Ich muss los. Das Dossier lasse ich heraussuchen.» Er machte einen Bogen um Florian auf dem Sofa und war durch die Tür verschwunden, bevor Lemmbach und Bär etwas sagen konnten.

Lemmbach klappte seinen offenen Mund wieder zu und sah Bär an.

«Das darf doch nicht wahr sein!» Der Bleistift, den Bär in der Hand hielt, zerbarst mit einem lauten Knirschen. «Hagen hält uns doch zum Narren. Den kaufe ich mir!» Er hieb mit der Hand auf den Tisch. «Verdammt!», fluchte er. Ein Blutstropfen bildete sich auf seiner Handfläche. Ein Span des zerbrochenen Bleistiftes hatte sich in die Haut gebohrt.

Bär hetzte Florian bereits seit zwei Stunden durch den Regen. Lemmbach hatte sich mit dem Hinweis verabschiedet, er müsse gelegentlich im Präsidium vorbeischauen, bevor man ihn dort nicht mehr wiedererkenne. Auf Bärs Schreibtisch wartete reichlich Arbeit, aber er hatte das triste Büro und den Geruch nach Akten, abgestandenem Kaffee und Bürokratie nicht mehr ertragen. Nun waren er und der Hund bis auf die Knochen durchnässt, aber angenehm erschöpft.

Als er ins Büro zurückkam, brachte Carola Heinze ihm zwei Handtücher, eines für Florian und ein anderes für ihn. «Ist eben mit dem Boten gekommen, Chef.» Frau Heinze tippte auf eine abgegriffene Aktenmappe auf seinem Schreibtisch, während Bär sich die Haare trockenrubbelte.

«Danke, Frau Heinze!» Er drückte ihr das feuchte

Handtuch in die Hand. Dann öffnete er den Aktendeckel. «Sieh mal einer an, sie werfen uns wieder ein Bröckchen zu, um uns ruhigzustellen.» Er griff zum Telefon und wählte Lemmbachs Nummer.

«Und was sagen Sie dazu?» Bär wirbelte eine Hälfte des zerbrochenen Bleistifts zwischen Mittel- und Ringfinger herum.

«Da kann jemand Martin Bergmann nicht besonders gut leiden.» Lemmbach lachte leise. «Ich denke, die Informationen stammen von Barbara Grahl. Haben Sie das Dossier schon gelesen?»

«Nein. Ich habe es gerade erst bekommen.» Bär begann, kleine Männchen auf die Schreibtischunterlage zu malen.

«Gut, dann fasse ich es kurz für Sie zusammen.»

Bär hörte durch das Telefon Papierrascheln.

Lemmbach räusperte sich. «Martin Bergmann kommt aus Unna. Der Vater war Steiger im Steinkohlebergbau und strammer Kommunist, die Mutter Hausfrau. Beide Eltern sind tot. Mit neunzehn kam Bergmann nach Berlin und nahm das Studium der Soziologie und Geschichte auf. Im letzten Jahr wurde er exmatrikuliert, weil er die Höchststudiendauer überschritten hatte. Felicitas Springer ist seine erste ernsthafte Beziehung.»

«So viel zu ‹Das war doch nichts Ernstes›», murmelte Bär.

«Genau! Aber ich dachte mir schon, dass er uns in dieser Hinsicht einen Bären aufbindet. Tschuldigung! Sie wissen schon, wie ich das meine. Was seine Aktivitäten in der ‹Roten Zelle› betrifft, im Übrigen auch», fuhr Lemmbach fort. «Er war von Anfang an dabei. Grahl, Bergmann und Springer haben sich beim SDS kennengelernt. Gerlind König, Helge Heinzen und Axel Pietkowski, das ist der, der uns entwischt ist, sind Anfang 1967 zu der Gruppe gestoßen. Im Frühsommer sind alle bis auf Bergmann und eine Marie Louise Fleischer bei Grahl eingezogen. Fleischer muss diejenige sein, die mit dem VW-Bus geflüchtet ist. Die Schwedin, die wir verhaftet haben, Britt Engström, ist Austauschstudentin und die Freundin von Pietkowski. Aber das nur als Information am Rande. Bergmann gilt als DDR-treuer Dogmatiker. Offenbar kann er aus dem Stegreif jede Stelle aus *Das Kapital* zitieren. Theoretisch brillant, aber fantasielos und trocken. Typ Bürokrat.»

«Das sind die Schlimmsten. Akribische Fanatiker.» Bär warf den Bleistift auf die aufgeschlagene Akte.

«Der Informant, also vermutlich Grahl, stuft ihn als ungefährlichen Mitläufer ein. Ihm fehlen die kriminelle Energie und die Leidenschaft. Neigt zum Starrsinn und zur Prinzipienreiterei. Allerdings ist er gelegentlich dominant und zeigt paranoide Tendenzen.»

«Was heißt das denn?» Bär blätterte in dem Dossier, um die entsprechende Stelle zu finden.

«Das steht hier leider nicht. Verfolgungswahn oder so etwas vermutlich.» Auch auf Lemmbachs Seite der Leitung wurde geblättert. «Sieht wahrscheinlich überall Verschwörungen, Spitzel, was weiß ich.»

Wir sollten uns vielleicht noch mal mit ihm unterhalten.» Bär sah auf seine Uhr. «Aber heute wohl nicht mehr. Und mit Felicitas Springer auch. Sie Bergmann, ich Springer – was halten Sie davon? Ich glaube, wenn ich mit Springer alleine rede, bekomme ich mehr aus ihr heraus.»

«Meinetwegen!», stimmte Lemmbach zu. «Ich würde Bergmann gerne noch mal in die Mangel nehmen.»

33

ES WAR NICHT SCHWER GEWESEN, die anderen zu einem Treffen zu bewegen. Dietmar befürchtete immer noch, dass das Telefon überwacht wurde. Deshalb hatte er Malou und Uli zum Wildschweinessen eingeladen. Helge, der sich nach Atzes Abreise dessen Comicsammlung angenommen und dort das neuerschienene *Asterix der Gallier* gefunden hatte, riss, während er die Keule tranchierte, Witze über ein kleines unbeugsames Dorf, die die anderen nicht verstanden.

«Ihr solltet den Comic unbedingt lesen.» Helge legte Gerlind ein Stück Fleisch auf den Teller. «Ich finde, der hat was Metaphorisches. Die Römer stehen für das kapitalistische System», erklärte er, während er weiter an der Keule herumsäbelte. «Und wir, die linken Studenten und Arbeiter, sind das kleine gallische Dorf, das die Römer wegen unseres Zaubertranks - das ist das Elixier des Sozialismus - nicht einnehmen können.»

Gerlind verdrehte die Augen. «Wie wär's, wenn du weniger quasseln und dafür schneller tranchieren würdest?»

«Also, ich find's eine nette Idee», wandte Martin ein. «Aber haben die Gallier nicht gekämpft?»

Helge strahlte ihn an. «Klar kämpfen die. Und wenn sie gewonnen haben, gibt's Wildschweinessen.»

«Nur dass wir nicht gewonnen, sondern verloren haben.» Dietmar blickte betrübt auf seinen Teller, der immer noch leer war.

Helge lud ihm ein großes Stück Wildschweinbraten auf.

«Dann müssen wir eben weiterkämpfen.» Uli hielt Helge den Teller hin. «Und allen zeigen, dass wir nicht aufgeben.»

«Genau! Wir lassen uns von einer Schlappe nicht einschüchtern.» Malou spießte entschlossen ein Stück Schwein auf ihre Gabel. «Wir müssen weitermachen und denen zeigen, dass es ihrem scheißkapitalistischen System an den Kragen geht. Die Bullen nehmen uns nicht ernst. Sie haben nicht mal auf unseren Brief reagiert. Keine der Zeitungen hat ihn abgedruckt.» Ihr fiel nicht auf, dass Gerlind rot wurde und tiefer in die Sofaecke rutschte.

Helge sah Dietmar an und grinste.

«Wir müssen was Neues machen. Was wirklich Spektakuläres, das sie nicht mehr ignorieren können», fuhr Malou fort.

«Jetzt, wo Barbara, das Spitzel-Schwein, tot ist, kann nichts mehr schiefgehen.» Uli zerteilte einen Kloß und fuchtelte mit dem halben Klops auf der Gabel in der Luft herum.

«Hör auf, so über Barbara zu reden!», fuhr Felicitas ihn an.

Uli warf ihr einen spöttischen Blick zu. «Ja, ja, deine süße Barbara!»

«Du gemeiner ...» Felicitas stockte, denn Dietmar hatte ihr einen warnenden Blick zugeworfen.

Gerlind sah Uli tadelnd an. «Lasst doch diesen Mist! Die Frage ist: Wer hat Barbara umgebracht?»

«Ihr Mann! Wer sonst? Fandet ihr es nicht auffällig, dass er genau an dem Abend nach Vietnam zurückgeflogen ist, als Barbara ermordet wurde?» Uli biss in den Kloß. Kauend sprach er weiter. «Grund genug hatte er ja. Barbara füttert euch schließlich schon seit Monaten durch.

Und dann waren da noch», er schielte zu Felicitas hinüber, «Barbaras sexuelle Vorlieben.»

Felicitas wurde feuerrot.

«Das kann einen Mann schon kränken», schloss Uli und schob sich den Rest des Kloßes in den Mund.

Martin verzog gequält das Gesicht.

Malou sah ihn mitleidig an. «Wollen wir damit mal aufhören und uns Gedanken über eine neue Aktion machen?»

«Vielleicht sollten wir eine Bombe hochgehen lassen.» Martin hatte den Kopf aufgestützt. «Mir wär grad so danach.»

Gerlind hatte die ganze Zeit geschwiegen, doch nun sagte sie ernst: «Ich will keine Gewalt mehr.»

«Ach, du schon wieder! Jetzt fang nicht mit Rudi an!» Uli stöhnte theatralisch. «Ich find das eine gute Idee. Wir lassen die Bombe vor dem Springer-Anwesen auf Schwanenwerder hochgehen. Lediglich als Warnung. Mehr nicht.»

Gerlind schüttelte vehement den Kopf. «Ich mach da nicht mit. Das ist keine Revolution, das ist Krieg!»

«Revolution ist Krieg! Krieg gegen die herrschende Klasse.» Martin sah sie an.

«Nein!» Gerlind stand auf. «Kämpft ihr euren Kampf. Aber ich steige aus.» Sie wandte sich zur Tür, aber Malou hielt sie fest.

«Du kannst nicht einfach aussteigen. Du hängst mit drin. Wie wir alle.»

Gerlind zog den Arm weg. «Ich will euch weder verpfeifen noch sonst wie hängenlassen, aber bei einer Bombe mach ich nicht mit. Ihr könnt gerne bei der nächsten Flugblattaktion wieder anfragen.»

Schweigend starrten die anderen ihr nach, als sie die Küche verließ.

Malou fand als Erste ihre Sprache wieder. «Meint ihr, wir können uns auf Gerlind verlassen?»

Uli lehnte sich zurück und streckte lässig die Beine auf dem Sofa aus. «Klar. So verbissen, wie die ist, würde die nie mit der Polizei zusammenarbeiten.»

«Vielleicht hast du recht. Ich glaub's ja eigentlich auch nicht.»

«Gut!» Uli schlug mit der flachen Hand auf den Tisch. «Eine Bombe als Warnung ist prima. Wenn wir das nachts machen, liegen auf Schwanenwerder alle in ihren Betten. Da kann nichts passieren.»

Dietmar nickte. «Es müsste natürlich jemand dabei sein, wenn die Bombe gezündet wird. Also kein Zeitzünder. Das müsste mit Fernzünder gemacht werden. Damit auch wirklich niemand verletzt wird.»

«Und wer baut das Ding? Ich hab von so was keine Ahnung.» Helge sah von einem zum anderen.

«Ich hab's mir mal von den Leuten aus der Kommune 1 erklären lassen», sagte Dietmar. «Aber ich bräuchte jemanden, der das Material besorgt. Hat jemand von euch ein paar Kontakte?»

«Ich könnte da was machen.» Die Stimme klang beiläufig.

Felicitas und Dietmar sahen sich kurz an. Dann nickte Dietmar. «Gut! Versuchen wir's!»

Sie saß auf dem Klo und dachte nach. Gestern nach der Besprechung hatten sie alle noch lange zusammengesessen, Wein getrunken und geredet. Gerlind war irgendwann aus ihrem Schmollwinkel gekommen und hatte mitdiskutiert.

Felicitas war froh, dass Gerlind ihnen wegen des Anschlags die Freundschaft nicht aufkündigte. Sie konnte Gerlind gut verstehen. Wenn sie nicht wüsste, dass die Bombe nur eine Falle war, hätte sie sich auch niemals an so etwas beteiligt. Die anderen machten sich darüber offenbar keine Gedanken. Helge, so schien ihr, war froh, dass er sich auf etwas stürzen konnte, das ihn von Barbaras Tod ablenkte. Warum Malou mitmachte, war ihr nicht ganz klar. Aber sie hielt Malou nicht für besonders helle. Wahrscheinlich würde sie zu allem ja sagen, wenn man es ihr nur richtig verkaufte. Und Uli dachte ohnehin nur an sich. Er hatte offenbar Spaß daran, andere zu verletzen. Also warum nicht gleich im großen Stil mit einer Bombe. Felicitas seufzte und starrte in das Halbdunkel des Flures. Immerhin war zwischen ihr und Martin alles wieder gut. Auch wenn es heute Nacht anders gewesen war, als sie es sich vorgestellt hatte.

Malou und Uli waren gegen Mitternacht aufgebrochen. Dietmar schlief kurz darauf auf den Matratzen im Wohnzimmer ein. Helge und Gerlind blieben noch eine Weile sitzen, aber schließlich wurden auch sie müde und verschwanden nach oben, erst Gerlind, eine halbe Stunde später Helge. Eine ganze Weile saßen sie und Martin schweigend nebeneinander. Sie hätte gerne etwas gesagt, aber sie wusste nicht, was. Dietmar schnarchte leise. Als er sich auf die Seite rollte, grunzte er. Sie lachten beide. Und dann ging alles wie von selbst. Martin nahm sie in den Arm und küsste sie. Ganz vorsichtig legte er sie auf den Rücken und knöpfte ihre Bluse auf. Er streichelte ihr über die Wange, den Hals, die Brust. Als er ihr den Träger des Büstenhalters über die Schulter schob und mit den Lippen ihre Brustwarze berührte, spürte sie einen erregenden Stich im Unterleib. Dietmar schnorchelte neben ihnen laut auf, und sie erschrak, wagte aber nicht, etwas zu sagen. Wenn sie jetzt nicht weitermachte, war es vorbei mit Martin, fürchtete sie. Sie griff in sein Haar und drückte seinen Mund fester auf ihre Brust. Als er mit seinen Händen unter ihren Rock fuhr, hob sie den Po und ließ zu, dass er ihr Strumpfhose und Schlüpfer herunterstreifte. Er streichelte mit der Hand über ihr Knie und fuhr mit den Fingerspitzen die Innenseite ihres Oberschenkels entlang, dann legte er sich auf sie. Mit der einen Hand stützte er sich auf der Matratze ab, mit der anderen öffnete er seine Hose. Als er in sie eindrang, spürte sie wieder einen Stich, aber anders als eben, als Martin ihre Brust berührt hatte, tat dieser weh. Sie stöhnte auf. Er begann, sich langsam in ihr zu bewegen, und der Schmerz ließ nach, wich einem sanften Kribbeln. Sie konzentrierte sich auf dieses Gefühl, vergaß ihren Bruder, der immer noch schnarchte, vergaß das Zimmer, Helge und Gerlind, die oben schliefen. Sie hob ihr Becken und drängte sich Martin entgegen. Martin bewegte sich nun heftiger. Er keuchte, Schweißperlen hatten sich auf seiner Stirn gebildet. Mit einem tiefen, kehligen Grunzen stieß er sein Glied tief in ihren Unterleib, bäumte sich auf, dann sackte er über ihr zusammen. Einen Moment lang blieb er schwer auf ihr liegen, schnaufend, mit geschlossenen Augen. Dann hob er den Kopf und gab ihr einen Kuss auf den Mund. Sie spürte, wie sein Glied schrumpfte und aus ihr herausrutschte. Er rollte sich von ihr herunter und griff ihr zwischen die Beine. Er presste seine Hand auf ihren Schritt und lächelte. «Heiß!», sagte er. Dann drückte er ihr einen Kuss auf die Wange, drehte sich um und schlief ein.

Sie lag auf dem Rücken, starrte in die Dunkelheit und beobachtete, wie das Kribbeln nachließ und einer seltsamen Beklommenheit wich. Sie stand auf und tappte durch den dunklen Hausflur zur Toilette. Mit Klopapier wischte sie sich ab. Schleim, durchsetzt mit kleinen blutigen Schlieren. Sie schickte ein Stoßgebet zum Himmel. Vor drei Tagen erst war ihre letzte Menstruation vorbei gewesen. Es dürfte nichts passiert sein. Sie musste sich unbedingt die Pille besorgen. Aber wen konnte sie fragen? Jetzt, wo Barbara tot war. Tränen traten ihr in die Augen. Sie vermisste Barbara.

Felicitas wachte mit Kopfschmerzen auf. Im Haus war es noch ruhig, neben ihr schnarchte Martin leise. Sie setzte sich auf. Durch die Fenster drangen die ersten schwachen Strahlen der Morgensonne. Sie schlich sich leise aus dem Zimmer und lief nach oben ins Bad. Sie wusch sich notdürftig mit einem Waschlappen und putzte sich die Zähne, um den schalen Geschmack loszuwerden. Dann ging sie in die Küche, kochte Kaffee und nahm eine Schmerztablette. Sie hockte sich mit einer Tasse Kaffee auf das Sofa und wartete, dass die Kopfschmerzen nachließen. Sie wusste nicht, wie lange sie so dagesessen und auf den Kaffee in ihrer Tasse gestarrt hatte, als sie Schritte hörte.

Kurz darauf stand Martin in der Küche und sah sich um. «Kaffee», mehr sagte er nicht. Er nahm sich eine Tasse, setzte sich ihr gegenüber an den Tisch und lächelte sie ein bisschen debil an.

Sie lächelte zurück.

Er beugte sich über den Tisch und nahm ihre Hand. «Lass uns hier weggehen!»

«Um die Uhrzeit?»

«Nicht jetzt. Überhaupt. Das Attentat ist viel zu gefährlich für dich.»

«Aber wir machen doch gar kein Attentat, es soll bloß so aussehen.»

«Das ist der Polizei egal. Wenn sie uns verhaften, zählt nur die Absicht.» Er sah sie ernst an und strich über ihren Handrücken. «Ich mache mir Sorgen um dich. Ich will nicht, dass du ins Gefängnis kommst.»

Daran hatte Felicitas noch gar nicht gedacht. «Quatsch!», sagte sie mehr zu sich als zu Martin.

«Das ist kein Quatsch. Pack deine Sachen, dann bringe ich dich nach Ost-Berlin. Sobald ich hier fertig bin, komme ich nach.»

«Ich will aber nicht nach drüben. Was soll ich da?» Sie zog ihre Hand weg und rutschte in die Ecke des Sofas.

«Wir könnten heiraten. Meine Eltern haben ein Häuschen in Köpenick. Wir könnten auch eins bekommen. Am Müggelsee.»

«Wieso deine Eltern? Ich dachte, die sind tot.» Felicitas hatte sich aufgesetzt und musterte ihn misstrauisch.

Martin wurde blass. «Verdammt, das ist doch egal! Ich will jedenfalls hier weg. Mit dir. Begreifst du das nicht?» Er war laut geworden.

«Schrei mich nicht an!»

«Ich schreie nicht. Mein Gott, bist du zickig! Pack deine Sachen, ich hol dich in zwei Stunden ab!» Er war aufgestanden.

«Das werde ich nicht tun. Du kannst doch nicht einfach so bestimmen, wo ich lebe. Und überhaupt ...», sie schnappte nach Luft. «Wer hat denn gesagt, dass ich dich heiraten will?»

Einen Moment lang starrte er sie mit offenem Mund an. Dann brüllte er los. «Was sollte das dann heute Nacht?

Freie Liebe oder was? Erst Barbara, dann ich. Und wer ist der Nächste? Du ... du ... du kannst mich mal!» Er drehte sich um und rannte aus der Küche.

Einen Augenblick später hörte sie die Haustür zuschlagen.

«Was war denn das?» Dietmar stand verschlafen in der Küchentür.

«Martin will, dass ich mit ihm in den Osten gehe», sagte Felicitas. Dann fing sie an zu weinen.

34

«IHR WOLLT DOCH, dass ich zurückkomme?», schrie der junge Mann in das Telefon.

Die Stimme am anderen Ende war kühl. «Ja.»

«Habt ihr das Foto noch?»

«Welches Foto?» Der Silberhaarige hörte die Erregung in der Stimme des anderen. Er klang gehetzt. Die Sache gefiel ihm nicht. Wenn sie den Genossen nicht bald zu fassen bekamen, entwickelte sich das Ganze möglicherweise zu einer Katastrophe.

«Die Frau, die ihr für mich finden solltet ... Ich will, dass ihr sie rüberholt.» Der Jüngere stoppte.

«Und dann?»

«Dann komme ich nach. Sobald sie drüben ist.»

«Was ...» Aber ein Klicken in der Leitung zeigte dem Silberhaarigen, dass es sinnlos war, den Satz zu beenden. Er dachte nach. Der Junge war schwer zu fassen. Sie hatten entdeckt, dass er observiert wurde. Ihn zu eliminieren war zu gefährlich. Aber wenn sie die Frau hatten, ließe er sich möglicherweise leichter überreden, West-Berlin zu verlassen.

Er lächelte. Der Plan gefiel ihm.

35

HELGE HEINZEN maulte, ließ Bär und den Hund aber schließlich die Treppe zu Felicitas' Zimmer hinaufsteigen. Bär klopfte und wartete, bis jemand von innen «Ja?» rief. Er öffnete die Tür einen Spaltbreit und steckte den Kopf hindurch. «Störe ich, oder darf ich hereinkommen?»

Felicitas stand an der Staffelei, sie hatte einen dieser grässlichen Nylonkittel an, wie sie seine Schwiegermutter immer trug. Der Kittel war viel zu groß und hing an Felicitas' schmaler Gestalt wie ein nasser Sack. Sie lächelte. «Den hab ich von meiner Oma. Scheußlich, nicht?» Sie legte den Pinsel, den sie in der Hand gehalten hatte, auf die Fensterbank. «Ist aber praktisch ... Oh!» Florian hatte sich an Bär vorbei ins Zimmer gedrängt und stand nun wedelnd vor Felicitas. Sie legte auch die Palette aus der Hand und beugte sich vor, um Florian zu streicheln. Der Hund ließ sich auf den Boden nieder und drehte sich auf den Rücken. Felicitas hockte sich neben ihn und kraulte ihn.

«Sie haben gerade einen Freund gefunden. Wenn Florian könnte, würde er jetzt schnurren.» Bär stieg über den Hund und trat an die Staffelei heran. «Sie mögen Caspar David Friedrich, nehme ich an.» Er betrachtete die Ruine aus rötlichem Backstein, die sich im fahlen Mondlicht vor einem schwarzen Nadelwald erhob.

Felicitas lachte. «Wer mag ihn nicht?»

«Meine Frau zum Beispiel. Sie findet ihn furchtbar. Aber sie findet gegenständliche Malerei überhaupt schrecklich. Mondrian, schöne klare Formen. Oder Kandinsky, wenn's ein bisschen wild sein soll.» Bär drehte sich zu Felicitas um. «Haben Sie schon immer diese düsteren Sachen gemalt?»

«Erst, seit ich in Berlin bin. Muss wohl an der Stadt liegen.» Felicitas erhob sich. «Vorher hab ich Stillleben, vor allem Blumen gemalt. Wollen Sie es sehen?»

«Gerne!» Bär beobachtete Felicitas, wie sie den Stuhl freiräumte und vor den Schrank schob. Jetzt erst sah er, dass oben auf dem Schrank ein gutes Dutzend Leinwände stand.

Sie nahm sie einzeln herunter und lehnte sie gegen die Schranktür. Dann kletterte sie vom Stuhl, nahm das erste Bild hoch und drehte es so, dass Bär es sehen konnte.

Es zeigte einen Strauß Herbstblumen in einem Porzellankrug. Hübsch, aber für Bärs Geschmack zu lieblich.

«Das war das Erste, das ich hier gemalt habe», erklärte Felicitas. Sie hob ein weiteres Bild hoch.

Bär erkannte die Kommune-Küche. Durch die Ölfarben wirkte sie seltsam unwirklich. Der Tisch mit Geschirr darauf, ein aufgeschnittenes Brot. Dahinter das Sofa und rechts davon die Anrichte, auf der die Katze saß und sich putzte. «Sie haben ein Händchen für Tiere», meinte Bär anerkennend. «Vielleicht malen Sie einmal Florian für mich.»

«Ja, vielleicht.» Sie lächelte ihn wieder an.

«Was studieren Sie eigentlich?»

«Germanistik und Geschichte.» Felicitas zog das Bild vom Wildschweinsee hervor.

«Schade. Ich hatte gedacht, Sie werden Künstlerin.»

Felicitas schüttelte den Kopf. «Meine Eltern würde der Schlag treffen. Ich soll was Vernünftiges lernen.» Sie seufzte.

Bär nahm ihr das Bild mit dem See aus der Hand. «Verkaufen Sie es mir jetzt?»

Sie hatte sich auf den Stuhl gesetzt und sah ihn an. «Ich schenke es Ihnen.»

Bär grinste. «Tut mir leid, das wäre Vorteilsnahme im Amt.» Er holte seine Brieftasche aus der Jacke, zog einen Fünfzigmarkschein heraus und legte ihn auf die Fensterbank zu den Farben. Er sah, wie Felicitas errötete.

«Das ist doch viel zu viel», stotterte sie.

«Dann betrachten Sie die Hälfte davon als Anzahlung auf Florian in Öl.»

Als der Hund seinen Namen hörte, hob er den Kopf und setzte sich auf.

«Florian ist ein seltsamer Name für einen Hund.» Felicitas strich ihm vorsichtig über die Schnauze.

«Wir haben uns bei einem Brand kennengelernt.»

«Ach so!» Felicitas kraulte den Hund hinter den Ohren. «Heiliger Sankt Florian, verschon mein Haus, zünd andre an!»

«So ungefähr. Ich habe Florian als Welpen aus einem brennenden Haus geholt. Das heißt, eigentlich war er derjenige, der den Weg durch die Flammen ins Freie fand.» Bär lächelte. «Allerdings bin ich überhaupt erst in das Haus hineingegangen, weil ich ihn jaulen hörte. Ich dachte, es sei ein Kind. Stattdessen war es ein Welpe von der Größe eines

Kalbes. Er fand instinktiv den sichersten Weg hinaus. Ich weiß nicht, warum er nicht einfach rausgelaufen ist. Es war fast so, als hätte er auf mich gewartet.» Bär schüttelte den Kopf. «Das ist natürlich Unfug. Aber seitdem macht er ein Heidentheater, wenn ich mal länger nicht in seiner Nähe bin.»

«Das ist schön.» Felicitas hatte Tränen in den Augen. Sie umarmte Florian. «Tapferer kleiner Kerl!»

Der Hund schlug ein paar Mal mit dem Schwanz auf den Boden. Dann wand er sich aus Felicitas Armen und ließ sich auf den Boden plumpsen.

«Warum sind Sie eigentlich hergekommen?», fragte Felicitas nun.

«Ich habe noch ein paar Fragen zu Ihrem Freund Martin Bergmann.»

Felicitas richtete sich auf und verschränkte die Arme vor der Brust. «Er ist nicht mehr mein Freund.» Ihr Kinn zitterte, und eine Träne rollte über ihre Wange.

«Das tut mir leid.» Bär wusste nicht, was er sonst sagen sollte.

«Entschuldigung!», murmelte sie, dann begann sie, leise zu weinen.

Bär sah sich um. Er fand auf dem Fußboden neben dem Sofa eine Packung Papiertaschentücher. Er warf einen Blick in den Papierkorb und sah, dass er bis zum Rand mit gebrauchten Papiertüchern gefüllt war. Offenbar waren das nicht die ersten Tränen heute. Er zupfte ein Taschentuch aus der Packung und hielt es ihr hin.

Sie nahm es und rieb sich über die Augen.

«Erzählen Sie mir, was passiert ist.» Bär versuchte, seine Stimme sanft klingen zu lassen, was ihm bei seinem volltönenden Bass nicht ganz leichtfiel.

«Ich soll ihn heiraten», schluchzte Felicitas.

«Und das möchten Sie nicht?»

Felicitas schüttelte den Kopf. «Aber darum geht es auch gar nicht. Er hat mich nicht gefragt. Er wollte einfach bestimmen. Ich soll ihn heiraten und mit ihm nach Ost-Berlin gehen. Zu seinen Eltern nach Köpenick. Dabei kenn ich die doch gar nicht.» Sie zog die Nase hoch und sah Bär aus verquollenen Augen an.

«Zu seinen Eltern nach Köpenick?»

Felicitas nickte. «Ja! Und dann sollen wir in ein Haus am Müggelsee ziehen. Dabei weiß ich nicht mal, wo der liegt.» Sie schniefte. «Und als ich ihm sagte, dass ich hierbleiben will, hat er mich angeschrien und ist rausgerannt. Ich hab schon ein paar Mal versucht, ihn anzurufen, aber er geht nicht ans Telefon.» Sie holte tief Luft. «Entschuldigen Sie, jetzt habe ich Ihnen die Ohren vollgejammert mit meinem Liebeskummer. Dabei haben Sie doch bestimmt Wichtigeres zu tun.» Sie rieb sich noch einmal über die Augen, dann stand sie auf. «Ich hab Dietmar versprochen, Kässpätzle zu machen. Möchten Sie vielleicht mitessen?» Ihre Stimme klang dünn, aber sie war offenbar nicht bereit, weiter über Martin Bergmann zu sprechen.

Bär schüttelte den Kopf. «Ein andermal vielleicht. Jetzt muss ich los. Vielen Dank für das Bild!» Er legte ihr die Hand auf die Schulter. «Und Liebeskummer geht vorbei, glauben Sie mir.»

Bär ließ Florian auf die Rückbank des VWs klettern und verstaute das Bild auf dem Beifahrersitz. Er sah sich um, dann lief er ein Stück die Handjerystraße hinunter auf der Suche nach einer Telefonzelle. Am Perelsplatz fand er eine. Er kramte ein paar Münzen aus seiner Hosentasche und wählte Lemmbachs Nummer. «Setzen Sie sich mit Hagen in Verbindung, und überprüfen Sie Bergmann noch einmal genau! Er wollte Felicitas Springer überreden, nach Ost-Berlin zu gehen. Zu seinen Eltern.»

Am anderen Ende schnappte Lemmbach nach Luft. «Der kommt doch aus dem Ruhrpott.»

«Eben!», sagte Bär. «Ich denke, Bergmann arbeitet für den Osten.»

36

DEN WEG ZUR VERFALLENEN VILLA hatte sich Felicitas von Helge erklären lassen. Seit es mit Martin aus war, hatte Helge seine gute Laune wiedergefunden, umsorgte und verwöhnte sie. Aber sie bemerkte seinen Wandel kaum. Sie fühlte sich so benebelt und dumpf wie bei einer heftigen Erkältung. Immer wieder liefen ihr plötzlich Tränen über die Wangen, und sie konnte das Weinen nicht stoppen. Aber sie spürte auch Zorn. Zorn darüber, dass Martin glaubte, über ihr Leben bestimmen zu können, dass er sie nicht einmal gefragt hatte, was sie wollte. Wenn sie über die Monate, die sie mit Martin zusammen gewesen war, nachdachte, wurde ihr bewusst, dass er sich nie für ihre Malerei interessiert hatte. Sie war sich nicht einmal sicher, ob er wusste, was sie studierte.

Sie hatte sich einen Stuhl von drinnen geholt und sich auf die Terrasse gesetzt. Nun zeichnete sie die Balustrade mit den dahinter liegenden Bäumen und Büschen und dem Blick auf den See. Ihre Tasche hatte sie umgehängt, und die Bleistifte in unterschiedlichen Härtegraden stachen aus dem vorderen Fach hervor wie Palisaden.

Sie arbeitete konzentriert, um die morbide Schönheit der Säulen einzufangen. Die Schritte, die die steinernen Stufen an der Hausseite herunterkamen, hörte sie nicht. Erst, als jemand sie ansprach, blickte sie auf und sah die beiden Männer.

«Frau Springer?» Der Dunkelhaarige ging auf sie zu.

Felicitas stand auf, Skizzenblock und Bleistift fest umklammert.

Der Mann war jetzt nur noch anderthalb Meter von ihr entfernt. «Wir möchten, dass Sie uns begleiten.»

Sie wich zurück. «Wer sind Sie?»

Er ging auf sie zu und griff ihren Arm. «Bitte kommen Sie mit!»

Sie versuchte, sich aus seinem Griff zu winden, aber seine Finger bohrten sich in den Stoff ihres Mantels.

Der andere Mann war inzwischen herangekommen und stand nun neben ihr. «Machen Sie keinen Ärger!», sagte er ruhig.

«Lassen Sie mich los!» Ihre Stimme klang schrill, und der Griff um ihren Arm wurde fester.

Der Mann zerrte sie zur Treppe. Er stieß mit dem Fuß gegen den Stuhl, der mit lautem Scheppern umfiel. Einen Augenblick lang hielt er inne. Felicitas trat ihm vor das Schienbein und riss ihren Arm mit einem Ruck aus seiner Hand. Als sie zur Treppe rannte, stürzte sich der zweite Mann auf sie und umklammerte sie von hinten. Verzweifelt strampelte sie mit den Beinen. Doch der Mann presste seine Arme wie ein Schraubstock um ihre Brust. Der Dunkelhaarige wich ihren zappelnden Füßen aus und hob die Faust. Felicitas stieß sich vom Boden ab und trat ihm, so fest sie konnte, zwischen die Beine. Der Mann stöhnte auf. Einen Moment lang schwebte seine erhobene Faust in der Luft. Dann wich die Farbe aus seinem Gesicht, und seine Beine knickten weg.

Felicitas rammte ihren Absatz auf den Fuß des Mannes, der sie festhielt. Der Mann lockerte für den Bruchteil einer Sekunde seinen Griff. Sie wand sich aus seinen Armen, doch er packte sie an den Haaren und riss ihren Kopf herum. Sie sah seine Faust auf ihr Gesicht zurasen. Dann bohrte sich der Schmerz in ihr Hirn. Ihr wurde schlecht, und für einen Moment verschwamm das Gesicht des Mannes vor ihren Augen. Schemenhaft nahm sie wahr, wie er erneut den Arm zu einem Schlag hob. Sie umkrallte den Bleistift, den sie noch immer in der Hand hielt, und stieß damit in die Masse aus Licht und Schatten, die sie für das Gesicht des Mannes hielt. Das schmatzende Geräusch, das das Auge machte, als es vom Bleistift getroffen wurde, wurde von dem Schrei des Mannes übertönt. Er ließ Felicitas los, griff sich ins Gesicht und torkelte stöhnend zurück.

Langsam wurden die Konturen wieder schärfer, und Felicitas sah, wie sich der Dunkelhaarige aufrappelte und am Treppengeländer hochzog. Ohne nachzudenken, sprintete sie los, sprang über die Brüstung und schlitterte den Abhang hinunter.

Der Boden war feucht, und Erde blieb an ihrem Rock und dem Mantel kleben. Ein Schuss zerfetzte die Stille, und der Luftzug der Kugel streifte ihre Wange. Für einen Moment glaubte sie, ihr Herzschlag setze aus. Sie spürte nicht, wie sich ein abgestorbener Ast in ihre Wade bohrte, ihre Strumpfhose zerriss und einen tiefen, blutigen Kratzer hinterließ. Ein umgestürzter Baum bremste ihre Fahrt. Sie stolperte und landete mit dem rechten Fuß bis zum Knöchel im Uferschlamm. Im letzten Moment konnte sie sich an einem herabhängenden Ast festhalten, sonst wäre sie der Länge nach im See gelandet. Sie sah sich kurz um, dann rannte sie am Seeufer entlang in Richtung Stadtautobahn. Als sie den Park erreichte, bog sie links ab zur Fußgängerbrücke. Ihre Lungen brannten, und ihr Gesicht glühte. Bei jedem Schritt platschte das Wasser in ihrem Schuh. Keuchend hechtete sie die Treppe zur Brücke hoch und rannte über den eisernen Steg. Als sie die andere Seite erreichte, lehnte sie sich nach Atem ringend an eine Hauswand.

Die Straße hinter ihr war leer. Sie waren ihr nicht gefolgt. Sie sah auf ihre noch immer offene Tasche. Einige der Bleistifte fehlten, sie waren offenbar beim Laufen herausgefallen. Sie schloss die Tasche, dabei fiel ihr Blick auf ihre rechte Hand. Sie war übersät mit kleinen Blutspritzern. Einen Moment lang stand sie wie erstarrt, dann beugte sie sich vor und übergab sich.

Sie eilte die Straße hinauf, die Angst, die beiden Männer könnten ihr doch noch folgen, ließ sie sich immer wieder umsehen. Die Häuser rechts von ihr waren heruntergekommen, zum Teil nur Ruinen. Auf der linken Straßenseite verliefen in einer Senke Bahngleise. Sie kam an einem Friedhofstor vorbei, und unwillkürlich zog sie den Mantel enger, obwohl ihr heiß vom Rennen war. An der nächsten Straßenecke fand sie endlich ein öffentliches Telefon.

Ihre Hand zitterte so stark, dass ihr dreimal der Groschen herunterfiel, bis sie schließlich den Münzschlitz traf. Sie lehnte sich schwer atmend gegen die Scheibe der Telefonzelle, den Hörer zwischen Schulter und Ohr geklemmt.

In der linken Hand hielt sie Bärs Visitenkarte, mit der rechten wählte sie die Nummer. Erst ertönte ein Besetztzeichen, dann knackte es in der Leitung, und eine Stimme, die sie nicht kannte, meldete sich.

«Zentrale!»

«Guten Tag, hier ist Felicitas Springer. Ich hätte gern Kommissar Bär gesprochen.» Felicitas' Stimme klang seltsam hoch und dünn. Sie räusperte sich.

«Da wird jesprochen. Wolln Se warten?»

Felicitas spähte durch die Scheibe der Telefonzellentür. Die Straße war menschenleer. Aber vielleicht hatten die Männer schon andere benachrichtigt, die sie nun suchten. Sie schluckte und drängte die Tränen zurück. «Nein. Nein, sagen Sie ihm bitte, dass ich angerufen habe ...» Der Satz endete in einem unkontrollierten Schluchzer.

«Jeht's Ihnen nich jut, Frollein? Soll ick Sie mit wem anders vabinden?»

«Entschuldigung!» Sie wischte sich die Tränen aus dem Gesicht. «Wenn Sie nur Herrn Bär sagen könnten, dass ich angerufen habe.» Sie legte auf. Dann schob sie zwei weitere Münzen in den Schlitz, nahm den Hörer wieder in die Hand und wählte die Nummer der Kommune.

Gerlind nahm ab.

«Ist Dietmar da?» Felicitas brachte den Satz beinahe ruhig heraus.

«Der ist im Büro vom SDS. Ist irgendwas?»

«Nein ... ja ... Ich muss mit ihm reden.» Um nicht wieder zu schluchzen, hustete Felicitas.

«Geht's dir gut? Irgendwie klingst du seltsam.»

«Ja, ja. Alles in Ordnung! Danke!» Felicitas warf den Hörer auf die Gabel, drückte die Tür der Telefonzelle auf und lief los.

Die Passanten auf dem Kudamm starrten ihr hinterher, aber niemand unternahm den Versuch, sie anzusprechen. Felicitas fühlte sich noch immer schlecht. Ihr Kopf dröhnte, und etwas Warmes tropfte ihr über die Schläfe ins Auge. Ihre Beine drohten nachzugeben, aber sie konzentrierte sich auf ihre Schritte, zählte einen nach dem anderen. Sie kam immer wieder durcheinander, dann musste sie sich festhalten, einen Moment Atem schöpfen und von neuem beginnen.

Deshalb war sie erst bei 36, als sie das Haus des Sozialistischen Deutschen Studentenbundes erreichte. Sie lehnte sich mit dem Oberkörper gegen die schwere Holztür und drückte, bis diese knarzend den Weg in das Treppenhaus freigab. Felicitas umklammerte das Treppengeländer und zog sich hoch. Eine Stufe, noch eine, die dritte verfehlte sie und rutschte ab. Polternd stürzte sie zu Boden. Sie hörte Stimmen und Schritte. Dann wurde ihr schwarz vor Augen.

Jemand wischte ihr mit einem nassen, kalten Lappen über die Stirn. Sie schlug die Augen auf. Das linke war inzwischen zugequollen, und so schielte sie mit dem rechten in die Runde. Sie lag auf einem Sofa. Um sie herum standen einige junge Männer und Frauen. Als sie erkannte, dass es Dietmar war, der ihr das Blut von der Stirn wischte, lief ihr eine Träne über die Wange.

«Tut's weh?», fragte Dietmar.

«Ja ...» Ihre Stimme klang brüchig. Sie versuchte, sich aufzusetzen.

«Bleib noch liegen! Otti hat gesagt, du hast vielleicht eine Gehirnerschütterung. Otti studiert Medizin», fügte er hinzu.

«Hast du was zu trinken?», krächzte sie. Ihre Kehle brannte, und sie hatte den sauren Geschmack von Erbrochenem auf der Zunge.

Eine junge Frau reichte ihr ein Glas Wasser.

«Was ist passiert?» Dietmar sah sie besorgt an.

Sie trank einen Schluck. «Jemand hat versucht, mich zu entführen.»

Während sie stockend von den beiden Männern berichtete, spiegelte sich in den Gesichtern der Umstehenden Entsetzen.

Nachdem sie geendet hatte, herrschte für einen Moment Stille im Raum, dann begannen alle, gleichzeitig zu sprechen. Die junge Frau, die das Wasser gebracht hatte, klopfte Felicitas auf die Schulter. «Das hast du toll gemacht. Ich hätte das nicht hingekriegt.»

Jemand lachte auf. Argumente, Beschimpfungen und allerlei Verschwörungstheorien schwirrten im Raum herum.

«Der Verfassungsschutz, das war der Verfassungsschutz!», rief Dietmar.

«Das waren aber nicht die gleichen Männer wie vor ein paar Tagen im Krankenhaus.»

«Wer sollte das denn sonst gewesen sein? Nur der Verfassungsschutz hat ein Interesse daran, uns zu schaden. Sie wollen uns unter Druck setzen.»

Felicitas versuchte, den Kopf zu schütteln, aber der Schmerz hinter ihrem Auge belehrte sie eines Besseren. «Das würde doch eine Behörde niemals tun. Die müssen sich an Gesetze halten.»

Lautes, teils höhnisches Gelächter antwortete ihr.

Dietmar strich ihr über die Wange. «Manchmal bist du wirklich ein Schaf, Feli.» Er hockte sich neben sie. «Aber mach dir keine Gedanken, das kriegen wir schon raus.» Er legte den Arm um sie und beugte sich zu ihr hinüber. «Hör zu!», flüsterte er ihr ins Ohr, «Ich muss weg. Ich treff mich gleich wegen der Geschichte mit der Bombe. Und unser Spitzel soll doch keinen Verdacht schöpfen.»

Felicitas nickte vorsichtig.

«Martin bringt dich nach Hause. Ich hab ihn angerufen. Er ist gleich da.»

«Aber nicht in den Osten», murmelte Felicitas.

«Nein, keine Sorge!» Er strich ihr eine blutverklebte Strähne aus der Stirn. «Die Geschichte ist vorbei, hat er sagt. Er fährt dich nach Friedenau. Alles wird gut, glaub mir!»

Als Martin den Raum betrat, stand Dietmar auf und drückte ihm den Schlüssel des VW-Busses in die Hand. «Pass gut auf sie auf!»

Martin nahm den Schlüssel und nickte. «Ich kümmere mich um Feli, versprochen!»

Felicitas hatte sich nach einigem Zögern bei Martin untergehakt, denn ihr wurde noch immer schwindelig, wenn sie ein paar Schritte lief.

«Geht's?», fragte er.

«Ja. Mein Kopf dröhnt halt noch furchtbar.»

Sie hatten den Wagen erreicht. Martin öffnete ihr die Beifahrertür und half ihr hinein. Als er die Tür zuschlug, zuckte der Schmerz wie ein greller Blitz durch ihren Kopf. Sie stöhnte leise.

«Ich hab zu Hause Schmerztabletten. Die holen wir noch schnell.» Martin ließ den Wagen an, fuhr eine Runde ums Karree und hielt vor dem Haus in der Hektorstraße. «Bin gleich wieder da.» Er zog den Zündschlüssel ab und sprang aus dem Bulli. Diesmal drückte er die Tür nur mit einem leisen Klick ins Schloss.

Felicitas lehnte den Kopf zurück und schloss die Augen. Sie wollte nur noch schlafen. Als sie die Wagentür hörte, öffnete sie die Augen wieder.

Martin schwang sich auf den Fahrersitz. Aus der Jackentasche holte er zwei blaue Kapseln und hielt sie ihr hin.

«Was ist das?» Felicitas beäugte das Medikament misstrauisch.

«Schmerztabletten. Nimm schon!» Er lachte kurz auf. «Ich will dich nicht vergiften.»

Zögernd nahm Felicitas die Kapseln und steckte sie in den Mund. Martin reichte ihr eine Flasche Wasser. Sie nahm einen großen Schluck und würgte die Kapseln hinunter. Als sie Martin die Flasche zurückgeben wollte, rutschte sie ihr aus der Hand. Verwirrt sah Felicitas auf ihre Hand, die sich aufzulösen schien. Noch während sie darüber nachzudenken versuchte, sackte ihr Kopf zur Seite, und sie verlor das Bewusstsein.

37

NACH MEINUNG DES PFÖRTNERS hatte Felicitas Springer verstört geklungen, sehr verstört. Und dass Bär sie in der Kommune nun nicht erreichen konnte, beunruhigte den Kommissar. Er hatte Gerlind König am Telefon gehabt, die ihm barsch mitteilte, weder Felicitas noch Dietmar seien zu Hause. Sie wisse nicht, wo die beiden sich aufhielten. Danach hatte Bär sein Glück bei Martin Bergmann versucht, aber dort nahm niemand ab. Schließlich hatte er Schlicker und Odenwald zur Kommune geschickt, um Felicitas Springer abzupassen.

Nach vier langen Stunden erschien Odenwald in Bärs Büro. Felicitas Springer war noch nicht nach Hause gekommen. Odenwald hatte Schlicker vor Ort gelassen, dafür aber den protestierenden Dietmar Springer mitgebracht. Er schob Dietmar in den Raum und drückte ihn auf einen der Besucherstühle. Er selbst bezog Stellung neben der Tür.

Bär und Odenwald wechselten einen kurzen Blick. Dann wandte Bär sich Dietmar zu. «Herr Springer, Ihre Schwester hat versucht, mich anzurufen. Sie klang sehr verstört. Können Sie mir sagen, was Ihre Schwester von mir wollte?»

Dietmar lehnte sich zurück und sah Bär herausfordernd an. «Keine Ahnung! Woher soll ich das wissen? Fragen Sie sie doch selbst!»

«Das würde ich ja gerne tun. Aber ich erreiche sie nicht.»

«Vielleicht will sie ja nicht erreicht werden.»

«Dann hätte sie wohl kaum versucht, mich anzurufen. Vielleicht ist Ihrer Schwester etwas passiert. Sagen Sie mir, wo ich Felicitas finden kann!» Bärs Stimme nahm einen drohenden Unterton an.

«Das geht Sie nichts an! Ich muss Ihnen gar nichts sagen», erwiderte Dietmar trotzig.

Bär wurde lauter. «Jetzt hören Sie mit diesem Kindertheater auf! Ihre Schwester wollte mit mir sprechen. Und es klang sehr dringend.»

«Dann hätten Sie besser erreichbar sein sollen»,

schnauzte Dietmar. «Die Polizei, dein Freund und Helfer! Aber wenn's drauf ankommt, sind Sie nicht da.»

«Verdammt noch mal!» Bär packte Dietmar an den Armen und schüttelte ihn. «Ihre Schwester war in Panik. Jetzt reden Sie endlich!»

Dietmar schlug Bärs Hände weg und schrie: «Wenn ihr Arschlöcher nicht versucht hättet, sie zu entführen, wäre sie nicht in Panik!»

Bär starrte Dietmar entgeistert an. «Jemand hat versucht, Ihre Schwester zu entführen?»

Dietmar schnaufte. «Jetzt tun Sie doch nicht so, als ob Sie von nichts wüssten.»

«Moment mal ...» Bär ließ sich auf seinen Stuhl fallen. «Sie glauben, die Polizei hätte Ihre Schwester entführen wollen?»

«Polizei, Verfassungsschutz - ist doch alles das Gleiche.»

«Das ist völliger Blödsinn! Selbst Sie müssten wissen, dass wir Straftaten aufklären, nicht begehen.» Bär schüttelte den Kopf. «Erzählen Sie jetzt der Reihe nach, was passiert ist!»

Dietmar verschränkte die Arme und presste die Lippen aufeinander.

«Himmel, Herr Springer! Jetzt stellen Sie sich nicht so an. Ich will Ihrer Schwester helfen. Sie ist vielleicht immer noch in Gefahr. Was haben Sie zu verlieren, wenn Sie mir von dem Entführungsversuch erzählen?»

Dietmar seufzte. «Na gut!» Dann schilderte er kurz die Ereignisse.

Als er an die Stelle mit dem ausgestochenen Auge kam, verzog Bär das Gesicht. Schließlich nickte er. «Und wo ist Ihre Schwester jetzt?»

«Bei einem Freund.»

«Bei welchem Freund?»

Dietmar starrte zu Boden und schwieg.

«Sie begreifen die Situation nicht, Herr Springer.» Bär beugte sich vor und sah Dietmar fest in die Augen. «Das, was Sie mir da erzählt haben, ist weder eine Aktion der Polizei noch des Verfassungsschutzes gewesen. Was glauben Sie denn, was wir damit erreichen würden? Allerdings gehören Entführungen durchaus zu den Gepflogenheiten des Ministeriums für Staatssicherheit. Ich habe keine Ahnung, was das MfS von Ihrer Schwester will, aber das klingt sehr nach einer Aktion unserer Ost-Berliner Freunde. Und ich kann Ihnen garantieren, die werden es wieder versuchen.»

Dietmar schluckte, dann wandte er den Kopf ab. «Wir haben mit denen nichts zu tun und wollen das auch nicht.» Aber er klang nicht mehr so selbstsicher wie noch vor wenigen Minuten.

«Ich glaube, da sind Sie im Irrtum. Einer Ihrer Freunde arbeitet als Informant für die Staatssicherheit.»

Dietmar sprang auf. «Das denken Sie sich doch nur aus. Sie wollen uns fertigmachen.» Er fuchtelte mit der Hand vor Bärs Gesicht herum. «Aber das klappt nicht, das glaube ich Ihnen niemals.»

Bär war ebenfalls aufgestanden. Er griff Dietmars Hand und drückte sie auf den Tisch. «Es ist mir scheißegal, ob Sie mir glauben oder nicht. Aber ich muss wissen, wo Ihre Schwester ist. Denn wenn sie bei demjenigen ist, den wir in Verdacht haben, für den Osten zu arbeiten, dann haben Sie den Bock zum Gärtner gemacht – Martin Bergmann!» Bär fixierte Dietmar und nickte langsam. «Sie *haben* den Bock zum Gärtner gemacht.»

«Nein!», schrie Dietmar und riss sich los. «Sie spinnen! Ich hör mir diese Scheiße nicht länger an.» Er rannte zur Tür.

Odenwald wollte sich ihm in den Weg stellen, doch Bär winkte ab. «Lassen Sie ihn gehen.» Als die Tür hinter Dietmar ins Schloss gefallen war, sah Bär seinen Kollegen an. «Henry, du leitest die Fahndung nach Felicitas Springer und Martin Bergmann ein!» Dann griff er zum Telefon und wählte Lemmbachs Nummer.

Dietmar sah auf die Uhr am U-Bahnhof Wittenbergplatz. Es war Viertel nach sechs. Noch knapp zwei Stunden, dann wollten sie sich in der Kommune treffen und die Einzelheiten des Attentats durchgehen. Es sollte alles so echt wie möglich wirken, um den Verfassungsschutzspitzel nicht frühzeitig zu warnen. Dietmar setzte sich auf eine Bank, stützte die Ellbogen auf die Knie und vergrub sein Gesicht in den Händen. Das, was der Kommissar gesagt hatte, war völliger Blödsinn. Martin war sein Freund, kein Stasi-Spitzel. Die Polizei wollte sie gegeneinander ausspielen. Die Beklemmung, die Dietmar verspürte, ließ nicht nach. Die beiden Polizisten hatten ihn vor Barbaras Haus abgefangen. Wenn Felicitas zu Hause gewesen wäre, hätten sie sicherlich nicht auf ihn gewartet. Oder doch? Vielleicht hatten sie ihm nur Angst einjagen wollen. Vielleicht lag Felicitas auf dem Sofa in der Küche und ließ sich von Helge bedauern. Dietmar sprang auf und lief zur nächsten Telefonzelle.

«Gerlind, ist Feli zu Hause?» Seine Hände waren so feucht, dass ihm beinahe der Hörer aus der Hand rutschte.

«Nee! Aber die Polizei hat auch schon angerufen und nach ihr gefragt. Ist was passiert?»

«Erklär ich dir später.» Dietmar drückte die Gabel herunter, warf neue Münzen in den Schlitz und wählte Martins Nummer.

«Wo ist Feli?» Dietmar musste sich zusammenreißen, um nicht zu schreien.

«Reg dich ab! Sie ist bei mir.» Martin klang verärgert.

«Wieso hast du sie nicht nach Hause gebracht?» Dietmars Stimme zitterte. «Ich will sie sprechen!»

«Sie schläft. Ihr ging's nicht gut. Da hab ich gedacht, ich pack sie gleich bei mir ins Bett», sagte Martin patzig.

Dietmar hörte ihn am anderen Ende scharf die Luft einsaugen.

«Ich bring sie nachher mit zum Treffen. Also keine Panik!»

Ein Klick, dann war die Leitung tot.

Am liebsten wäre Dietmar zu Martin gefahren und hätte Felicitas abgeholt. Aber es war inzwischen Viertel vor sieben, und er musste nach Hause. Falls der zweite Bulle noch vor dem Haus herumlungerte, musste er die anderen warnen und das Treffen abblasen.

«Martin ist kein Spitzel, Feli geht es gut», murmelte er wie eine Beschwörungsformel vor sich hin, während er die Treppen zur U-Bahn hinabstieg.

Dietmar suchte die Straße ab, aber die Polizei war offenbar abgezogen. Nachdem er noch einen Blick in die Nachbargärten und hinter das Haus geworfen hatte, zog er den Schlüssel aus der Hosentasche und öffnete die Haustür.

Er hörte Helge in der Küche mit Geschirr klappern. Gerlind sagte etwas, Helge antwortete leise. Dietmar sehnte sich plötzlich danach, in der Küche zu sitzen und mit den beiden zu plaudern und zu lachen. Aber er musste ihnen von Felicitas Entführung erzählen und vielleicht auch von

Bärs Verdacht. Er drückte die Klinke herunter, stieß die Küchentür auf und starrte fassungslos auf das Sofa. «Wo ist Feli?», fragte er langsam.

«Dietmar, das ist ja furchtbar.» Malou sah ihn mitleidig an. «Martin hat uns grad alles erzählt.»

«Wo ist meine Schwester?» In Dietmars Stimme schwang Panik.

«Sie fühlt sich immer noch mies. Ich hab sie zu Hause gelassen.» Martin sah Dietmar in die Augen.

Dietmar glaubte, eine Warnung in seinem Blick zu lesen. Aber vielleicht wurde er durch Bärs Verdächtigungen auch langsam paranoid. «Ich ruf sie an und frag, wie's ihr geht.»

Er war schon fast zur Tür hinaus, als Gerlind ihn am Ärmel packte. «Lass sie doch schlafen! Martin hat ihr ein Schlafmittel gegeben. Das ist ganz schlecht für die Psyche, wenn man aus dem Schlaf gerissen wird, nachdem man eine Tablette genommen hat.»

«Genau! Hör auf Frau Diplom Psychologe in spe!», spottete Uli. «Lasst uns mit der Planung weitermachen! Wenn wir die Aktion wirklich nächste Woche durchziehen wollen, müssen wir uns verdammt ranhalten.»

Malou lächelte Dietmar an. «Lass mal! Sie schläft sich jetzt gesund. Und je schneller wir hier fertig sind, desto eher kann Martin nach Hause und sich wieder um sie kümmern. Also, kann's losgehen?»

«Ich geh dann mal.» Gerlind legte Dietmar die Hand auf den Arm. «Mach dir keine Sorgen! Feli wird schon wieder.»

Dietmar ließ sich auf einen Stuhl fallen und nickte matt. Vielleicht drehte er wirklich langsam durch.

Inzwischen war es kurz vor elf, und sie hatten die letzten Einzelheiten besprochen. Malou und Uli waren bereits gegangen, Martin stand im Flur und zog sich die Jacke über.

«Ich komme mit.» Dietmar hatte sich neben Martin gestellt und seinen Mantel vom Fußboden aufgehoben.

«Meinetwegen.»

Martin klang nicht begeistert, aber Dietmar ignorierte das. Er war fest entschlossen, Felicitas mit nach Hause zu nehmen. Oder in ein Krankenhaus zu bringen, wenn es ihr wirklich so schlechtging, wie Martin behauptete.

Martin ging voraus und hielt Dietmar die Tür auf. «Ich hab den Wagen dahinten geparkt.» Er deutete auf die Umrisse des VW-Busses, die sich in der Dunkelheit durch ihre Größe von denen der anderen parkenden Autos abhoben. Sie überquerten die Straße.

«Gib mir die Schlüssel, ich fahre!» Martin streckte Dietmar die Hand hin.

«Wieso denn das?»

«Weil du nicht mitfährst.»

«Spinnst du?» Dietmar schob den Autoschlüssel in seine Hosentasche. «Ich will jetzt sofort zu Feli!»

«Sie ist in Sicherheit. Aber ich kann niemandem mehr trauen.» Martin trat einen Schritt auf Dietmar zu. «Auch dir nicht! Vielleicht bist du ja auch ein Agent des Verfassungsschutzes und willst mich in eine Falle locken.»

Dietmar blieb vor der Beifahrertür des VW-Busses stehen und starrte Martin an. «Drehst du jetzt völlig durch? Du bist ja paranoid!»

«Und du nimmst die Bedrohung nicht ernst.» Martins Stimme hob sich. «Das ist für dich doch alles sowieso bloß ein tolles Abenteuer. Revolution spielen! Dabei glaubst du doch gar nicht an den wahren Sozialismus.»

«Was heißt denn *wahrer Sozialismus*?», blaffte Dietmar. «Etwa so wie im Osten? Wer eine eigene Meinung hat, wird dort mundtot gemacht, verschwindet von der Bildfläche oder wird rausgeworfen.»

«Das ist doch alles Lüge!» Martins Stimme wurde schrill. «Dir haben die Indoktrinationen des kapitalistischen Feindes schon das Hirn vernebelt. Genau wie deiner perversen Freundin Barbara.»

Er kam ihm so nahe, dass Dietmar die Schweißperlen auf seiner Oberlippe im Schein der Straßenlaterne schimmern sehen konnte. Dietmar trat einen Schritt zurück und stieß gegen den VW-Bus.

«Die bourgeoise Verderbtheit frisst sich wie ein Krebsgeschwür in die Gedanken und Gefühle der Unschuldigen. Glaubst du, Felicitas hätte sich von Barbara anrühren lassen, wenn die und ihr perfides System sie nicht vorher einer Gehirnwäsche unterzogen hätten?» Speichel hatte sich in Martins Mundwinkel gesammelt, und ein dünner Faden lief ihm über das Kinn, aber er bemerkte es nicht.

«Auf welchem Trip bist du denn?» Dietmar sah Martins glasigen Blick und spürte, wie sich sein Herzschlag beschleunigte. Er bekam Angst vor dem Freund, den er so gut zu kennen glaubte. «Hör zu ...» Er versuchte, seine Stimme ruhig klingen zu lassen. «Du sagst mir jetzt, wo Feli ist, und wir vergessen die ganze Sache.»

«Du legst mich nicht rein mit deinen Lügen!», brüllte Martin. Er packte Dietmar am Revers seines Mantels und schleuderte ihn mit dem Kopf gegen den Holm der Windschutzscheibe.

Dietmar taumelte und hielt sich am Griff der Beifahrertür fest. Er stützte sich an dem Wagen ab und holte aus zu einem rechten Haken. Aber Martin blockte den Angriff ab und rammte Dietmar die Faust in den Magen. Für einen kurzen Augenblick blieb Dietmar die Luft weg. Er japste, und sein Oberkörper klappte nach vorne. In dem Moment riss Martin das Knie hoch, das krachend gegen Dietmars Unterkiefer schlug.

K. o. in der ersten Runde, dachte Dietmar noch, dann kippte er zur Seite.

Als Dietmar wieder zu sich kam, brummte sein Schädel fürchterlich. Er blinzelte in den Neonring der Küchenlampe. «Mann!», stöhnte er.

«Hier, halt dir das aufs Auge! Du siehst ziemlich verdroschen aus.» Helge hielt ihm ein Küchenhandtuch hin, das er zu einem Säckchen zusammengefasst und mit irgendetwas gefüllt hatte.

Als Dietmar es sich an die Schläfe drückte, merkte er, dass es Eiswürfel waren. «Wir müssen Felicitas retten.» Er versuchte, sich aufzurichten, aber ihm wurde schwarz vor Augen.

Helge hielt ihn fest und verhinderte, dass er vom Sofa kippte. «War das Martin?»

«Ja». Dietmar war hundeelend. «Und er hat Feli. Wir müssen los!» Er legte das Handtuch mit den Eiswürfeln auf den Tisch und stemmte sich hoch.

Auch Gerlind stand auf. «Warum?», fragte sie.

«Erklär ich euch gleich.» Er fischte den Autoschlüssel aus der Hosentasche und drückte ihn Helge in die Hand.

Helge heizte in einem Tempo die Bundesallee entlang, das Dietmar ihm nie zugetraut hätte. Durch das Geschaukel fühlte er sich noch elender, als ihm ohnehin schon zumute war. Am liebsten hätte er losgeflennt wie ein Mädchen. Stattdessen schluckte er seine Tränen hinunter und zeigte auf den Tabak, der in Gerlinds Schoß lag. «Drehst du mir mal eine?»

Wortlos reichte Gerlind ihm ihre Zigarette und begann, eine neue zu drehen.

Dietmar inhalierte so stark, dass er husten musste. Wenigstens sah es nun so aus, als käme das Wasser in seinen Augen vom Zigarettenrauch. «Ich glaube, Martin dreht durch», sagte er, «Und ich hab es nicht bemerkt.» Er erzählte von Bärs Verdacht und davon, was Martin ihm vor der Tür an den Kopf geworfen hatte.

Als er geendet hatte, war Helge blass geworden, und Gerlind sah ihn ernst an. «Du glaubst, was der Bulle dir sagt?»

Dietmar nickte. «Es gibt so viele Hinweise, die darauf hindeuten. Martins Begeisterung für die DDR. Außerdem hat er viel früher als wir behauptet, dass Barbara für den Verfassungsschutz arbeitet. Und außerdem ...» Dietmar schluckte. Sein Magen krampfte sich zusammen, wenn er daran dachte, dass er diesen offenkundigen Widerspruch einfach ignorierte hatte. «Und außerdem wollte Martin Feli zu seinen Eltern in den Osten bringen. Aber uns hat er doch erzählt, er kommt aus Unna.» Er zog an der Zigarette. «Das würde auch erklären, woher die Unterlagen kamen, die uns vor der Springer-Entführung zugeschickt worden waren.»

«Aber die könnten doch auch von jemand anderem kommen.» Gerlind kurbelte das Seitenfenster herunter und schnippte den Zigarettenstummel in die Nacht. «Was ist zum Beispiel mit Uli? Im Grunde genommen wissen wir von dem auch nicht besonders viel. Nicht mal seine richtige Adresse.»

«Den konnte ich sowieso noch nie leiden», murmelte Helge und trat auf das Gaspedal.

Der Wagen schoss über eine rote Ampel.

Dietmar krallte sich an der Rückenlehne des Beifahrersitzes fest und schüttelte den Kopf. «Uli ganz bestimmt nicht.»

«Wieso bist du dir da so sicher?» Gerlind sah Dietmar forschend an.

«Uli arbeitet für den Verfassungsschutz!»

«Was?» Helge drehte sich um und starrte Dietmar an.

Gerlind schrie auf und zeigte auf die Straße.

Im letzten Moment riss Helge das Steuer herum und wich einem Verkehrsschild auf der Mittelinsel aus. Er nahm den Fuß vom Gas und schüttelte den Kopf. «Das glaub ich nicht! Ist hier irgendjemand *kein* Spitzel?»

Dietmar zuckte mit den Schultern. «Ich hoffe, dass der Rest von uns sauber ist.» Er erklärte ihnen, dass Felicitas Besuch vom Verfassungsschutz bekommen hatte und wie sie einen Plan gefasst hatten, den Spitzel zu enttarnen.

«Und jetzt?» Gerlind sah hilflos zu Helge und Dietmar.

«Jetzt holen wir erst mal Felicitas.»

Als sie die Hektorstraße erreichten, würgte Helge den VW-Bus bei dem Versuch einzuparken ab. Er ließ ihn einfach quer auf der Straße stehen und sprang hinaus. Dietmar und Gerlind folgten. Die Haustür war verschlossen, und Dietmar stach hektisch auf die Klingel ein, aber niemand reagierte. Sie hämmerten gegen die Haustür, bis sich im Erdgeschoss ein Fenster öffnete und ein Mann brüllte: «Hört sofort auf damit, ihr Radaubrüder! Sonst ruf ich die Polizei!»

«Hören Sie, meine Schwester ist da drin, und wir müssen zu ihr.»

«Verschwindet, besoffenes Gesindel!» Weiter vor sich hin schimpfend schloss der Mann das Fenster.

«Was jetzt?» Gerlind lehnte sich gegen die Hauswand und sah ihre Freunde an.

Helge hockte sich auf die Treppe und ließ den Kopf hängen. «Ich hab keine Ahnung», murmelte er. Seine Entschlossenheit, die er noch wenige Minuten zuvor an den Tag gelegt hatte, schien sich in nichts aufgelöst zu haben.

Dietmar sah sie an. «Ich ruf diesen Kommissar Bär an. Der hat sich ja so darum gerissen, Feli zu helfen. Jetzt kann er zeigen, was er so draufhat.»

«Bist du verrückt, mit der Polizei zusammenzuarbeiten? Das ist eine repressive, imperialistische Unterdrückungsmaschine, das ...»

«Ach, halt die Klappe, Gerlind! Oder weißt du was Besseres?» Helge sah zu Gerlind hoch, die den Mund zusammenkniff.

Stumm schüttelte sie den Kopf.

38

SIE SASSEN ZU DRITT, Dietmar, Bär und Odenwald, am Tisch im Besprechungsraum und versuchten, die Müdigkeit mit einer Tasse Kaffee zu vertreiben. Dietmar fühlte sich grauenhaft. Sein Kiefer schmerzte, und in seinem Hinterkopf pochte es die ganze Zeit über unangenehm. Aber am schlimmsten waren sein schlechtes Gewissen und die Sorge um Felicitas. Er hatte den beiden Kommissaren so knapp wie möglich geschildert, was seit dem Vormittag, als Felicitas verletzt in den Räumen des SDS auftauchte, geschehen war. Bär hatte ihm zugehört, gelegentlich eine Frage gestellt und sich die Vorwürfe, die ihm vielleicht auf der Zunge gelegen hatten, gespart. Dafür war Dietmar ihm sehr dankbar. Vorwürfe machte er sich selbst genug.

«Was ist passiert, dass Martin Bergmann so ausrastete?»

«Ich glaube, angefangen hat alles damit, dass Barbara und Felicitas ...» Dietmar stockte. Die beiden Männer ihm gegenüber hörten aufmerksam zu. Auf einmal hatte er das Gefühl, seine Schwester zu verraten. Und Barbara.

Odenwald beugte sich über den Tisch und sah Dietmar mit einem fiesen Grinsen in die Augen. «Sie hatten was miteinander, Barbara Grahl und Ihre Schwester.»

Dietmar schoss das Blut in den Kopf.

«Wir wissen, dass Barbara Grahl eine Lesbierin war und nichts anbrennen ließ. Und so was Niedliches wie Ihre Schwester hat sie sich mit Sicherheit nicht entgehen lassen. Also?»

Odenwald sah irgendwie satt aus, fand Dietmar. Er ekelte sich auf einmal vor diesem Mann, wie er dasaß, breitbeinig, die Hände hinter dem Kopf verschränkt, mit schief sitzender Krawatte und Schwitzflecken unter den Achseln. Er presste die Lippen aufeinander und sah an Odenwald vorbei an die Wand.

«Herr Springer, ich weiß, dass es nicht einfach ist, darüber zu sprechen. Aber möglicherweise liegt hier das Motiv für den Mord an Barbara Grahl. Je mehr wir wissen, desto schneller können wir Martin Bergmann erwischen und möglicherweise einen zweiten Mord verhindern.»

Als Bär die Möglichkeit eines zweiten Mordes erwähnte, wurde Dietmar kalt. Er spürte, wie ihm Tränen in die Augen traten. Jetzt bloß nicht heulen, dachte er. Und schon gar nicht vor diesem Arschloch Odenwald. Er zog die Nase hoch und rieb sich verstohlen über die Au-gen.

«Henry», sagte Bär, «schnapp dir ein paar Leute, und fahr zu Bergmanns Wohnung! Ich glaube zwar nicht, dass er dort noch einmal auftaucht, aber sucht nach Hinweisen darauf, wo Bergmann Felicitas Springer hingebracht haben könnte. Wenn es sein muss, nehmt die ganze Bude auseinander!»

Odenwald glotzte seinen Chef an. «Willst du nicht mitkommen?»

«Henry!» Bärs Stimme klang endgültig.

Wortlos erhob sich Odenwald und verließ den Raum.

«Danke!», murmelte Dietmar. Er griff nach dem Kaffee, der inzwischen kalt geworden war. Aber er wollte sich ohnehin nur an der Tasse festhalten. «Als Helge das erzählte, hat's mich schon umgehauen», begann er. «Ich hab das von Barbara vorher nicht gewusst. Aber ich wollte auch nicht spießig sein. Sie wissen schon, bürgerliches Besitzdenken und verlogene, christliche Moralvorstellungen. Und Martin wirkte so, als ob es ihm nichts ausmacht. Außerdem war Feli so in ihn verknallt, da hätte Barbara sowieso keine Chance gehabt. Auf was Längeres, meine ich.» Er nippte an dem kalten Kaffee. «Der muss das alles in sich reingefressen haben, dass er jetzt so durchdreht.» Er schüttelte den Kopf. «Und ich hab einfach, verdammt noch mal, Angst, dass er sie nach Ost-Berlin gebracht hat und sie nie wiederauftaucht.»

Bär schüttelte den Kopf. «Wenn Bergmann oder Ihre Schwester versucht hätten, über die Grenze zu kommen, wüsste ich das.»

Dietmar nickte. «Haben Sie vielleicht eine Zigarette für mich?»

«Sicher!» Bär zog ein ziemlich zerdrücktes, noch geschlossenes Päckchen Krone aus der Jackentasche. «Hier, mein Notpäckchen! Ich hab vor einem halben Jahr aufgehört. Seitdem trag ich's mit mir rum. Man kann ja nie wissen.» Er lächelte.

«Krone, na ja. Aber ist schon in Ordnung.» Dietmar riss das Zellophan auf und puhlte eine Zigarette aus der Schachtel. Sie hatte einen Knick, war aber ansonsten unversehrt. Er nahm die Streichhölzer, die Bär neben die Zigarettenschachtel auf den Tisch geworfen hatte, zündete die Zigarette an und sog gierig den Rauch ein.

Bär zog auch eine Zigarette aus der Schachtel, ohne sie jedoch anzuzünden. «Dietmar, wenn wir Bergmann erwischen und ins Gefängnis bringen wollen, müssen Sie uns helfen. Ich brauche Beweise dafür, dass er Barbara Grahl ermordet hat.» Er begann, die Zigarette zu zerrupfen. «Sie können die anderen Ihrer Gruppe da raushalten. Ich will nur wissen, was Martin Bergmann und Barbara Grahl am Tag der Entführung gemacht haben.»

«Wieso sind Sie sich sicher, dass Martin Barbara umgebracht hat?» Dietmar zog an der Zigarette und hoffte, dass Bär ihm nun ein paar fadenscheinige Gründe nennen würde, die er ohne Schwierigkeiten widerlegen könnte. Aber wenn er an Martins Gesicht dachte, als der ihn gegen den Wagen schleuderte, war ihm klar, dass es egal war, was

Bär sagte. Martin hätte, ohne mit der Wimper zu zucken, Barbara abgestochen, wenn er glaubte, einen Grund dafür zu haben.

«Martin Bergmann hatte Zugang zu der Mordwaffe und konnte sie auch nach der Tat ohne Schwierigkeiten in das Zimmer Ihrer Schwester zurücklegen. Martin Bergmann arbeitet für das Ministerium für Staatssicherheit der DDR und hatte guten Grund zu der Annahme, dass Barbara Grahl dabei war, seine Identität aufzudecken.» Bär schob das Häufchen, das von der Zigarette übriggeblieben war, beiseite und zog die nächste aus der Packung.

«Aber das könnte auch auf andere aus unserer Gruppe zutreffen.» Dietmar fand, dass er nicht besonders überzeugend klang, aber er wollte es wenigstens versuchen. Er wollte nicht kampflos akzeptieren, dass sich seine Schwester in der Gewalt eines Mörders befand. Und er wollte sich auch nicht eingestehen müssen, dass er selbst den Mörder gebeten hatte, sie nach Hause zu fahren.

«Schon, aber Barbara Grahl wurde vor ihrem Tod vergewaltigt. Und Sie haben vorhin das Motiv dafür geliefert: Eifersucht! Und jetzt will ich von Ihnen wissen, ob Bergmann nicht nur das Motiv, sondern auch die Gelegenheit hatte.»

Dietmar nickte. «Die hatte er.» Dann schloss er die Augen und presste die Hände auf sie, um die Tränen aufzuhalten.

Bär hatte in der Kommune angerufen und Helge gebeten, Dietmar abzuholen. Anschließend hatte er Lemmbach und Schlicker aus den Betten geklingelt. Lemmbach war sofort wach gewesen, obwohl es erst kurz vor zwei Uhr am Morgen war. Bei Schlicker hatte es etwas länger gedauert, bis jemand ans Telefon gegangen war. Nun saßen sie im Besprechungsraum und warteten auf Odenwald. Lemmbach hatte bereits drei Tassen Kaffee getrunken, sah aber immer noch aus, als würde er jeden Moment einschlafen. Schlicker kaute auf einem Stück Scho-Ka-Kola. «Möchten Sie ein Stück?» Schlicker schob Bär, der versuchte, ein Gähnen zu unterdrücken, die Dose hin.

«Danke! Ich bekomme Sodbrennen von dem Zeug.» Er sah auf seine Uhr. «Jetzt fehlt nur noch Henry.»

Lemmbach sah Bär fragend an.

«Odenwald. Ich hatte ihn zur Wohnung von Bergmann geschickt. Er hat sich auf dem Rückweg hierher über Funk gemeldet. Bergmann war natürlich nicht in der Wohnung. Leider hat er auch keine Hinweise hinterlassen, die uns verraten könnten, wo er sich aufhält», sagte Bär.

«Wir sollten anfangen. Wir können unsere Zeit nicht mit Warten vertrödeln», warf Lemmbach gereizt ein.

Schlicker nickte heftig.

«Gut, wir ...» Bevor Bär den Satz beenden konnte, öffnete sich die Tür, und Hagen, der einen Blick auf den in der Ecke schlafenden Florian warf und angewidert das Gesicht verzog, betrat den Raum.

«Was machen Sie denn ...» Bär stockte und starrte Odenwald an, der hinter Hagen den Raum betreten hatte.

«Meine Herren, ich habe gehört, die Dinge haben sich rasant entwickelt. Felicitas Springer ist in der Gewalt des mutmaßlichen Mörders.» Hagen setzte sich und legte seinen Hut vor sich auf den Tisch. «Das verkompliziert die Dinge.»

«Welche Dinge?», fragte Bär scharf.

«Die Gruppe plant einen Bombenanschlag, wie wir aus zuverlässiger Quelle wissen. Und zwar in der kommenden Woche.» Hagen beugte sich über den Tisch, zog die Dose mit der Schokolade zu sich hinüber und nahm sich ein Stück heraus.

Schlicker öffnete den Mund, um etwas zu sagen, überlegte es sich aber offenbar anders und klappte den Mund wieder zu.

«Ziel des Anschlags ist das Anwesen Springers auf Schwanenwerder. Wir haben die Absicht, die gesamte Gruppe zu erwischen, und hoffen, dass Ihre Leute die Sache dieses Mal nicht versauen, Lemmbach.»

Bär sah, wie Lemmbach die Zähne zusammenbiss. Rote Flecken bildeten sich auf Wangen und Hals.

«Was Sie betrifft, Bär, werden wir ...» Hagen brach ab und drehte sich, wie die anderen, zur Tür.

Ein junger Polizist war hereingestürzt. «Für Sie, Herr Hagen, scheint dringend zu sein. Ich hab Ihnen das Gespräch hierher legen lassen.» Er zeigte auf ein Telefon, dass auf einem Schreibtisch in der Ecke stand.

«Danke!» Hagen ging zu dem Schreibtisch und nahm den Hörer ab. «Hagen!», meldete er sich. «Verdammt!» Nervös spielte er mit dem geringelten Kabel, das den Hörer mit dem Telefonapparat verband. «Ja!», wiederholte er mehrmals, dann warf er den Hörer auf die Gabel und drehte sich zu den Männern um, die ihn gespannt ansahen. «Die Situation hat sich grundlegend geändert. Lemmbach, Sie müssen sofort Ihre Leute zusammentrommeln! Martin Bergmann dreht durch. Er hat den Anschlag vorverlegt. Wenn die Gruppe nicht mitzieht, hat er gedroht, Felicitas Springer umzubringen. Wir haben nur noch eine Stunde Zeit.»

Lemmbach war aufgesprungen und zum Telefon gerannt. Er wählte eine Nummer und bellte Anweisungen in den Hörer.

Bär starrte Hagen an. Er öffnete den Mund, aber Hagen schüttelte den Kopf. «Lemmbach übernimmt ab jetzt!»

«Halten Sie die Klappe!» Bär war aufgesprungen. «Sie haben weder exekutive Rechte noch Weisungsbefugnis.»

«Bär, meine Leute sind schon unterwegs. Machen Sie sich keine Gedanken, wir kriegen das hin.» Lemmbach hatte den Hörer aufgelegt und sich zu Bär umgedreht. «Bleiben Sie hier! Wir brauchen hier einen Ansprechpartner. Ich gebe Ihnen Bescheid, sobald wir wissen, wo Felicitas Springer ist.»

39

FELICITAS hatte höllische Kopfschmerzen, als sie aufwachte. Sie öffnete die Augen und starrte in ein dämmriges Halbdunkel. Es roch nach fauligem Schlamm und Schimmel. Als sie sich aufsetzte, stieß sie gegen das eiserne Bettgestell. Der Boden, auf dem sie gelegen hatte, fühlte sich feucht und schmierig an. Sie blinzelte, um ihre Augen an das Dämmerlicht zu gewöhnen. Sie zog sich an dem Bett hoch und ging mit unsicheren Schritten auf das helle Rund an der gegenüberliegenden Wand zu. Noch bevor sie hinaussah, wusste sie, was dort draußen war. Sie hörte das Wasser leise gegen den Schiffsrumpf klatschen. Knapp unterhalb des Bullauges lag der Wasserspiegel als dunkle, zart gekräuselte, glänzende Fläche, in der sich der Mond und die gelblich leuchtenden Straßenlaternen am anderen Ufer spiegelten. Sie lief zu dem Bullauge über dem Bett und atmete erleichtert auf. Der Kahn war am Ufer vertäut. Eine Gaslaterne tauchte den schmalen gepflasterten Weg entlang der Kaimauer in ein fahles Licht. Sie lauschte auf Geräusche, Stimmen oder Schritte, die ihr verrieten hätten, ob noch jemand an Bord war. Aber außer dem leisen Patsch, Patsch des Wassers an der Schiffswand war es still. Sie lief zur Tür und stieß dabei gegen einen Eimer, der polternd umstürzte. Die Tür war von außen verriegelt, und sosehr sie auch daran rüttelte und sich dagegenwarf, sie gab keinen Millimeter nach. Sie versuchte es an den Bullaugen, aber sie waren fest verschraubt, und der Versuch, sie mit dem Eimer einzuschlagen, bescherte ihr nur ein Klingeln in den Ohren und ein Anschwellen des Schmerzes hinter ihrer Stirn.

Felicitas setzte sich auf das Bett und lehnte sich gegen die Wand. Sie schloss die Augen, und ein stechender Schmerz erinnerte sie an den Faustschlag vom Vormittag. Sie betastete vorsichtig ihre Schläfe. Ihre Augenbraue fühlte sich feucht und klebrig an. Sie leckte an ihrem Finger und schmeckte Blut. Die Wunde über dem Auge war aufgeplatzt. Ihr Gesicht war rund und um das Auge herum immer noch dick geschwollen.

Als sie Schritte an Deck hörte, zuckte sie zusammen. Ihr Herz raste, und ihre Beine zitterten, als sie aufstand und vorsichtig nach dem Eimer tastete, den sie irgendwo neben dem Bett abgestellt hatte. Bevor sie den Eimer greifen konnte, wurde die Tür aufgestoßen, und der schwarze Schemen eines Mannes zeichnete sich in dem mondbeschienenen Rechteck ab. Einen kurzen verrückten Augenblick lang hatte Felicitas das Gefühl, eine Figur aus einem alten Bela-Lugosi-Film zu sein. Die Absurdität des Gedankens ließ ein Kichern in ihrer Kehle aufsteigen, das nichts mit Komik zu tun hatte. Sie versuchte, den Laut zu unterdrücken, aber ihr entfuhr dennoch ein hysterisches Glucksen.

Mit drei Schritten war Martin bei ihr und schlug ihr ins Gesicht. Der Schlag warf sie aufs Bett.

«Nicht!», wimmerte sie.

«Nicht was?», spöttelte Martin. Er hatte sich vor ihr aufgebaut.

Seine dunkle Gestalt erschien ihr in dem einfallenden Mondlicht riesig. Sie wagte nicht, sich zu bewegen oder etwas zu sagen.

«Hast du etwa Angst vor mir? Als du es mit Barbara getrieben hast, hattest du keine Angst, nicht wahr? Ich kann mir vorstellen, wie ihr euch über mich lustig gemacht habt.»

Felicitas schwieg. Die Panik, die sie fühlte, steigerte sich so sehr, dass sie ihr den Atem abschnürte.

«Weißt du eigentlich, dass deine saubere Freundin Barbara für den kapitalistischen Feind spioniert hat? Wenn ich nach Hause komme, wird man mir ein paar Orden dafür an die Brust heften, dass ich einen feindlichen Agenten ausgeschaltet habe.» Er senkte seine Stimme. «Aber vermutlich hätte ich sie auch so umgebracht. Ich hatte es mir schon die ganze Zeit überlegt. Dass sich dann so schnell eine Gelegenheit ergab, hätte ich nicht gedacht. Aber als sie vor mir durch den Wald rannte, hatte sie etwas von einem Wild an sich, das von der Meute gehetzt wird. Als ich sie gerufen habe, ist sie tatsächlich stehengeblieben. Sie grinste mir so frech ins Gesicht wie an dem Morgen, als ich sie in deinem Bett erwischt hatte. Sie fühlte sich unglaublich überlegen. Erst, als ich das Messer zog und auf sie zuging, bekam sie Angst.» Er holte Luft. «Das mit dem

Messer tut mir übrigens leid. Ich wollte nicht, dass man dich verdächtigt. Ich hab's schon eine Weile in der Jackentasche gehabt. Es hat mich an dich erinnert. Aber Barbara hatte so viel Angst vor dem Messer, dass sie sich beinahe freiwillig hinlegte. Ich musste ihr nur einen leichten Stoß versetzen. Sie hat ganz stillgehalten, als ich es mit ihr getrieben habe.» Er lachte böse auf. «Sie hat sich nicht mal gewehrt, als ich ihr die Hose runterzog. Konnte es wohl gar nicht abwarten, dass es ihr mal einer so richtig besorgt.»

Felicitas war in die hinterste Ecke des Bettes gekrochen. Sie presste den Oberkörper an die Wand und hielt den Atem an. Sie versuchte, Martins Stimme auszublenden, aber es gelang ihr nicht. Tränen rollten über ihre Wangen. Sie hörte ein leises Wimmern und brauchte einen Moment, bis sie begriff, dass sie es selbst war. «Hör auf!», murmelte sie.

«Hör auf, hör auf!», höhnte Martin. «Jetzt spielst du wieder das unschuldige Mädchen. Iih, sprich nicht über Sex. Das ist schmutzig.» Seine Stimme war schrill geworden. «Mit ihr konntest du, aber bei mir spielst du die eiserne Jungfrau.»

«Aber ich hab doch ...», flüsterte sie.

«Glaubst du, ich habe nicht bemerkt, dass die du ganze Zeit über nur an deine geliebte Barbara gedacht hast? Dagelegen wie eine Patte hast du, darauf gewartet, dass ich fertig bin.» Er wandte sich zur Tür. «Ich habe gedacht, du liebst mich. Aber das war ein Irrtum. Ich werde wohl ohne dich nach drüben gehen. Was ich mit dir mache, weiß ich noch nicht.» Er drehte sich noch einmal zu ihr um. «Aber keine Sorge, mir fällt schon was ein. Jetzt hab ich noch was zu erledigen.»

Als sie hörte, wie er von außen den Riegel vorschob, begann sie, laut zu schluchzen. Sie lag auf der Seite, die Arme fest um die Knie geschlungen, und weinte. Ihr ganzer Körper zitterte und bebte. Irgendwann wurde ihr Schluchzen leiser, und das Zittern ließ nach. Sie starrte in die Dunkelheit, unfähig, sich zu bewegen oder einen klaren Gedanken zu fassen.

40

BÄR rannte seit zehn Minuten in seinem Büro auf und ab. Schlicker hatte neuen Kaffee besorgt und sich an Bärs Schreibtisch verzogen. Er durchforstete die Akten und tat so, als ginge ihn die Nervosität seines Chefs nichts an. Als das Telefon klingelte, stürzte Bär sich darauf, als wolle er es überwältigen. Schlicker fuhr erschrocken zurück und warf dabei seinen Kaffee um, der sich in braunen Bächen über die Papiere ergoss. Bär achtete nicht auf Schlicker, der verzweifelt versuchte, die Kaffeefluten mit Papiertaschentüchern einzudämmen.

«Habt ihr ihn?», rief Bär in den Hörer.

«Äh ... Das wollte ich eigentlich Sie fragen.»

Bär brauchte einen Moment, bis er die Stimme von Dietmar Springer erkannte. «Entschuldigen Sie, ich dachte, das wäre mein Kollege. Falls Sie nach Martin Bergmann fragen, nein, wir haben ihn noch nicht. Aber meine Kollegen sind ganz nah dran.»

«Wieso, wo ist er denn?»

«Tut mir leid, das kann ich Ihnen nicht sagen.» Bär

stutzte. «Moment mal, müssten Sie jetzt nicht auf dem Weg nach Schwanenwerder sein?»

«Wieso Schwanenwerder? Sie wissen von unseren Plänen?» Panik lag in Dietmars Stimme.

«Ich kann Ihnen dazu nichts sagen, tut mir leid.» Bär hätte sich ohrfeigen können. Hoffentlich hatte er durch seinen Patzer jetzt nicht die gesamte Aktion gefährdet.

«Hören Sie doch auf mit Ihrer Heimlichtuerei!» Dietmar war laut geworden. «Haben Sie die Polizei nach Schwanenwerder geschickt, um Martin zu verhaften?»

Bär schwieg.

«Los, sagen sie schon!» Dietmar schrie jetzt. «Martin ist nicht auf Schwanenwerder. Wir treffen uns in der Fabrikruine in der Lindenstraße, schräg gegenüber vom Springer-Haus. Er bringt Uli und die Bombe mit. Ich hab den Fernzünder.»

«Wieso denn das?» Bär stützte sich auf dem Schreibtisch auf. Als er sich wiederaufrichtete, hatte seine Hand einen nasskalten Abdruck hinterlassen.

«Der ganze Anschlag war eine Finte. Felicitas und ich waren überzeugt, dass Barbara dem Spitzel vom Verfassungsschutz, der unsere Entführungspläne verraten hat, auf der Spur war und aufgeflogen ist. Felicitas glaubte, dass der Spitzel sie ermordet hat, um nicht enttarnt zu werden. Deswegen haben wir die Idee mit dem Bombenanschlag gehabt.»

«Das verstehe ich nicht.» Bär starrte mit offenem Mund an die Wand und lauschte.

«Keiner von uns hätte eine Ahnung, woher wir Waffen oder eine Bombe bekommen sollten. Dazu braucht man Verbindungen, aber die haben wir nicht. In der Kommune 1 gibt es auch einen Verfassungsschutzspitzel, der

Ihnen alles an Waffen besorgt, was Sie wollen. Da haben wir gedacht, wenn wir die anderen zu einem Anschlag auf Axel Springer überreden würden, könnten wir den Spitzel enttarnen.»

«Ach so! Sie meinen, derjenige, der in der Lage ist, eine Bombe zu organisieren, hat zwangsläufig Kontakte zum Verfassungsschutz?»

«Genau! Uli hat auch gleich damit angegeben, dass es überhaupt kein Problem für ihn wäre, das Material zu besorgen. Wir haben dann gemeinsam die Bombe gebaut. Ich hab die Fernzündung, ein Funkgerät. Ich will ja nicht, dass die Bombe wirklich hochgeht. In der Nacht, in der wir den Anschlag durchführen wollten, sollte ich den anderen die Wahrheit sagen. Martin wollte Uli abholen, und statt nach Schwanenwerder zu fahren, wollten wir uns in der alten Ruine in der Lindenstraße treffen, damit Uli keinen Verdacht schöpft und den Verfassungsschutz benachrichtigen kann.»

«Und was wollten Sie dort mit ihm machen?»

«Keine Ahnung! Da wär uns schon was eingefallen.» Dietmar hielt inne. «Verdammt! Ich muss los. Ich hätte schon längst am Treffpunkt sein müssen. Kommen Sie und verhaften Martin?»

«Ja sicher, aber ...» Bär holte tief Luft. «Sie werde ich auch festnehmen müssen. Tut mir leid.»

«Das ist doch jetzt scheißegal. Hauptsache, wir schnappen Martin und retten Felicitas.» Dann wurde der Hörer auf die Gabel geworfen und die Leitung war tot.

Es dauerte drei Minuten, bis er Lemmbach an der Strippe hatte, und noch eine weitere, bis Lemmbach verstand.

«Verdammter Mist!», brüllte Lemmbach in das Funkgerät. «Wir brauchen mindestens eine halbe Stunde, bis wir in Kreuzberg sind, wenn nicht sogar länger. Ich gebe über Funk eine Meldung durch, dass Sie Verstärkung bekommen. Wir sind so schnell wie möglich bei Ihnen.»

«Alles klar!» Bär warf den Hörer auf die Gabel. «Schlicker, kommen Sie!», rief er und rannte los.

Schlicker folgte ihm.

Florian war aufgesprungen und setzte den beiden in großen Sprüngen nach.

Bär parkte den Einsatzwagen um die Ecke in der Oranienstraße. Schlicker saß aufrecht neben ihm und hatte bereits die Waffe aus dem Holster gezogen. Florian hechelte ihm ins Genick. Der Hund war, kaum hatte Schlicker in der Keithstraße die Fahrertür des Einsatzwagens geöffnet, an ihm vorbei auf den Rücksitz gesprungen und hatte sich dort niedergelassen. Ihn zurück ins Büro zu bringen hätte zu lange gedauert, also hatten sie ihn mitgenommen. Nun achtete Bär aber darauf, dass er im Wagen blieb.

Gerade, als sie den Wagen verlassen hatten, hielt hinter ihnen ein Streifenwagen. Zwei junge Polizisten stiegen aus. Sie waren gerade in der Nähe gewesen, als sie Lemmbachs Funkspruch gehört hatten. Zu viert liefen sie um die Ecke in die Lindenstraße.

Das Gebäude, das Dietmar ihnen beschrieben hatte, war ein großer Fabrikbau. Im Erdgeschoss waren die Fenster mit Brettern vernagelt. Eine Stahltür versperrte für gewöhnlich den Eingang. Nun stand sie einen Spaltbreit offen. Das Vorhängeschloss, das den schweren Riegel gesichert hatte, lag am Boden. Einer der beiden Uniformierten bückte sich. «Aufgebrochen!», flüsterte er den anderen zu. Bär nickte. Schlicker stieß ihn an und deutete nach oben. Im zweiten

Stock sahen sie ein Licht aufflackern. Sie hatten nun alle vier ihre Waffen gezogen und quetschten sich, die Pistolen mit der Mündung auf den Boden gerichtet, durch den Türspalt. Die Halle, die sie betraten, schien riesig. Allerdings lag der größte Teil davon in völliger Dunkelheit. Einige Meter von der Tür entfernt beleuchtete ein schwacher Lichtschein einen Treppenaufgang. Sie schlichen zur Treppe, und Bär warf einen Blick nach oben. Das Licht kam aus dem zweiten Stock, darüber verschwand die Treppe in einem schwarzen Nichts. Leise schlichen sie die Stufen empor. Sie hörten Stimmen, die lauter wurden, je weiter sie nach oben kamen. Bär bedeutete den anderen, auf dem Treppenabsatz zu warten, ließ sich auf alle viere nieder und kroch die letzten Stufen zum zweiten Stockwerk hinauf.

Er schielte über den Rand der Stufe.

Bergmann stand halb abgewendet, in der einen Hand eine Taschenlampe, in der anderen eine Pistole, die er auf Dietmar gerichtet hatte. Ihm gegenüber lehnte Uli an einem Pfeiler, die Arme vor der Brust verschränkt.

Dietmar stand zwischen den beiden und hielt etwas in den Händen. «Das ist doch Wahnsinn, Martin!», sagte er.

«Die Drecksarbeit ist erledigt, du brauchst nur auf den Knopf zu drücken. Wir haben die Bombe so platziert, dass niemand verletzt wird. Nur das Gebäude kriegt was ab. Das wolltest du doch, oder? Jetzt mach schon!»

«Mach's doch selbst!», blaffte Dietmar.

Bär tastete mit der Hand über die Stufe, bis er ein Stück von einem zerbrochenen Backstein fand. Er schleuderte es nach rechts in den Raum. Als der Stein aufschlug, drehte Martin sich um. Bär sah, wie Dietmar den Fernzünder fallen ließ und Martin die Waffe aus der Hand trat. Die

Pistole flog in hohem Bogen durch den Raum und knallte auf den Betonboden auf. Bär brüllte «Zugriff!» und stürmte los.

Dietmar schlug Martin in den Magen, und als der nach vorne knickte, verpasste er ihm einen rechten Haken auf die Schläfe. Martin torkelte einen Moment lang, dann brach er zusammen und blieb regungslos auf dem Boden liegen.

Bär, Schlicker und die beiden Streifenpolizisten waren durch den Raum auf die Gruppe zugerannt. Einer der beiden Uniformierten hatte bereits die Handschellen hervorgezogen und wollte sich zu dem bewusstlosen Martin hinunterbeugen, als Dietmar rief: «Uli, was ...»

Vier Köpfe drehten sich um und starrten auf Uli, der den Fernzünder in der Hand hielt und mit einem bösartigen Grinsen den Knopf herunterdrückte. Für eine Sekunde verharrten alle bewegungslos und warteten auf die Explosion auf der anderen Seite der Kochstraße. Aber alles blieb still.

Dietmar fing laut an zu lachen. «Ich hab die Batterien rausgenommen», keuchte er.

«Hätten Sie das nicht früher sagen können?», schrie Schlicker. Er sprang auf Uli zu und schlug ihm das Funkgerät aus der Hand. Dann packte er ihn und drehte ihm den Arm auf den Rücken. «Was hatten Sie vor, Mann?», schrie er ihn an.

Uli grinste nun nicht mehr. «Sie kapieren gar nichts! Wenn der Anschlag geglückt wäre, hätten wir endlich hart durchgreifen können gegen den Roten Terror. Die Polizei hätte freie Hand. Niemand in der Bevölkerung würde mehr gegen die Notstandsgesetze opponieren. Die Verabschiedung wäre nur noch eine Formsache. Aber ihr habt euch auch schon von den kommunistischen Lügen verblenden lassen.»

«Schlicker, schaff den Mistkerl hier weg!» Bärs Stimme war eiskalt. Als Schlicker Uli Handschellen angelegt und ihn zur Treppe geschoben hatte, nahm Bär aus den Augenwinkeln eine Bewegung wahr. Er wirbelte herum und sah, wie Martin dem Beamten, der sich zu ihm hinabgebeugt hatte, einen Faustschlag ins Gesicht versetzte, ihm die Waffe entriss, aufsprang und zur Treppe hechtete. Bär hob seine Pistole auf und zielte. Doch die Kugel zischte an Martin vorbei und blieb irgendwo in der Wand stecken. «Hinterher!», brüllte Bär und rannte los.

Er stürmte Seite an Seite mit Dietmar die Treppe hinunter, dem Klang von Martins Schritten folgend. Dann hörten sie einen Schrei und lautes Poltern. Als sie um den Treppenabsatz bogen, sahen sie Schlicker und Uli verknäult auf der Treppe liegen. Uli stöhnte, Schlicker fluchte und versuchte, sich hochzurappeln. Bär und Dietmar zwängten sich an ihnen vorbei und rannten weiter. Als sie das Erdgeschoss erreichten, hörten sie, wie Martin den Riegel vor die Tür schob.

«Verdammt!», fluchte Bär.

«Da kommen wir nicht raus. Das ist 'ne Stahltür», keuchte Dietmar. «Wir müssen es durchs Fenster versuchen.» Er tappte vorsichtig durch die Dunkelheit zu einem der vernagelten Fensterlöcher.

Bär folgte ihm.

Gemeinsam stemmten sie sich gegen die Bretter, aber die rührten sich nicht.

«Das hat keinen Zweck. Wir brauchen eine Brechstange!», rief Dietmar. Bär tastete mit dem Fuß den Boden ab. Dietmar hatte sich auf die Knie niedergelassen und suchte mit den Händen in einem Haufen Bauschutt neben der Wand. «Hier, das könnte gehen», rief er und zog ein Moniereisen aus dem Schutt.

Sie rammten es zwischen Bretter und Mauerwerk und zerrten an dem Eisen. Mit einem hässlichen Knirschen zerbarst das erste Brett. Eine Minute später waren sie durch das Fenster geklettert und standen auf dem Bürgersteig.

Martin war nirgends zu sehen. Dann hörten sie das Aufheulen eines Motors. Dietmar rannte die Straße entlang in die Richtung, aus der das Motorengeräusch gekommen war. Als sie um die Ecke in die Oranienstraße bogen, sahen sie den VW-Bus mit quietschenden Reifen davonrasen.

Dietmar lehnte sich gegen die Hauswand und schnappte nach Luft. «Wenn wir nur wüssten, wo er hin will», japste er.

«Das können wir vielleicht herausfinden. Kommen Sie!» Bär spurtete über die Straße zu dem Einsatzwagen, in dem Florian geduldig gewartet hatte. Er riss die Tür auf, ließ sich auf den Sitz fallen und griff nach dem Funkgerät.

Lemmbach meldete sich sofort. «Wir sind an der Kaisereiche, nur noch ein paar Minuten.»

«Lemmbach, fragen Sie Hagen, ob Bergmann irgendwo noch einen Unterschlupf hat! Eine Wohnung, eine Laube, was auch immer. Er ist uns entwischt.»

«Moment!»

Bär und Dietmar, der sich auf den Beifahrersitz gesetzt hatte, hörten einen Wortwechsel, konnten aber nicht verstehen, was gesprochen wurde.

Dann meldete sich Lemmbach wieder. «Bergmann wurde mal dabei beobachtet, wie er im Westhafen von einem alten Schlepper kam. Das ist das Einzige, was Hagen uns zu bieten hat. Ich sag Ihnen, wie Sie hinkommen. Wir sind ebenfalls unterwegs.»

Bär hatte bereits den Wagen angelassen und den Gang eingelegt. Er löste die Handbremse und trat aufs Gas.

Bär sah schon von weitem den VW-Bus am Rand des Pfades stehen. Er raste darauf zu, rief «Festhalten!» und stoppte den Einsatzwagen mit einer Vollbremsung neben dem Bus. Er riss die Fahrertür auf, sprang aus dem Wagen und rannte den Pfad zum Ufer hinunter. Er hörte Dietmars Keuchen in seinem Nacken.

Dietmar sah ihn zuerst. «Da!», rief er und zeigte auf einen alten, rostigen Schlepper.

Bär blieb so abrupt stehen, dass Dietmar gegen ihn prallte. Zwei Menschen bewegten sich über das Deck. Im Licht der Laterne erkannte Bär Martin, der Felicitas fest umklammerte. Er drückte ihr eine Pistole an den Hals und schob sie vorwärts.

«Lasst mich durch, dann geschieht ihr nichts!», brüllte Martin.

«Das hat doch keinen Zweck!», rief Bär, auch wenn er wusste, dass es nur hohle Worthülsen waren, die zu sehr nach einem drittklassigen Krimi klangen. Aber er wollte Zeit gewinnen, bis Lemmbach mit seinen Leuten kam. «Wenn Sie jetzt aufgeben, haben Sie noch eine Chance.» Eine Chance worauf, dachte er. Was für ein Mist! Er machte einen Schritt nach vorne.

«Bleiben Sie da!», schrie Martin.

«Martin, hör auf! Das ist sinnlos», rief jetzt auch Dietmar.

«Dietmar!», schrie Felicitas auf.

In diesem Moment raste ein riesiger Schatten an Bär vorbei auf das Schiff zu. Martin brauchte nur den Bruchteil einer Sekunde, um zu reagieren. Er riss den Arm herum und feuerte. Aber Felicitas warf sich gegen ihn, und der Schuss verfehlte sein Ziel. Der schwarze Schatten stieß sich vom Ufer ab, sprang und riss Martin und Felicitas mit sich zu Boden. Bär und Dietmar rannten los. Als sie das Schiff erreichten, stand Florian über den am Boden liegenden Martin. Der Hund hatte das Fell gesträubt und die Lefzen hochgezogen, das Knurren ließ selbst Bär einen kurzen Moment lang zögern. Felicitas war in den Schutz der Kajütenwand gekrochen und kauerte dort regungslos mit angezogenen Knien. Unter Martins Kopf hatte sich eine dunkle Lache gebildet.

Von Ferne hörten sie Motorenlärm, dann Reifenquietschen und Türenschlagen. Schritte, die über den Weg rannten.

Bär drehte sich um und winkte. «Hier! Hierher!», rief er. «Wir brauchen einen Krankenwagen!»

Dietmar ging neben Felicitas in die Hocke und legte den Arm um sie. «Es ist vorbei. Jetzt wird alles gut», flüsterte er ihr ins Ohr.

Felicitas saß in eine Decke gehüllt auf einem Stapel Bauholz und nippte an dem Becher mit Cognac, den einer der Polizisten ihr in die Hand gedrückt hatte. Florian lag im Gras und hatte seine Schnauze auf ihre Füße gelegt. Bär hatte sich neben sie gesetzt, als zwei uniformierte Beamte Dietmar Handschellen angelegt und in einen Einsatzwagen verfrachtet hatten.

«Was passiert jetzt mit ihm?» Felicitas starrte in die bräunliche Flüssigkeit in dem Becher.

«Er muss sich wegen des Entführungsversuchs und des Attentats vor Gericht verantworten.» Bär sah zu ihr hinüber. Das Haar klebte ihr strähnig und blutverkrustet an der Stirn, ein Auge war zugequollen, die Haut ringsum hatte die Farbe reifer Pflaumen angenommen. Die schmalen Schultern schienen unter der Wolldecke zu verschwinden. Er spürte plötzlich eine Woge der Zuneigung, als wäre sie die Tochter, die er nie gehabt hatte. «Aber dass er mit uns zusammengearbeitet hat, spricht für ihn. Mit einem guten Anwalt wird er vielleicht nur kurz ins Gefängnis müssen. Machen Sie sich keine Sorgen.»

Sie nickte halbherzig. «Könnten Sie mich nach Hause bringen?», fragte sie matt.

«Ja! Warten Sie hier!» Bär stand auf und hielt Ausschau nach Lemmbach.

Der stand an dem Krankenwagen, in den zwei Sanitäter kurz zuvor Martin auf einer Trage geschoben hatten.

«Wie sieht's aus?», fragte Bär.

«Tja, Unkraut vergeht nicht!» Lemmbach verzog das Gesicht. «Eine Platzwunde am Hinterkopf und vermutlich eine Gehirnerschütterung.» Er trat zur Seite, um einen Polizisten vorbeizulassen, der in den Krankenwagen einstieg. Dann schloss der Sanitäter die Tür, und der Wagen setzte sich in Bewegung.

«Jetzt erklären Sie mir bitte, was das für eine seltsame Geschichte mit diesem Uli war.» Lemmbach sah Bär neugierig an.

«Ziemlich kompliziert. Aber soweit ich verstanden habe, hielten Felicitas und Dietmar Springer Uli Franke für den Verfassungsschutzmann, der die Entführungspläne verraten hat, und für den Mörder von Barbara Grahl. Sie wollten ihm eine Falle stellen und zogen Martin Bergmann ins Vertrauen. Sie hatten ja keine Ahnung, dass Bergmann sein eigenes Süppchen kochte.»

«Das heißt, wir haben es nicht nur mit *einem* V-Mann zu tun, sondern gleich mit dreien – Grahl und Franke vom Verfassungsschutz und Bergmann von der Stasi.»

«Genau! Aber das wussten Felicitas und Dietmar Springer nicht. Ich nehme mal an, dass Franke aktiv wurde, nachdem Grahl erklärt hatte, dass sie aussteigen will. Wahrscheinlich hätten sich die drei noch eine ganze Weile gegenseitig belauert, wenn Bergmann nicht durchgedreht und Grahl aus Eifersucht umgebracht hätte. Nach dem, was Felicitas Springer mir erzählt hat, vermute ich, dass der seinen Kontaktleuten im Osten Grahls Tod als Exekution einer West-Agentin verkaufen wollte. Der Bombenanschlag und die Eliminierung von Franke sollten der Höhepunkt seiner Karriere als Agent sein. Dann wollte er sich in den Osten absetzen, gemeinsam mit Felicitas Springer. Aber die hat nicht mitgespielt. Ob die Stasi sie auf sein Betreiben hin zu entführen versuchte oder ob sie ein Druckmittel gegen ihn brauchten, werden wir wohl nie erfahren. Jedenfalls, als er feststellte, dass seine kleine Felicitas den beiden Stasi-Männern gewaltig eingeheizt hatte, war das Maß voll. Er musste zum einen verhindern, dass sie zur Polizei lief, zum anderen brauchte er ein Ventil für sein verletztes Ego. Genau wie bei Barbara Grahl. Ich möchte nicht wissen, was er mit Felicitas Springer gemacht hätte, wenn wir sie nicht gefunden hätten.»

«Aber wir haben sie gefunden.» Lemmbach schlug Bär auf die Schulter. «Das war tolle Arbeit, die Sie da geleistet haben.»

Bär schüttelte den Kopf. «Hans Grahl sagte zu mir, das sei alles Wahnsinn. Und ich glaube, er hat recht.» Er warf einen Blick zu Felicitas, die auf dem Holzstapel saß und wartete. «Ich muss los. Machen Sie's gut, Lemmbach! Vielleicht sehen wir uns ja mal. Würde mich freuen.»

Lemmbach reichte Bär die Hand. «Falls Sie mal die Abteilung wechseln wollen, lassen Sie es mich wissen, Kollege!» Dann drehte er sich um und ging.

41

FELICITAS stand unschlüssig vor der leeren Staffelei. Seit der Nacht auf dem Schiff hatte sie ihr Malzeug nicht mehr angerührt. Es hatte Tage gedauert, bis sie mit Gerlind und Helge über das, was sie erlebt hatte, sprechen konnte. Die beiden hatten sich rührend um sie gekümmert, auch wenn Gerlinds Fürsorglichkeit hinter ihrer ruppigen Art manchmal nicht so recht erkennbar war. Im Moment schlief sie im ersten Stock. Im gleichen Zimmer wie Gerlind und Helge. Sie konnte nicht alleine sein, vor allem nachts nicht. Sie wachte oft auf, schweißgebadet und zitternd. An die Träume konnte sie sich nie erinnern, aber sie mussten scheußlich sein. Helge meinte, sie würde im Schlaf wimmern wie ein sterbendes Kätzchen. Gerlind sagte, dass ihr Unbewusstes mit Träumen versuchte, ihre schrecklichen Erfahrungen zu verarbeiten. Sie musste es ja wissen, schließlich studierte sie Psychologie. Felicitas seufzte leise und stellte eine Leinwand auf die Staffelei.

Dietmar war gestern aus der Untersuchungshaft entlassen worden. Hans, der ihnen auch erlaubt hatte, im Haus wohnen zu bleiben, hatte ihm einen Anwalt besorgt.

Der konnte den Richter davon überzeugen, dass keine Fluchtgefahr bestand. Kommissar Bär hatte wohl auch seinen Teil dazu beigetragen, dass Dietmar nach Hause durfte.

Von Atze und Britt war noch keine Nachricht gekommen. Gerlind hatte an Britts Schwester einen Brief geschrieben, aber bislang keine Antwort erhalten. Sie hofften alle, dass Atze es bis nach Schweden geschafft hatte.

Felicitas' Mutter hatte sich nun endgültig für den kommenden Freitag angekündigt, und weder Dietmar noch Felicitas waren weitere Ausflüchte eingefallen, um ihren Besuch zu verhindern. Sie fürchtete sich vor dem Besuch. Für ihre Mutter würde eine Welt zusammenbrechen, wenn sie erfuhr, dass Dietmar ins Gefängnis musste. Und wie sie reagieren würde, wenn Felicitas ihr beichtete, dass sie das Lehreramtsstudium abbrechen und sich an der Staatlichen Hochschule für bildende Künste bewerben wolle, daran mochte sie gar nicht denken.

Sie befestigte das Foto von Florian, das Bär ihr gegeben hatte, mit Klebestreifen am Schrank. Mit schnellen Strichen skizzierte sie das Tier. Je mehr der Hund auf der weißen Fläche vor ihr Gestalt annahm, desto deutlicher wurde ihr, dass es genau das war, was sie wollte. Alles andere würde sich finden lassen.

Sie legte die Zeichenkohle zur Seite, wischte sich die Hände an der Kittelschürze ab und nahm die Palette in die Hand. Dann tauchte sie den Pinsel in die Farbe und begann zu malen.

ZU GUTER LETZT

Da sich 1968 meine revolutionären Aktionen auf Krawall im Sandkasten beschränkten, war ich auf die Auskunftsbereitschaft vieler Fachleute, Zeitzeugen und -zeuginnen angewiesen. An erster Stelle gilt mein Dank dem APO-Archiv der FU Berlin, insbesondere Ulrike Groß, die für mich die Untiefen des Archivs nach Originaldokumenten durchforstete. Dr. Siegward Lönnendonker schilderte mir die Tücken der Wachsmatrizenbearbeitung. Gerd Brecht las das gesamte Manuskript und versicherte mir, dass es sich genau so zugetragen haben könnte. EKHK i.R. Bernd Udo Schwenzfeier gewährte mir Einblick in die Arbeit von Kriminalpolizei und Polizeilichem Staatsschutz. Alle Fehler und Unmöglichkeiten bei der Beschreibung der Polizeiarbeit sind ganz allein von mir und meinem Hang zur dichterischen Freiheit zu verantworten. Dr. Rüster versorgte mich mit Details zur Arbeit von Staats- und Verfassungsschutz. Den «13 Schwestern – Berliner Krimiautorinnen» ist es zu verdanken, dass dieses Buch überhaupt geschrieben wurde, im Besonderen Sybil Volks, Iris Leister, Susanne C. Kliem, Barbara Brecht-Hadraschek und Martina Arnold.

Mein besonderer Dank gilt Marion Kaiser, die nicht nur drei Monate geduldig meine schreibbedingten Eskapaden und Ausfälle ertrug, sondern mich mit Anekdoten aus den 1968ern unterhalten und so das Buch um viele Details bereichert hat.

In der Reihe «Berliner Mauerkrimis» sind bisher erschienen:

Horst Bosetzky
Nichts ist verjährt
ISBN 978-3-89773-589-7

Wolfgang Brenner
Honeckers Geliebte
ISBN 978-3-89773-590-3

Anja Feldhorst
Teufels Genossen
ISBN 978-3-89773-591-0

Weitere Titel sind in Vorbereitung.

Ebenfalls bei Jaron die Krimireihe:
«Es geschah in Berlin ...»

Horst Bosetzky
Kappe und die verkohlte Leiche (1910)
ISBN 978-3-89773-554-5

Sybil Volks
Café Größenwahn (1912)
ISBN 978-3-89773-555-2

Jan Eik
Der Ehrenmord (1914)
ISBN 978-3-89773-556-9

Horst Bosetzky/Jan Eik
Nach Verdun (1916)
ISBN 978-3-89773-585-9

Iris Leister
Novembertod (1918)
ISBN 978-3-89773-577-4

Horst Bosetzky
Der Lustmörder (1920)
ISBN 978-3-89773-578-1

Weitere Titel sind in Vorbereitung.